サンブンノイチ

木下半太

角川文庫 18095

サンブンノイチ　目次

Q・Tへ　あんたのせいで俺の人生が変わったよ

1　キャバクラ・ハニーバニー

――午後三時三十三分

「オレたち、ありえないことやっちゃいましたね」

　薄暗い照明の中、三人の男たちが突っ立っている。疲れ果てた旅人に見えなくもないが、違う。野犬のように背中を丸めている男の手には銃があるし、鷹《たか》のような鋭い目をした男のシャツには血がべっとりとこびりついているし、解体されるのを待つ冷凍豚のように身を固くしている男は小刻みに震えながらひたすら怯《おび》えていた。

　そもそも、旅人は営業前のキャバクラで休息を取らない。

「ありえないことやっちゃったよ、マジで」

　野犬の男が、同じ台詞《せりふ》を繰り返した。他の二人が反応してくれなかったので、つい呟《つぶや》いたのだろう。銃を握る右手が細かく震えている。

「馬鹿野郎。今さら後悔しても遅いだろ」

　そう言って、鷹の男は浅い息を吐く。顔面が蒼白《そうはく》なせいで、シャツの血の赤さがより際立っていた。

「銀行強盗をやってもうたからのう」

豚の男は二重顎《あご》をしきりに摩《さす》って、自分を落ち着かそうと必死だ。

彼らに、わたしの姿は見えない。なぜなら、わたしは殺されたから。

三人の男たちは、ボックス席のテーブルに置かれたボストンバッグを眺めている。

わたしは、この中の一人に殺された。

わたしの名前は、茉莉亜《まりあ》。川崎の仲見世《なかみせ》通りにあるこのキャバクラ、ハニーバニーで昨夜まで働いていた。今は、特等席で三人の行く末を見守っている。

幽霊だと思うのなら勝手にそう思えばいい。もちろん、幽霊なんているわけがないだろうと、鼻で笑うのも自由だ。ただ、これだけは言える。

目に映るものが真実とは限らない。見えているからといって安心していたら、痛い目に遭うのがオチだ。

「終わりにしちゃいましょうよ、マジで。この金を三分の一ずつに分けて、ハッピーエンドっていうわけには」野犬の男が舌打ちをして顔をしかめる。「……いかないっすよね」

野犬の男は、長髪で和柄のスカジャンを着ていた。名前は小島一徳《こじまかずのり》。ハニーバニーのボーイ。キャバ嬢たちにつけられたアダ名は《コジ》だ。驚くほど白い前歯をしている。本人曰く、昔、喧嘩で折られて四本の前歯をすべて差し歯にしたらしい。

「俺たち、もし捕まったら……」鷹の男がその先の言葉を呑み込み、髪を掻きむしる。

鷹の男は、短髪で黒スーツだ。名前は清原修造《きよはらしゅうぞう》。ハニーバニーの雇われ店長。《シュウ》と呼ばれ、キャバ嬢たちからは一応慕われてはいる。下に着ている白シャツが血に染まっているので、タランティーノの映画に出てくる滑稽《こっけい》なギャングにも見えた。

「シュウ。その、〝もし〟はアカンがな」豚の男が声を張り上げた。大阪出身だからかわからないが、地の声が壊れた掃除機よりも耳障りだ。

豚の男は、ラルフローレンのセーターを着ている。芥子色《からしいろ》だ。名前は金森健《かなもりけん》。ハニーバニーの常連客。周りの人間には自分のことを《健さん》と呼ばせている。常に汗臭く口が臭く、しかもスケベだ。キャバ嬢たちは態度には出さないものの、ゴキブリや毛虫やナメクジと同レベルで嫌っていた。

「すいません」シュウが、健さんに謝る。

「〝もし〟を使うんやったら、いい想像に使わんかい」

「いい想像って何ですか？　俺たちの状況をわかっているんですか」

遠くからパトカーのサイレンの音が聞こえた。三人の男たちは息を止め、首をすくめながら耳を澄ませる。

サイレンが聞こえなくなり、男たちは同時に息を吸い込んだ。

「ポジティブシンキングや」健さんがのそりと動き、シュウの肩に手を置いた。「〝もし、捕まらなかったら〟と考えたったらええねん」

シュウは口を固く結んだまま、答えようとしない。頭の回転が速くて他の二人よりはキレ者なのだけれど、マイナス思考が強くて扱いにくいときがある。

「健さんは何をやっちゃいます？」代わりに、コジが訊《き》いた。

「まあ、とりあえずはゆっくりと風呂《ふろ》に浸《つ》かるわな。あとは酒に決まってるやんけ」

「何、飲んじゃいます？　やっぱドンペリいっちゃいますか？」

コジはシュウと違って陽気だ。誰に対しても物怖《ものお》じせず愛想がいいので、キャバ嬢や常連客たちから可愛がられていた。ただ、飛び抜けたバカでもある。

「とっておきのワインがあるんや。新しい家に業者呼びつけて、ごっついワインセラーを作ったってん」

「マジっすか？　ヤバいなあ」

「お前らにもいつか飲ませたる。シャトー・ペトリュスの八十六年や。ボルドーで一番高いワインやど」健さんは豪快に笑ってみせて、太鼓腹を揺らした。

健さんは、高圧的な態度でないと他人とコミュニケーションを取ることができない。全国に二十店舗ある焼肉レストランチェーンの社長だ。最近、横浜にできた高層マンションの最上階を買ったことをあらゆる人間に自慢していた。

「ゴチになります」コジがおどけて敬礼をする。

　しかし、シュウは高級ワインに惹《ひ》かれず、さらに激しく頭を掻きむしった。「このままじゃ絶対に捕まるよ。俺たちは終わりだ」

「シュウさん」今度はコジが声を張り上げる。「マイナス思考はよくないっすよ、マジで」

　健さんとコジは、現実逃避に走っている。自分たちの犯してしまった罪をいっときでも忘れようと必死だ。

「コジは捕まらなかったら分け前を何に使うねん。ギャンブル以外でやぞ」

「競馬はいいでしょ。あれはギャンブルじゃねえし。最近はシュウさんも嵌《は》まっちゃってんすよね？」

　シュウは軽く肩をすくめるだけで答えなかった。

　わたしは、一週間前に川崎競馬場でシュウと会い、そこから、この銀行強盗の計画が生まれたのだ。

「ボケ。競馬は思いっきりギャンブルやがな」健さんが、コジを笑う。

「競馬はロマンでしょ、マジで。ああ、いっぺん、鉄板レースの本命に単勝で百万円ぐらいドーンと張ってみてえなあ」

　コジがうっとりと目を細めた。ギャンブル狂でバカだから、毎月、給料のすべてを競馬と競輪と麻雀で溶かす。それでは飽き足らず、裏カジノのバカラに手を出して、あっという間に破滅まで転がり落ちた。

「馬はアカン。他で選べ」

「じゃあ、いい女を抱きますよ、マジで」

健さんが鼻で笑った。「おのれの言う、ええ女ってどの程度のもんやねん」

コジが負けじと胸を張って答える。「ゴージャスで男に媚《こ》びなくてパワフルな女」

「どんな女や。ビヨンセか」

「いいっすね。ビヨンセに札束を投げつけてやりますよ」

「こいつ、ほんまもんのアホやで。百万や二百万の金でビヨンセが股《また》を開くかいな」

シュウがこれ見よがしに、大げさな溜《た》め息をついた。

「二人とも何の話をしてんだよ」

そのとおりだ。銀行強盗をして、警察に追われている人間の会話ではない。本来なら、すぐに高飛びをするはずが思わぬミスを犯し、逃げ場所を失ってハニーバニーに駆け込んできたのだ。

営業が始まるのは、午後七時から。一番下っ端のボーイが掃除にやってくるのが午後五時。あと、一時間半しかない。

現実に引き戻された健さんとコジが、シュウにつられて深い溜め息をつく。

「とりあえず、金を三等分にしちゃいます？」コジが銃をボストンバッグの上に置き、ジッパーを開けようとした。

「コジ、その前に話があるんだ」

コジは手を宙で止めて、シュウの顔を見た。「えっ？　何の話っすか」

シュウが言いにくそうに顔を歪《ゆが》め、健さんと目を合わせる。

「ちょっと、ちょっと、微妙な空気を醸しだしちゃうのはやめてくださいよ」

「三等分はやめにしないか」

「は？　マジで意味わかんないし。健さんも、そう思ってるわけ？」

「……まあな」

「んだよ、はっきり言えよ！」コジが怒鳴る。元暴走族の特攻隊長だけあってキレるのが早い。今まで何度もマナーの悪い客を店から叩《たた》き出している。

「ほら、コジはさ、運転手だったじゃないか」シュウが宥《なだ》めるように言った。お得意の猫撫《ねこな》で声だ。わたしを始め、キャバ嬢たちのご機嫌を取るときにこの声になる。

「だから？」コジが威嚇するように、首の骨をバキバキと鳴らした。完全にヤンキーの目になっている。

「俺と、健さんは体を張った。さすがにお前の取り分が三分の一はおかしいだろ」

「オレだって体張ったじゃねえか。たしかに二人が銀行に乗り込んで金を奪ったよ。

それは、すげえと思うよ。でも、オレの運転がなかったら、今頃は捕まって豚箱に放りこまれてるだろうが」コジが、今にも殴り掛かりそうな勢いで吠《ほ》えた。

もう仲間割れなの？　わたしはさすがに笑いそうになった（笑ったところで、彼らには聞こえないが）。せっかく、苦労して金を手に入れたのに、それはないだろう。あまりにもコジが可哀相だ。

「弾切れでよかったっすよ」コジがボストンバッグの上の銃を指さした。

わたしもそう思う。この男ならキレた拍子に撃ちかねない。三人がキャバクラに入ってきたとき、銃を最初に持っていたのはシュウだった。「指紋を拭《ふ》きますよ」と言って、コジが受け取ったのだ。

「しょうもないこと言うな。わしらは仲間やろ」

コジが鼻を鳴らして、健さんを睨《にら》みつける。「金は三等分に分ける約束っすよ」

「それは、納得できへん。リスクが違いすぎる。シュウなんて、人質を撃ち殺してもうてんぞ」

「し、死んだかどうかはわかりませんよ」シュウが声を震わせる。

コジが怒りを爆発させ、ボストンバッグが載っているテーブルを蹴《け》った。

「銀行強盗なんだからそれでいいんだよ！　合ってるよ！　人質の一人や二人ぐらい殺すだろうが！」

テーブルは大理石でできているのでビクともしない。ハニーバニーは川崎の駅前では一番の高級店だ。内装も馬鹿馬鹿しいほどゴージャスで、オーナーは「ソファの張り替え代で中古車が買える」と威張っていた。チャージも高く、その分〝キャスト〟の質も高い。

ちなみに、わたしはここに来るまでは、日本で最も有名な某ミュージカル劇団で女優をやっていた。理由があって退団したのだが、まさか自分がキャバ嬢になるなんて夢にも思っていなかった。それだけではなく、小悪党の銀行強盗の手伝いをして、挙げ句の果てに殺されるとは。

本当、人生は何が起こるかわからない。

『アクシデントを利用しろ』

わたしの体を執拗《しつよう》に狙っていた演出家の教えだ。

『舞台上では一秒後に何が起こるかわからない。全体に集中を切らすな。アクシデントは必ず起こる。そのときに役者としての真の実力が問われるのだ』

この演出家は、ゆで卵みたいな顔をした男で、性欲の怪物だった。男女関係なしに、気に入った新人劇団員を食い散らかしていた。

わたしもロックオンされて、『僕と食事に行かなければ役を降ろす』と脅してきた。

たまたま、劇場の天井から落ちてきた照明がその演出家の頭に直撃したからよかったものの、もう少しでわたしも彼の餌食《えじき》になるところだった。たしかに彼の言うとおり、舞台の上はアクシデントに満ちている。

ありえないと思うかもしれないが、ステージに立てなくなるぐらいなら、どんな気持ちが悪い相手とでも寝る。それが舞台女優というものだ。


「金の分け前は、わしとシュウが四割ずつ。コジは二割ではどうや？　妥当やと思うんやけどな。車の運転だけでそんだけもらえたらラッキーやろ」

健さんが、商売人特有の愛想笑いを浮かべてコジに提案した。

コジもヘラヘラと笑い返す。「無理っすね。オレ、金がいるんだよ」

「わかってるがな。わしらかって金がどうしても必要やから、こんな危ない橋を渡ったんやろうが。だからこそ、分け前にはこだわるんや。なんぼ泣きごとを言うても譲られへんど」

「ふざけんなって。そもそも、二人がオレに運転を頼んだくせによ」

「わしは免許持ってへんし、シュウは免停中やねんからしゃあないがな」

「じゃあ、技術料だろ？　シュウさん、オレの言ってること間違ってますか？」

シュウは、コジを無視して店の奥へと歩きだした。

「どこに行くんっすか！」

シュウが足を止め、溜め息をつきながら振り返った。「非常階段でタバコ吸ってくる」

「ここで吸えばいいじゃないっすか？　灰皿は山ほどあるんだから」

「外で吸いたいんだよ。警察の様子も気になるし。パトカーに囲まれてないか確認したほうがいいだろ」

ハニーバニーは、飲食ビルの五階に店を構えていた。厨房《ちゅうぼう》にある非常口のドアを開けてすぐの階段の踊り場は、ボーイたちの喫煙場所だ。わたしはタバコを吸わないが、他のキャバ嬢たちと会話がまったく嚙《か》み合わないので、よくそこでコジと語りあっていた。

不思議と、コジとはフィーリングが合う。男としての魅力は感じないけれど、バカな弟みたいで可愛い。わたしの舞台女優として復活したいという野望も茶化さずに真剣な目で聞いてくれた。

「一本だけだ。ソファにでも座って、くつろいでいてくれよ」

シュウが黒スーツの内ポケットからマルボロのメンソールを取り出し、一本くわえて厨房へと消えた。

「くつろげるわけねえだろ……」コジが低く呻《うめ》きながら首を鳴らし、肩まで伸びた髪を振り乱す。

「よっこらせと」健さんは、革張りの白いソファに深々と腰を下ろし、ロレックスの腕時計で時間を確認した。「あと一時間ちょっとでボーイが来るな。今日の担当は誰だ？」

「知らないっすよ」コジがぶっきらぼうに答える。

「どうやって逃げるか考えなアカンのう……」健さんが欠伸《あくび》まじりで呟《つぶや》いた。

よくこの状況で、呑気《のんき》に欠伸なんてできるわね。

わたしは呆《あき》れて鼻で笑った。もちろん、この笑い声は、彼らには聞こえない。

無神経の塊が、服を着て酒を飲んでエロいギャグを言う。それが健さんだ。シュウは、「健さんはビジネスの鬼だ。繊細さと大胆さを兼ね備えている上に、半端なく運がある」とべた褒めだったが。

その運が尽きれば、いとも簡単に強盗まで落ちぶれる。健さんは、破滅するまで見《み》栄《え》とプライドを捨てることができなかった。

だいたい、ラルフローレンとロレックスで銀行を襲うなんて正気の沙汰《さた》ではない。

「そりゃないっすよ、健さん。マジで勘弁してくださいよ」コジがいつもの甘えた声に戻る。

「アカン。下手に出る作戦に切り換えたみたいだ。

「アカン。わしらは危ない橋を渡ったんや」

「オレだって危なかったっすよ」

「いや、お前はめちゃくちゃ安全運転やった」健さんが屁理屈《へりくつ》をこねる。

「それって凄《すご》くないっすか。事故ったら、即、サツに捕まるわけだし。逃げながらも安全に気をつけるなんて、並の男には無理なテクニックでしょ、マジで」コジも負けじと屁理屈で返す。

「人間、諦《あきら》めが肝心やぞ」

出た。健さんの口癖だ。自分が優位に立ったために他人に諦めを押しつける。この台詞《せりふ》でラブホテルに連れ込まれたキャバ嬢は一人や二人では利かない。

しかし、コジは諦めなかった。健さんに近づき、スカジャンのポケットに手を入れ、威嚇するように見下ろした。

「この話、どっちがもちかけたんすか。教えてくださいよ。怒りませんから」

「……シュウからだ」健さんが、コジの迫力に押されて目を逸《そ》らす。

コジは天井を見上げて、大きく息を吐いた。ちょうど照明が顔に当たり、独白をはじめる前の舞台俳優に見える。

「わかったよ。三等分は諦めるよ」

健さんは満足げに頷《うなず》き、顎《あご》の下の脂肪を揺らした。「そうや。人間は諦めが」

間髪を入れずに、コジが健さんの言葉に被《かぶ》せる。

「二等分にしようぜ。オレと健さんで」

健さんが、大量のイモで喉を詰まらせた豚のように目を見開いた。

「つまり……それはどういう意味やねん」

「オレたちが乗り捨てた車のダッシュボードに、もう一丁銃があるじゃん。健さんが逃げるのに必死で置き忘れたやつ」コジが小馬鹿にするように、唇の端を歪《ゆが》める。

「あの銃がどないしてん」

健さんは、顔を赤らめながらも胸を張った。この男は自分の非を絶対に認めない。

「オレ、取ってくるよ」

「な、なんでやねん。外にはパトカーがぎょうさん走り回っとるんやぞ」

コジはスカジャンのポケットから両手を出し、健さんのブヨブヨの頬を挟み込んだ。

「シュウさんが死んでくれなきゃ、金は二等分になんないじゃん」

2　ケツアゴタランチノ

——銀行強盗の一週間前

自分の心と直感を信じる勇気を持ちなさい。

そうだ。スティーブ・ジョブズも言っているではないか。

秋の夜の川崎競馬場——。

清原修造は、穴が空くほど睨《にら》んでいた《日刊競馬》から瞬間的に顔を上げた。目の奥がじんと痺《しび》れ、足元がふらつく。朝から缶コーヒーとマルボロのメンソールしか体に入れていないのに今気づいた。昨夜のディナーは、川崎市役所の裏にある行きつけの串《くし》カツ屋でビールと冷や奴と串カツを一本だけ。完全なる栄養不足だ。いつ、ぶっ倒れてもおかしくない。いや、いっそのこと気を失ってでも競馬を強制終了したい。

しかし、よほどのことがない限りストップできないのがギャンブルの恐ろしさである。

親が死ぬか戦争が起こるまで馬券を買い続けるだろう。

自分の心と直感？　そんなもの、どうやって信じればいいのか忘れてしまった。

競馬（それに競輪とパチンコも）に連戦連敗の修造の脳味噌《のうみそ》は、まるで冷蔵庫の奥に数カ月も放置していたパルミジャーノ・レッジャーノみたいにカチコチに固まってしまい、いくらチーズおろしでガリガリと削ったところで次のレースの勝ち馬がひらめくとは思えなかった。

確信を持って言おう。このままでは絶対に負ける。ならば、初心に返ってピュアな気持ちで残りの有り金を張ろうではないか。

平日のナイター開催は、独特な空気が漂っている。無理やり例えるならば、雨に濡《ぬ》れてしょぼくれた野良犬たちが群れをなしている感じだ。間違いなく、この中でスティーブ・ジョブズのことを考えているのは修造一人だけだろう。

……だからどうした？　そんなことでしか優越感を味わえない自分が情けない。

「さあ、男なら夢を見ようじゃないの！　ビッグなドリームを買おうじゃないの！」

パドック前に陣取っている予想屋の一人が、往年のブルースマンみたいなハスキーボイスで言った。予想屋たちは《場立ち》と呼ばれる紙芝居でも始めそうな簡易スペースで演説をして客を集める。頭上の看板に、ニックネームを掲げていた。修造のお気に入りの予想屋は、《夢恋人》という名前の中年親父だった。的中率もさることながら、やたらと夢を連呼するので、どうしても惹《ひ》かれるのだ。

だが、次のレースの予想は買わない。あのときのように、直感に従い己の力で勝ってみせる。

忘れもしない十七歳の春。学校の不良の先輩に連れられて、この川崎競馬場にやってきた。右も左も馬券の買い方もわからなかった修造は、とりあえず、馬の名前だけで選んでみた。《ブランニューデイ》と《ラブリーグーニーズ》だ。神奈川県茅ヶ崎《ちがさき》市で生まれ育った修造は、当然、サザンオールスターズを愛しているし（中でも『ミス・ブランニュー・デイ』は『栞《しおり》のテーマ』の次に好きな曲だ）、サザンよりも愛していたのは映画だった（歳の離れた姉の影響で、小学生のころから『ダーティハリー』や『がんばれ！ベアーズ』を鑑賞させられたせいだ）。地元で中途半端な不良をしながらもひそかに映画監督を夢見ていた。

先輩は修造が買った馬券を見て、「おいおい、素人丸出しの買い方じゃねえか。大穴狙いにもほどがあるだろ」とゲラゲラと笑った。

しかし、その二頭がぶっちぎりで勝ったのである。修造は四十五万円という高校生にすれば夢のような大金を手にした。先輩が悔しそうな顔で「ビギナーズラックで調子に乗るんじゃねえぞ。ビールを奢《おご》りやがれ、この野郎」と肩を殴ってきたのを昨日のことのように憶《おぼ》えている（半年後には、同じ台詞を自分の後輩に言って、同じように肩を殴った）。

た。

競馬での初勝利は、ちょうどその歳で済ませたセックスの初体験よりも感動的だっ
た。

競馬に限らず、ギャンブルとは摩訶《まか》不思議なもので、研究すればするほど勝てなくなる。本人は研究しているつもりでも、傍《はた》から観れば蟻地獄に嵌《は》まり込んでいるのだ。

修造よりもさらにギャンブル狂なのが、同じ店で働いているコジこと小島一徳だ。アイツはアクセル全開で破滅へと直進している。競馬や競輪はノミ屋で買い、年がら年中、借金取りに追い立てられているにも拘《かか》わらず、最近は裏カジノのバカラの虜《とりこ》になって、あらゆる手段で掻《か》き集めた金を注ぎ込んでいた。

「オレは夢を買ってるんで、負けてるつもりはないんすよ、マジで」

コジの口癖だ。修造がギャンブルを控えるよう窘《たしな》めようとしても頑《かたく》なに拒否する。普段は東北の田舎町出身の純朴な元ヤンキーの青年なのだが、ことギャンブルとなると頭に血が上る。

人のことは言えない。修造も、首の下まで蟻地獄に埋もれていた。

二十歳のころから、一攫千金《いっかくせんきん》を夢見て様々なビジネスに手を出しては失敗を積み重ねてきた。「この失敗が、次のビジネスに生きる」と信じて。成人式の日に書いた《未来日記》では、三十五歳の今年はハワイに別荘を買っているはずだった。現実は

川崎のキャバクラの店長で、馬鹿なくせにわがままをぬかすキャバ嬢たちのご機嫌をとる毎日だ。ストレスが溜《た》まるとこうして競馬場に足を運んでは惨敗し、さらにストレスが増大する悪循環に陥っている。

競馬は、今日で最後だ。もちろん、競輪もパチンコも。貯金を再開し、新しいビジネスを立ち上げる。当たらない馬券を買うぐらいなら、成功者の名言集や自伝を買ったほうがマシだ（その手の本は腐るほど読んできたが）。

ハニーバニーの常連客の健さんこと金森健も「わしはギャンブルみたいなアホな遊びはせえへん。そんなしょうもないことで大事な運をすり減らしたくないねん」と言っていた。店では単なるエロ親父だが、ビジネスの世界ではぶっちぎりの成功者だ。なぜか、修造とコジは気に入られ、来週もゴルフに誘われている。

負けてたまるか。必ず、直感で勝ってみせる。

アンテナに引っかかる二頭を探せ。修造は次のレースを走る馬の名前をざっと確認した。

あった！　何という偶然。いや、奇跡と呼んでもいい。

《エリーマイラヴ》と《ケツアゴタランチノ》という馬がいる。十七歳のときと同じ、サザンと映画に関連する名前だ。

ちょっと、待て。マルボロのメンソールをもう一本吸って冷静になれ。

《エリーマイラヴ》は、まだいい。《ケツアゴタランチノ》って何だ？　馬主はふざけているのか？　映画が好きなのか、嫌いなのかどっちだ？


　修造はオタク一歩手前の映画狂だ。

　二十歳のころ、高校時代の先輩（川崎競馬場に連れて行ってくれた人だ）の手伝いで、裏ビデオを売っていたことがある。もちろん、非合法なので店頭販売ではなく、宅配だ。新横浜《しんよこはま》にあるマンションに一人で待機し、電話が入ると在庫から取り出して原付バイクで届けに行く。客の九割が、地方から来たビジネスマンだった。

　この仕事の特典は、無修正のエロビデオが見放題なことなのだが、いくら若いとは言え、一週間で飽きる。結局、待ち時間が暇なので、たまたまマンションの向かいにあったレンタルビデオ屋で映画を借りまくっていた。小悪党が活躍する犯罪映画に夢中になり、片っ端から観まくった。クエンティン・タランティーノの『ジャッキー・ブラウン』、ウォシャウスキー兄弟の『バウンド』、ゲイリー・オールドマン主演の『蜘蛛女《くも》』が三本の指に入る。

　ひそかに映画監督になる夢を抱いていたが、どうやってなればいいのかわからず、とりあえず脚本を書いてみて先輩に読んでもらったら、「お前は天才だ。俺は映画のことはよくわかんねえけど、このホンからはビシビシとオーラを感じるぜ」と、べた褒めされてその気になった。今考えると、そのとき先輩はハッパをキメていたから、まったく当てにならない助言だったのに、若さに任せて映画業界に飛び込んだ。先輩が、とある映画監督を紹介してくれたのである。

その映画監督は、スピルバーグの『E.T.』にそっくりな顔をしたガリガリに痩《や》せた男だった。三十年前、まだ監督が大学生のころに撮った映画がヨーロッパの映画祭を総なめにし、業界では「第二のクロサワが現れた」と大騒ぎになったらしい。

しかし、監督は変態の世界でもワールドクラスだった。ある大手の映画会社の社運を賭《か》けた作品に抜擢《ばってき》されたが、クランクインの前日にビリヤードの玉を尻《しり》の穴に入れて取れなくなってしまい、緊急入院した。それから、メジャーの仕事がピタリと来なくなり、ポルノ映画の世界に流れていった。

まあ、それでも勉強にはなるさと、修造は意気込んで監督の現場に雑用係として参加した。

一本目の映画のタイトルは、『アニキの海岸物語』。撮影場所の海岸に行くと、白いふんどしを締めた男優が五人いた。

ポルノはポルノでも、女優抜きのほうだ。

雑用係の最初の仕事は、五枚のふんどしを家に持って帰って洗うことだった。深夜のコインランドリーで一人、ドラムの中で回転するふんどしを眺めているうちに、急速に映画への情熱が醒《さ》めた。

その日以来、夢ではなしに金を追うことにした。

あのまま映画に関わり続けていたら、どうなっていただろうか?

修造は《日刊競馬》を握りしめ、ふと思った。

十五年も経つ。もしかしたら、一本ぐらいは撮っているかもしれない。

馬鹿野郎! 過去を振り返って何になるってんだよ!

顔を上げ、電光掲示板で、馬券の発売締切りを確認した。残り三分。いつもそうだ。時間は、容赦なく選択をせき立ててくる。

買ってやろうじゃねえか。《ケツアゴタランチノ》を。

修造は馬券売り場へと走り、財布に残った全財産、二千円を《エリーマイラヴ》と《ケツアゴタランチノ》に突っ込んだ。給料日まではあと一週間ある。これに負けたら……いや、マイナス思考はやめろ。

勝ったら何に使う? 人気的に万馬券になるのは確実なのだ。美味《うま》い酒を飲み、久しぶりに女を買ってもいい。

一瞬、手に持っていたセカンドバッグに目をやり、心に浮かびそうな邪心を慌てて掻き消す。

この中に入っている金にだけは、絶対に手を出しちゃいけない。

キャバクラ・ハニーバニーの先週末の売り上げ金の約四百万円が詰まっている。競馬が終わればこの足で、オーナーが待つ事務所に届けるのだ。

オーナーの名前は、破魔翔《はましょう》。いかつい名前に相応《ふさわ》しく、外見も性格も凶悪そのものだった。破魔とは変わった苗字だ（兵庫県に多いらしい）。辞書で調べると、言葉の意味は「悪魔の魔力を打ち破ること」と出てくる。

だが、ハニーバニーでは別の意味だ。なぜなら、オーナー自身が悪魔なのだから。

修造が副店長のとき、店長を務めていた男が売り上げ金五百万円を持ったまま飛んだ。しかも、当時ナンバーワンだったキャバ嬢と一緒に。

二週間後、逃げていた店長が海老名《えびな》サービスエリアの駐車場で見つかった。車の中で、アイスピックを深々と胸に刺したまま息絶えていた。そのアイスピックは、ハニーバニーで使っているものとまったく同じだった。

破滅の悪魔。それが修造の雇い主だ。

ゲートが開き、馬たちが地鳴りを上げて走り出す。

早くも頭が痺《しび》れ、しきりに唇を舐《な》めながらレースを見守った。

頼む。勝たせてくれ。もう、競馬はやめたいんだ。また、十七歳のときのように、奇跡を起こしてくれ。

あっさりと奇跡が起きた。《エリーマイラヴ》と《ケツアゴタランチノ》の二頭が、ぶっちぎりで勝ったのである。

「ありがとうございます!」

修造は当たり馬券を握りしめ、思わず川崎競馬場の夜空に向かって叫んだ。オッズは二百倍。たった一瞬で、月の給料よりも多い四十万円を手にした。

まずはビールで祝杯だ。修造は換金をして、小走りで、健さんに連れて行ってもらったことのある寿司《すし》屋へと向かった。

いきなり、中トロを頼んでやる。ウニとかイクラとかアワビとか高級なネタを連打してやる。

寿司屋のカウンターに座り、おしぼりで顔をふいたとき、破魔にハニーバニーの売り上げ金を届けなきゃいけないことを思い出した。

おいおい、浮かれすぎだろ。祝杯は仕事のあとで……。瞬間、全身の血の気が失《う》せ、卒倒しそうになった。

セカンドバッグがない。

寿司屋を飛び出し、猛ダッシュで川崎競馬場へと戻った。

どこで落とした？　まったく覚えていない。換金所か？　トイレか？　血眼になって、ゴミ箱の中まで捜したが、セカンドバッグは見つからなかった。破魔に正直に話すか……。いやいや、それはマズいだろう。修造が川崎競馬場に通っていることは、ハニーバニーの連中の全員が知っている。「落としました」で通じるわけがない。

今すぐ、逃げろ。心の声が語りかける。

馬鹿野郎。お前もアイスピックを心臓に突き刺したいのか。もう一つの心の声が語りかける。

俺も逃げたほうがいいと思うぞ。沖縄まで逃げればさすがに追ってこないって。さらに、もう一つの声が語りかける。

沖縄なんか甘い。すぐに捕まるぞ。ジャマイカぐらい遠くに逃げなきゃ安心できねえだろうが。また別の声が語りかける。

つまり、修造は完全なるパニックに陥っていた。

……終わった。俺の人生はここで強制終了だ。勝手に涙が溢《あふ》れてきた。膀胱《ぼうこう》がキュッと縮まり、小便が漏れそうになる。

そのとき、唐突に肩を叩《たた》かれた。覚えのある香水が鼻をつく。

「やっぱりここにいた」

振り返ると、ハニーバニーの茉莉亜が微笑みを浮かべて立っていた。キャバ嬢には珍しい金髪のショートカット。盛りまくりのアップヘアや巻髪ばかりのキャストの中で、茉莉亜の存在は浮きまくっていた。元ミュージカルの女優だけあって引き締まった体をしていてスタイルは抜群で、ナンバーワンとはいかないまでもかなりの人気があった。今日は店に入らない日なので、ピッタリとした長袖《ながそで》のTシャツとスリムのジーンズといったカジュアルな恰好《かっこう》だ。

新鮮に感じるのは服装のせいではない。仕事中は猫みたいに澄ましている茉莉亜が人懐っこく笑っている。ハニーバニーに彼女がやってきて半年になるが、初めて見る表情だった。

「シュウのこと捜してたんだよ。ケータイもつながんないしさ」

パニックからくる錯覚だろう。修造の目には、茉莉亜が川崎競馬場に舞い降りた天使に見えた。

3　キャバクラ・ハニーバニー

――午後四時二分

「シュウさんが死んでくれなきゃ、金は二等分になんないじゃん」

コジが健さんの頬をブルブルと震わせた。

「や、やめんかい」健さんが顔を真っ赤にして振り払う。

コジは懲りずに、健さんの横に腰掛けた。「健さんも金がいるんだろ？　借金、いくらだっけ？　三分の一じゃ、足りないんじゃない？」

「……ギリギリ足りるわい」

完全にコジがペースを握っている。いつも、このソファに座ってキャバ嬢の膝《ひざ》に手を置きながら威張り散らしている健さんとは別人だ。ヤンキーに絡まれてカツアゲされている中学生のように怯《おび》えながら背を丸めている。

わたしは少しだけ、エロ親父に同情した。

「逃げなくていいんっすか？」

「何を言うとるねん。逃げるに決まってるがな。三人で沖縄に逃げる予定やったろうが」

「それはプランAでしょ」

「な、なんやねん。それ」

「銀行強盗をして、誰も殺さずに、警察がかけつける前にすんなりと逃げきれたらの話でしょ？」

シュウが人質を撃たなければ、もう少しスムーズにコトが運んだだろう。シュウのシャツについた返り血を見て健さんは腰を抜かし、銀行のカウンターで目出し帽を被《かぶ》りながらしゃがみこんでしまったのだ。シュウが肩を貸してなんとか健さんを銀行から連れ出したが、予定よりも時間を食ったことで警察の包囲網から逃れることができなかった。

計画では、今頃は羽田《はねだ》空港のロビーで那覇《なは》行きの飛行機に乗り込んでいたはずだ。

「プランBを教えてくれや」

「なんとかして包囲網をかいくぐって、新横浜まで逃げるんっすよ」

「ほんで？」健さんが身を乗り出す。

「関西空港に行く。でも、国内はヤバい。殺人をやっちゃったから警察も本気出しちゃうだろうしね」

「海外に逃げんのか？　どこに行くつもりやねん」

コジが得意気に指を鳴らした。「ジャマイカ」

健さんが目を丸くしてあんぐりと口を開ける。「ジャ、ジャマイカってなんやねん！　そもそもどこにあるねん？」

カリブ海だよ、バカ。

「ジャマイカに連れがいるんだよね。だいぶ前にレゲエのミュージシャンの修業で行ったんだけど、全然帰って来ないんだよ。どうしてだと思います？」

「知るか、ボケ」

「天国なんだって。毎日ハッパを吸いながら、ボーッとレゲエを聴いてるだけ。とっくにビザが切れてんのにさ」

「わし、レゲエ聴かへんし」健さんがげんなりとした顔で言った。

コジが健さんの肩にそっと手を置いた。奇妙な光景だ。いつもなら、健さんがキャバ嬢を触っているのに、今日は逆になっている。

「健さん、オレと一緒にジャマイカ行かない？」

「だから、レゲエは好きちゃう言うてるやろが。ボブ・マーリーも一曲ぐらいしか知らんねん」

「すぐに好きになるって、マジで。住めば都って言うじゃん」

しかし、健さんは、頑《かたく》なに首を振る。「わし、大和撫子《やまとなでしこ》が好っきやねん」

「心配無用！」コジが健さんの肩をポンと叩いた。「日本人もいるに決まってんじゃん。ハッパ好きのギャルがわんさかいるよ。なあ、健さん、ハッパ吸いながらセックスしたことある？　超キモチいいよ」

「な、何を言うとんねん、お前は」健さんが、コジから逃れるようにして立ち上がった。ボックス席から離れ、自分を落ち着かせるために大きく深呼吸をする。

コジはソファに座りながら、そんな健さんを眺めてニヤついている。

「日本に残ってどうするわけ？　オレたちは、これから指名手配されるんだよ。絶対に捕まるってば」

「マイナス思考はやめんかい。お前もシュウと一緒になっとるがな」

「現実だよ。日本に残っていれば、間違いなくオレたちは捕まっちゃう。もし、捕まらなくてもビクビクしながら、暮らさなきゃいけないじゃん。オレはジャマイカでハッパをスパスパ」

コジも立ち上がり、背を向けている健さんにゆっくりと近づいて耳元で囁《ささや》くように言った。

「健さん。ビクビクとスパスパどっちがいいっすか？」

「……スパスパ」健さんが体を硬直させたまま呟《つぶや》く。

「ついでに、借金も踏み倒せばいいじゃん。借金取りも、ジャマイカまでは追っかけてこないって」

健さんが銀行強盗をした理由――。てっきり、大儲《おおもう》けをしていると思っていた焼肉チェーンの会社が実は火の車だった。銀行から金を借りるために新店舗を無理やり作り、その店の赤字を埋めるために、さらに新店舗を作らなければならない負の連鎖に陥っていたのだ。

「ほんじゃあ、ジャマイカは三人で行こうやないか。シュウも誘ったらええがな」

コジがわざとらしく鼻を鳴らす。「シュウさんは、他に逃げる場所を確保してるってさ」

「なんやと？」健さんが振り返り、眉間《みけん》に皺《しわ》を寄せた。「それはどこやねん？」

「どこでもいいじゃん。シュウさんはどうせ死ぬんだし」

コジの目が据わっている。マナーの悪い客をハニーバニーから叩《たた》き出すときと同じ顔だ。

コジがキレたら誰も止めることはできない。

体はそれほど大きくはないが、キックボクシングをやっていたので攻撃力が半端じゃないのだ。しかも、そのキックボクシングには喧嘩《けんか》に強くなりたいがために小学生のころからジムに通っていたらしい。筋金入りの喧嘩バカだ。

一般人が店で暴れても首根っこをつかまえて放り出すだけだが、相手が〝素人〟じゃないとわかっているときのコジは、玩具《おもちゃ》を与えられた幼稚園児のようにキラキラと目を輝かせながらぶん殴る。

まだ、わたしがハニーバニーで働き始めて間もないころ、コジの凄《すさ》まじい喧嘩を目撃した。

黒人ギャングを真似した服に身を包んだ若者たちが、酔った勢いで他のサラリーマン客たちに絡みだした。シュウが、お得意のやんわりとした口調で宥《なだ》めるため間に入ろうとすると、若者の一人がシュウの髪の毛を摑《つか》み、鼻っ柱に頭突きを入れて言った。

「この店のケツ持ちどこ？　こっちは○×組なんだけどよ」

その言葉をコジは待っていた。頭突きだけじゃ、まだ手は出せない。

シュウは鼻血を出してうずくまりながら、コジにオッケーサインを送った。

コジは野犬のように身を屈《かが》め、若者たちの前に躍り出た。相手は三人だったが、全員を失神させるのに三十秒もかからなかった。

殴り掛かってきた一人目の若者をローキックで止め、怯《ひる》んだところにヒジ打ちを顎《あご》にめがけて叩き込んだ。折れた歯が、離れて座っていたわたしのテーブルまで飛んできてカチンと跳ねた。

二人目の若者が、ナイフか何かをダボダボのパンツから出そうとしてまごついているのを見て、コジは目の前にあったドンペリの瓶を手に取った。ゴツンと鈍い音がして、二人目の若者が引っくり返る。額がぱっくりと割れていた。

三人目の若者も一瞬だった。格闘技に疎いわたしでも惚《ほ》れ惚《ぼ》れするようなハイキックが炸裂《さくれつ》したのである。ジャッキー・チェンのスタントマンみたいにふっ飛んだ三人目の若者は、半回転してソファに頭から落ちた。

わたしは、無意識に拍手をしてしまった。コジの喧嘩があまりにも見事過ぎて、ミュージカルのワンシーンを観たような錯覚がしたのである。

「ほ、ほんまに、シュウを殺すんかいな。わし、血を見んのが嫌いやねん」

健さんが泣きそうな顔でコジに言った。

「オレだって世話になった先輩をぶっ殺すのは嫌っすよ。でも、やんなきゃ、金は二分の一にならない」

バカラに狂っているコジはアパートの家賃が払えず追い出され、シュウのマンションに転がり込んでいる。シュウもコジを可愛がり、二人は本物の兄弟みたいに仲がよかった。店が終わったあと、二人が肩を並べてラーメン屋のカウンターに座っているのを何度か見たことがある。

「でも、どうやって殺すねん」

「超カンタンっすよ。ここだと目撃者はいないんだから、後ろから頭を撃ち抜けばいいじゃん」コジが指で銃を作り、撃つ真似をする。

「だ、だ、誰が撃つねん？」

「ジャンケンで決めようか？」コジが手を出して構える。

「嫌じゃ。わし、ジャンケンに弱いねん」健さんが駄々をこねる子供のように、両手を後ろに回して隠した。

「オレがやるよ。大丈夫。一瞬で終わるって、マジで」

コジが店の入口のドアへと大股《おおまた》で歩いていく。ヤンキー特有の肩を揺らす歩き方だ。

「待てや」健さんが追いかけ、コジの腕を摑んだ。「三等分でええがな。仲良く金を三つに分けようや」

コジがブチッとキレた。健さんの腕を捻《ひね》り上げ、関節をきめる。

「あがあがあが」健さんが悲鳴にならない声を上げた。

「おい、こらっ、さっきまでは三等分じゃなかったじゃねえか。オレは二割しか貰《もら》えねえんだろ」コジがドスを利かせて、健さんを睨《にら》み付ける。

「わかった！　わしがシュウを説得する！　腕が折れるから放してくれ！　説得するがな！」

「もう、遅《おせ》えよ」

コジが健さんを解放した。健さんは痛みのあまり、腕を押さえたましゃがみこむ。

そのとき、厨房《ちゅうぼう》のドアが閉まる音がして、シュウがフロアに戻ってきた。すぐに二人の様子がおかしいことに気づき、眉《まゆ》をひそめる。

「コジ、何があった」

「二人仲良く明るい未来を相談してたんっすよ」

そう言ってコジは、店のドアを開けて出て行こうとした。

シュウが慌てて、コジを止めようとする。「どこに行くんだよ？」

「タバコっすよ」

「非常階段で吸えばいいだろ」

「ついでに車の忘れ物も取ってこようかなと思って」

「馬鹿野郎。外は警官がウロウロしてんだぞ」

「大丈夫っしょ。オレは運転手なんですから、銀行のカメラには映ってませんし」

「待てって言ってるだろ」シュウがコジの肩を摑んだ。

「この手は何っすか？」コジが、シュウを睨み付けながらグイッと体を寄せる。

シュウは後退《あとずさ》りをして、コジの肩から手を放した。

欲をかけば、必ず裏目に出る。そして、金で揉《も》めた人間関係は修復できない。

しまった。

この三人は、もう終わりだ。警察に追い詰められている上に、互いの信頼を失って

わたしが提案した銀行強盗がこんなことになるなんて。やはり舞台だけでなく、人生にも〝アクシデント〟はつきものなのだ。

コジは舌打ちを残し、ドアを荒々しく閉めて出ていった。残された二人の間に、何とも言えない重たい空気が流れる。

すべての照明をつけていないせいで、店内は暗い。わたしは、まるで、小さな劇場で上演されている芝居の観客になったかのようだ。観客である以上、物語には手を出せない。見守るしかないのだ。

健さんがヨロヨロと立ち上がり、懇願するような顔でシュウに近づいた。

「シュウ、やっぱり金を三等分にせえへんか」

「いくら何でもそれは釣り合わないでしょ。コジは車を運転しただけですよ」

「……やばいことになってん」健さんが関節をきめられた腕を摩《さす》った。

「コジに何を言われたんですか」

「金を二等分にしようって」

「は？」シュウが口をあんぐりと開ける。

健さんが申し訳なさそうに首をすくめる。「わしとコジで分けようって」

「俺の分は？　どうして急に俺の取り分がなくなるわけ？」

「今、コジは車に銃を取りに行っとんねん。わしがダッシュボードに忘れた銃や」

シュウは目を閉じ、しばらく沈黙したあと目をゆっくりと開いた。

「俺が撃たれるの？」

健さんが、素早くかつ深く頷《うなず》く。

「ちょっと、そんな簡単に頷かないでくださいよ！　何でコジを行かせるんですか！　俺が撃たれてもいいんですか？」

シュウが取り乱し、これでもかと髪を掻《か》きむしった。この男は背も高いし、目つきも鷹《たか》のように鋭いし、黙っていればそこそこいい男なのに、いかんせん精神的に弱すぎる。ハニーバニーの売り上げが落ちただけで、ストレスによる円形脱毛ができるぐらいだ。左耳の後ろに五百円玉大のミステリーサークルがよくできている。

「いいわけないやろ。だから、さっきから三等分に戻そうって言うてるんやがな」

「俺のこと殺す気なんでしょ？　今さら三つに分けるって言っても聞いてくれませんよ！」

「ど、どないする？」

「コジを止めてくださいよ」

「どうやって？」

「説得するしかないでしょ」

「どうやって？」

「あのね、健さんも殺されるんですよ！」

シュウが健さんの肩を摑《つか》んで揺さぶった。全身の肉がたっぷんたっぷんと揺れる。健さんの推定体重は百キロ。キャバ嬢たちは裏で「体脂肪率百パーセント」とからかっていた。

「わしも殺されるんかいな」健さんが素《す》っ頓狂《とんきょう》な声を上げる。

「一人殺すも二人殺すも一緒でしょ。コジは、この金を一人占めする気なんですよ」

「それは、どうやろなあ」健さんが、大げさに首を捻る。

「何がおかしいんですか？」

「今、シュウが言った、『一人殺すも二人殺すも一緒』って台詞《せりふ》やがな。なんか納得でけへんわ。よく映画とかで聞くけど、一人殺したからって、そう簡単に二人目も殺すってのはおかしいんちゃうかな。たとえ殺すにしても、やっぱり少ない人数で済ませたいやろうし」

「それって、俺だけ殺されて健さんは生き残るってことですか」

また健さんが、素早く深く頷いた。

シュウが目をひん剝《む》いて怒鳴る。「虫が良すぎますよ！」

「やっぱり、わしも殺されんのか。勘弁してくれや……」健さんが肩をガックリと落とした。今にも泣きだしそうな雰囲気だ。

「じゃあ、コジを説得する方法を考えてくださいよ」

「方法って言われてもやな……あのガキ、聞く耳を持ってくれへんしやな……」

「とにかくコジは怒ってるんでしょ？」

「めっちゃ怒ってんな」

シュウが腕組みをしながら、忙《せわ》しなく店内を歩きまわった。その姿を健さんが不安げに眺めている光景は、喜劇を鑑賞しているような気持ちにさせる。

喜劇を演じようと思っても、喜劇にはならない。

誰の言葉かは忘れたけれど、演劇の専門学校の授業で習ったことがある。その学校での経験は最悪だった。

そもそも、なぜ女優になりたいと思ったのか。高校はバレーボール部に所属していたわたしは、演劇の経験などない。自分でも、高校を卒業したら普通の大学に通って、普通の会社に就職する、普通の人生を歩むと思っていた。

高校の卒業旅行で友人たちとニューヨークに行き、「せっかくだから本場のミュージカルを観よう」とブロードウェイで『シカゴ』を観た。

あまりの素晴らしさにわたしは声を失い、劇場を出るころにはミュージカルの女優になると心に決めた。

帰国して、すぐに入学が決まっていた大学を蹴《け》り、演劇の専門学校に通い始めたのだ。

しかし、ブロードウェイで観た世界と池袋《いけぶくろ》にある専門学校とでは、あまりにもギャップがありすぎた。一応、シェークスピアやチェーホフなどをひと通り教わり、ジャズダンスやボイストレーニングもあったのだが、所詮《しょせん》、外国の文化は日本人がどれだけ努力をしたところで追いつけないのだと痛感した。外国人が真剣に歌舞伎に挑んでも仕方がないのと同じで、頑張れば頑張るほど情けなくて虚《むな》しい気持ちになってしまった。

ある日、学校で喜劇のレッスンがあった。喜劇のはずなのに、まったく笑いが起きない。講師が喜劇の構造を熱弁するのだけれど、誰一人クスリともしないのだ。まさに、悲劇的状況だった。

喜劇を演じるため、わたしたち生徒は老人に扮《ふん》することになった。全員が十九歳なのにである。白髪のカツラを被《かぶ》り、顔に皺《しわ》を描き、講師が用意した脚本どおり演技をしたが、ますます痛々しい状況に陥った。まるで、志村けんのコントを練習しているようだった。

「喜劇を演じようとするな！　それじゃあ、喜劇にはならないぞ！」と得意気に教える講師に、全員が首を捻《ひね》った。

そういう問題ではないのでは？

まあ、老人を演じる機会などそうあるものじゃないから、勉強にはなったけれども。

それからあとの、わたしの人生のほうがよっぽど喜劇だ。オーディションを受けて日本で一番有名なミュージカル劇団の研究生になり、二年後になんとか入団できたものの一年も持たずにトラブルで辞めてしまった。「本場のニューヨークに留学するためだ」と自分に言い聞かせてキャバ嬢をやっていたが、金が貯まる前に、ある理由で大金を用意しなければならないハメになった。

一週間で用意しなければ、とんでもないことになる。それも、銀行強盗でもしなければ、絶対に無理な金額だった。

川崎競馬場でシュウに相談しようとしたら、なんとハニーバニーの売り上げ金を落としたと言うではないか。

崖《がけ》っぷちに立たされた人間が二人以上揃うと、ロクでもない事態を引き起こす。

「銀行強盗でもやっちゃう？」

わたしは、笑顔が引き攣《つ》らないように気をつけて、シュウに持ちかけた。

ハニーバニーの店内を三周ほどしたあと、シュウが足を止めた。

「何か、ええアイデア浮かんだか」

シュウが頷き、真顔で答えた。「コジが八割、俺たち二人が一割ずつで我慢しましょう」

「は？　何やねん、それ！」健さんが口から泡を飛ばして抗議した。「いくら何でもぼりすぎやろ！　コジは車の運転しかしとらんねんぞ！」

「死んだら元も子もないでしょ。今、コジは銃を取りに行ってるんですよ」

「でも、コジは俺と二等分しようって言ったわけやし……」

まだ、金にこだわってるの？　呆《あき》れてものも言えない。

健さんにとって金は絶対なのだ。たしかに、金がなければ、この男はただの醜い豚になる。

「健さん、『蜘蛛女《くもおんな》』って映画を観たことがあります？　ゲイリー・オールドマン主演の傑作なんですけど」

「ゲイリー・オールドマンは『レオン』しか知らんわ」

シュウが溜《た》め息を呑《の》み込み、話を続けようとする。他の従業員たちと比べて、シュウの映画の知識はずば抜けていた。

まあ、あまりにも他の連中が映画を観てなさすぎなんだけどね。

ハニーバニーで働いている男たちは、暇さえあれば漫画の『ワンピース』の話をしている。逆にわたしは漫画を読まないので、まったくついていけない。

「とにかく、その映画の中で主人公が、銃を突きつけられて自分が埋められる穴を掘るシーンがあるんですよ。悲惨だったですよ。ゲイリー・オールドマンが泣きながら掘ってるんです」

「ちょい、待てや。それはおかしないか？　その主人公は後々、自分が殺されるってわかってんねやろ」

「そうですよ」

「なんで掘るねん？　理解でけへんわ。どうせ殺されるんやったら、いくら『掘れ』って脅されても拒否するやろ」

シュウが我慢できずに溜め息を漏らした。「もういいです。せっかく、映画で健さんの立場を説明しようと思ったけどやめます」

「わしに言われたないやろけど、説明はシンプルなほうがええで」

シュウが深呼吸をして、無理やり気分を落ち着かせた。「健さん、コジの性格を知ってるでしょ？」

「見境のないアホやな。頭に血が上ったら何するかわからへん」

「そんな男がね、今、弾の入った銃を手にしようとしているんですよ」

「やばいがな……」

さすがの健さんも、ようやく状況が呑み込めてきたみたいだ。

「お望みどおりシンプルに言わせてもらいます。死にたくなければ、コジが八割、俺たちが一割ずつで我慢しましょう」

「人間……諦《あきら》めが肝心やもんな」

「まずはコジがここに戻ってくる前に、電話で説得してください」

「わかった」健さんが、自分のスマートフォンを出し、コジにかけた。

店のドアのすぐ外で、着信音が鳴った。ボブ・マーリーの『ワン・ラブ』が聞こえてくる。コジのケータイだ。

シュウと健さんが顔を見合わせて息を呑む。

「ただいま」ドアがゆっくりと開き、銃を手にしたコジが入ってきた。「さっそくだけど、二人とも両手を上げてくんない？」

4　串カツ屋・とらぼる太

――銀行強盗の六日前

「シュウの行きつけってここなの？」

茉莉亜が、引き攣った顔で店内を見回す。

「なかなか、渋い店だろ」

修造は、カウンターの一番端の特等席に腰を下ろした。

――午後五時。川崎市役所の裏にある串《くし》カツ屋、とらぼる太に二人でやってきた。

修造は黒いスーツにネクタイの仕事着。茉莉亜は紫色のドレスに薄手の羽衣みたいな生地の服を羽織っている。

金髪のショートカットの茉莉亜は、昭和臭がプンプン漂うこの店に驚くほど似つかわしくない。酢豚に入っているパイナップルの如く浮いている。

茉莉亜は、さっきからしきりに鼻をヒクつかせている。古い油の匂いが気になるのだろう。ここの串カツは三本以上食べてはいけない。次の日、胃薬が必要になる。

二人は出勤前に、ミーティングをすることになっていた。昨夜、川崎競馬場で、茉莉亜が持ちかけてきた荒唐無稽《こうとうむけい》な計画についてだ。

「俺は生ビールの小で。茉莉亜は？」

「ウーロン茶でいいわ。ホットにできる？」

「そんな面倒《めんど》臭いものを串カツ屋で頼むなよ」

「じゃあ、氷を抜きにして。体が冷えちゃうから」

茉莉亜は、不服そうな顔をして修造の隣に座った。

冷えるなら、もう少し暖かい恰好《かっこう》をしろよ。

シュウは、そう言いたいのをグッと堪《こら》えた。〝冷え性〟はキャバ嬢の職業病だ。客のスケベ心を刺激するために、よりセクシーな衣装を着ることを求められる。夏などは、クーラーの直撃で鼻水を垂らす女の子もいるぐらいだ。

ドレスからこぼれそうな茉莉亜の胸の谷間に、さっきから串カツ屋の大将も鼻の下を伸ばしている。

なぜ、この大将が店にとらぼる太と名前をつけたかは誰も知らない。大将は五十過ぎのハゲ親父で、顎《あご》がケツのように割れている以外は、ジョン・トラボルタと共通点はない。ハリウッド映画のファンでもなさそうだ。

生ビールとウーロン茶がカウンターに運ばれてきた。

「何に乾杯する？　輝かしい未来に？」茉莉亜が茶目っけたっぷりにグラスを上げた。

「絶望的な未来だろ？」修造が鼻で笑う。

「まだ、諦めるのは早いわよ」

茉莉亜が強引にグラスを合わせてきた。まだ、他に客のいない店内に、乾杯の音が鳴り響く。ステレオから流れてくるBGMは、サザンオールスターズの『栞《しおり》のテーマ』だ。

昨夜の競馬で賭《か》けた《エリーマイラヴ》といい、どうも、運命が妙な方向へとねじ曲がっているような気がする。

修造は生ビールをひと口飲み、溜め息を漏らした。

「やめてよ、それ」茉莉亜が眉《まゆ》をひそめた。

「何がだよ」

「溜め息よ。幸せが逃げるって言うでしょ。せっかく大仕事に挑むんだから不吉な真似はしないで欲しいの」

その大仕事が、溜め息の原因だろうが。

修造は、もうひと口生ビールを飲み、冷や奴《やっこ》と串カツの盛り合わせを注文した。

昨夜、ハニーバニーの売り上げの四百万円が入ったセカンドバッグを失くした修造は、絶望の淵《ふち》に立たされた。

いや、立ってはいない。淵に片腕一本でぶらさがっているぐらいの危機だ。落ちてしまえば、そこには地獄が大口を開けて待ち構えている。

ショックのあまり、テレビのリモコンでミュートを押したみたいに、川崎競馬場の音が忽然《こつぜん》と消えた。景色の色も消え、あらゆるものが灰色に見える。

……完全に終わりだ。

呼吸も全身を流れる血もストップした。お願いだから、誰か今すぐ俺を殺してくれと心の中で叫んだ。

今日中に、ハニーバニーのオーナーの破魔に売り上げ金を届けなければならない。もちろん、どんな言い訳も通用しない。たとえ、川崎に隕石《いんせき》が落ちてこようとも、売り上げ金を渡さなければ、アイスピックでメッタ刺しにされるのだ。

だから、「シュウのこと捜してたんだよ。ケータイもつながんないしさ」と茉莉亜が現れたのは、まさに天の助けだった。

茉莉亜は、すぐに修造の様子に気がついた。

「何があったの？　競馬で大負けしたの？　ゾンビみたいな顔色になってるよ」

修造は、すべてを打ち明けた。とんでもないところまで追い込まれた今の状況を。

本来ならキャバ嬢なんかに相談しない。だが、なぜか、その日の茉莉亜は、心の底から信用できた。たぶん、タイミングだろう。絶望の淵にぶらさがっていた修造の腕を、ガッシリと摑《つか》んでくれたような気がしたのだ。

茉莉亜は、予想外に安堵《あんど》の表情を見せた。

「ちょうど、よかった。わたしも、大金を用意しなくちゃ殺されるところだったの」

な、何だ、それ？

「相談に乗って欲しくてシュウを捜してたのよ」

意味がわからない。地獄行きの特急列車に、もう一人乗客がいたってことなのか？

茉莉亜が笑った。

まだパニック状態の修造は、陳腐な表現しか頭に浮かばなかった。

「ねえ、銀行強盗しない？」

まるで、天使のような笑顔だ。

「この店、サイコーじゃん」

とらぼる太で飲みはじめてから三十分――。

茉莉亜は、十二本目の串カツを平らげていた。見ているこっちが気持ち悪くなってくる。

「それ以上、食べないほうがいいと思うぞ」修造は、三分の一になった冷や奴を割り箸《ばし》で崩しながら忠告した。

「どうして？　魔法みたいに美味《おい》しいのに。食わず嫌いだった過去の自分の頭を後ろから叩《たた》きたいぐらいよ」

「明日《あした》が辛《つら》くなるぞ」

「明日のことなんて考えて生きてないわよ」

そう言って、茉莉亜は付け合わせのキャベツを勢いよくかじる。

バリボリ、バリ。

修造の心もかじられているような気がした。

昔の修造も、明日のことなんて考えてなかった。いつ頃からだろう。安全ロープをグルグルと体に巻きつけて毎日を過ごすようになったのは。

何が怖い？　失敗することか？　そうやって、ぬるく歩んできた結果がどうだ。

……このざまだ。

小汚い串カツ屋の端で、豆腐を突《つつ》きながら怯《おび》えている。

「で、どうなの、GGの件は？『一晩考えさせてくれ』って言ったから待ったけど」

「……もう少し待ってくれ。即答できるわけないだろう」

GGとは、《銀行強盗》の隠語だ。人前で話すときは、それを使おうと、昨夜、茉莉亜と決めたのだ。

「待たない」茉莉亜は、十三本目の串カツを摘《つま》んで、キッパリと言った。「ラスト一本を食べ終わるまでに腹を括《くく》ってもらうから」

くそっ。小娘に気圧《けお》されるなんて情けない。このままでは、一生、茉莉亜に頭が上がらないではないか。

おいおい、何を悠長な台詞《せりふ》を言ってるんだ。一生ってなんだよ。

自分の首を絞めたくなる。

銀行強盗でもしなきゃ、この窮地を逃れることはできないだろうが。

「まずは、破魔の金を何とかしなきゃなんないわね」

昨夜、修造は茉莉亜に手を引かれ、川崎競馬場をあとにした。目の前に停まっていたタクシーに押し込まれる。

「ど、どこに行くんだよ」

「四百万円を借りに行くのよ」

「馬鹿言うな。誰がそんな大金を貸してくれるんだ」

「シブガキさんよ」

喉から、胃袋が飛び出しそうになった。

渋柿多見子《しぶがきたみこ》――。川崎の魔女と呼ばれているババアだ。噂では七十歳を超えているらしいが、背筋は伸び、喋《しゃべ》り方にも迫力があり、酒も豪快に飲む。

何よりも驚くのは、その肌の美しさである。さすがに、たるみはあるが、湯葉のようにキメ細かで、白く輝いている。整形手術をしているのは確かだが、よほどの金をかけない限り、ああはならないだろう。

渋柿多見子は、毎晩、常に、双子のゴルゴ13のようなボディガードを連れて、ホストクラブではなしに、キャバクラに通う。

レズビアンだからだ。

ハニーバニーには月に一度か二度顔を出していた。その日の売り上げは半端じゃない。多見子一人だけで、五百万使った夜もある。

「あの婆さんはヤバいだろ」

「わかってるわよ。でも、他にいないじゃない」

茉莉亜が言うのももっともだ。この不景気の時代に、四百万円もの大金をポンと出せる人間は探してもそうは見つからない。

渋柿多見子は、裏の世界で暗躍する伝説的な金貸しだ。相手が誰であろうとも、どんな大金であろうとも、保証人なしで貸し付ける。

そして、絶対に回収する。期間は一週間。利子は二十パーセント。一日の延滞も許さない。

渋柿多見子のバックに何があるかはわからないが、あの破魔や、破魔のケツ持ちの暴力団も敵《かな》わない。彼女がハニーバニーに現れたら、脂汗を浮かべながら、ガチガチに緊張して接客する。

茉莉亜は、渋柿多見子のお気に入りの一人だった。何度も「私の愛人にならない？」と口説きを受けている。

「なるわけねえだろ。いい加減にしろよ、このクソババア」

キャバ嬢たちは、口汚く罵《ののし》らなくてはいけない。それが、渋柿多見子を接客するときのマニュアルである。

渋柿多見子は、ドMでもあった。

自分よりも半世紀若いキャバ嬢たちに罵られて、ゾクゾクと喜んでいる。

「マジであんな変態ババアに金を借りるつもりかよ」

絶対に関わりたくない。渋柿多見子は、男をダンゴ虫ほどの価値で扱う。まず、修造には貸してくれないだろう。

「わたしが借りることにするの」茉莉亜が、凛々《りり》しい顔つきで言った。

……この女、覚悟を決めてやがる。なぜ、銀行強盗をしなければならないほどの大金が必要なのかは「いずれ言うから」と、教えてくれなかった。

「それを俺に貸してくれるのか」

「一緒にGGをしてくれるならね」

修造は、反射的に頷《うなず》いた。他に選択肢はなかった。あまりの展開に、現実味を感じられなかったというほうが正しい。

茉莉亜が、自分のスマートフォンを出し、渋柿多見子に連絡をした。お気に入りのキャバ嬢には、金箔《きんぱく》でできた名刺を配っている。

「おい、ババア。ハニーバニーの茉莉亜だよ。覚えてるか」

茉莉亜の口調に、タクシーの運転手がギョッとする。

「金を借りたいんだよ。今、どこにいるか教えろよ」

罵りながらも、スマートフォンを持つ茉莉亜の手は震えていた。

渋柿多見子の伝説は数知れない。そのほとんどが、金の回収方法のエグさだった。

たとえ、女であっても容赦はしない。

あくまでも噂だが、ピラニアがわんさかいる巨大な水槽に放り込まれた風俗嬢がいるらしい。

「どれだけ困っても、あの婆さんだけには金を借りるな」

川崎で働きだしてから、十人以上もの人間から同じことを言われた。

「決めた？」

茉莉亜が、十三本目の串カツを食べ終えた。

「やるよ」

声が擦《かす》れて様にならない。せり上がってくる恐怖を堪《こら》えるのに必死だ。

「GGをやるのね」

「やらなきゃダメだろう。あの婆さんの玩具《おもちゃ》にされたくないからな」

結局、渋柿多見子はあっさりと四百万円を用立ててくれた。

──一週間経っても、返せなかったら、わかってるね。

渋柿多見子は、中華料理店の個室でフカヒレスープをすすりながら、正座をする修造に言った。

──あんたの両手両足を切り落としてダルマにする。それで、屈強なホモがあんたを犯す様子を私は酒を飲みながら鑑賞するのさ。

渋柿多見子の目は本気だった。茉莉亜が金を借りる予定だったのに、「本当に必要なのはあなたじゃないでしょ」と見透かされ、修造だけが個室に呼ばれたのである。

そのとき初めて、魔女の恐ろしさを味わい、打ち震えた。

どうして、わかった？　神通力でもあるのか？

おそらく、ハニーバニーで茉莉亜に罵られて涎《よだれ》を垂らしながらも、人物観察をしていたのだ。

レベルが違いすぎる、と痛感した。どの世界でも、成功するためには超人的な直感と視野の広さが必要なのだ。

残念ながら、俺にはどっちもない。

結局は、修造個人が金を借りるハメになってしまった。相手は、川崎の魔女・渋柿多見子。とりあえずは、破魔のアイスピックの餌食《えじき》にはならなくて済んだが、さらに恐ろしい地獄が先に待ち構えている。

バリボリ、バリ。

茉莉亜が、真剣な顔つきでキャベツをかじった。

「わたしたちだけじゃGGは成功しないわ。最低でも、あと二人の仲間がいる」

「……二人もかよ」

「シュウが用意して。わたしたちと同じぐらい切羽詰まった人間じゃなきゃダメよ」

5　キャバクラ・ハニーバニー

——午後四時二十六分

「さっそくだけど、二人とも両手を上げてくんない？」

コジがハニーバニーのドアを閉め、入ってくる。

「あ、危ないやろうが！　銃口をこっちに向けんなや！」

健さんが泣きそうな声で叫ぶ。いや、すでに泣いているのかもしれない。

「オレ、銃に慣れてないからさあ、大きい声で怒鳴られたら思わず撃っちゃうよ」コジが銃をかまえながら、大股《おおまた》で二人との距離を詰めていく。

「わかった。静かにするから撃たんとってくれ」

健さんが慌てて両手を挙げた。腋《わき》にびっしょりと汗をかいている。

「シュウさんもホールドアップしてよ」

「わかったよ……」シュウが渋々と指示に従った。

完全に、コジのペースだ。ただでさえ、喧嘩《けんか》の強い男が武器を持っている。まさに

〝鬼に金棒〟の状況だ。

わたしは、三人の中では一番コジが好きだ。異性としてではなく、人間として。素朴だし、弟みたいで可愛い。

だけれど、銃を持ったコジは単なる獣《けだもの》にしか見えない。金に飢えた意地汚い野犬だ。

「コジ、落ち着いてわしの話を聞いてくれや。今、さっき、シュウと話してたんやけどな、お、お前の取り分を変えることにしてん」健さんが、必死で説得にかかる。

「へえ」コジが、あからさまに小馬鹿にしたような笑みを浮かべた。「どういう心境の変化があったわけ」

「お前に八割払う」

「マジ？」

健さんが、苦虫を噛《か》み潰《つぶ》したような顔で頷いた。「おう、マジや。だから、その銃は勘弁してくれ」

「何だよ。せっかく、警察に捕まる危険を冒してまで銃を取ってきたのに。無駄足じゃんかよ」

「さっさと捨ててきてくれや」

「嫌だよ。これ以上、外をウロウロしたくねえよ。パトカーが走り回ってんだぞ」

馬鹿にもほどがあるわよ。警察に見つからなかったからいいものの、もし、このビルを嗅《か》ぎつけられたら、せっかくの銀行強盗がパーになるじゃない。

「そやけど、銃は早く処分せなあかんやろ。銀行強盗の証拠やねんから」

「こっちにも一丁あるしな」シュウがボストンバッグの上の銃を指す。

「どうすんの？　あと三十分で新人のボーイが掃除しに来ちゃうよ。誰が捨てに行くわけ？」

コジがわざとらしく肩をすくめた。らしくない。下手くそな演劇を見せられているような気分になる。

健さんが、大げさに溜《た》め息をついた。「わかった。わしが捨ててくるわ」

「健さんはマズいですよ。マスクをしてたとはいえ、銀行の防犯カメラにバッチリ映っちゃってるんだから」

「このビルの外には出えへん」

「じゃあ、どこに捨てるんだよ」コジが訊《き》いた。

「地下や。最近、居酒屋が潰れたばかりやろ」

シュウの顔が輝いた。「なるほど。まだ店がほとんど営業時の形で残ってますもんね」

「屋根裏か冷蔵庫の裏か、銃を隠す場所ぐらいはいくらでもあるやろ」健さんが、得意気な顔になり、ボストンバッグの上の銃を手に取る。「店に工事が入って銃を発見されても、そのときわしらは逃亡先ちゅうわけや」

「なかなか、ナイスなアイデアじゃん」コジが口を尖《とが》らす。健さんが活躍するのが面白くないのだろう。

実に子供っぽい。キャバクラのボーイとしてはまだ可愛げがあって許せるけれど、銀行強盗としては致命的だ。

シュウが、仲間にコジを選んだとき、もっと反対すべきだった。

コジと健さんは、わたしが銀行強盗の発案者だとは知らない。すべて、シュウが計画を立てたと思い込んでいる。

そのほうがいい。女に仕切られるのを生理的に受けつけない男が多い。わたしは裏方に徹するほうが上手《うま》くいくと判断した。

自分が殺されることになるとは思ってなかったけど——。

「ほら、そっちの銃も貸さんかい」健さんが、コジに近づき手を伸ばした。

「ふざけんなよ。渡したらオレが撃たれんだろ」コジが、玩具を取られたくない幼稚園児のように手を引っ込める。

「撃つわけないやろ。アホ」

「弾を抜いて渡せばいいだろ」シュウが、窘《たしな》めるようにコジに言った。

「それだったらいいけどさ」

コジが舌打ちをして、銃から弾をジャラジャラと抜き、スカジャンのポケットに入れる。

「ほんなら捨ててくるわ。金はまだ分けんとってくれよ。一割の金しか貰《もら》えんくても札束の山は拝みたいからのう」

健さんはコジから銃を受け取り、ハニーバニーを出て行った。

シュウとコジは、健さんがエレベーターに乗り込んでも、その場に突っ立って無言のままだ。

……どうして、黙ってるの？　何だか妙な空気ね。

エレベーターのモーター音が止まり、シュウがようやく口を開いた。

「な？　上手くいっただろ？」

「さすが、シュウさん！　悪知恵の天才っすよ！」

コジがガラリと態度を変えてガッツポーズを取った。悪戯《いたずら》に成功した少年のように目をキラキラと輝かせている。

「変な誉め方するなよ」シュウが照れを隠すように鼻を鳴らす。

「あのおっさん本当にとろいっすよね。いつも威張り散らしてるくせに、ビビりまくってるもんな」

「とろいおかげで俺たち二人が九割の金を山分けできるんだろ」

けだ。

こいつら、健さんをハメたのね。

銀行から奪った金をきっかり三分の一にするのが嫌で、ひと芝居を打ったというわけだ。

まず、シュウが「運転手役だったコジの取り分を二割にしよう」と健さんに持ちかける。逆上したコジが「シュウさんを殺す」と銃を取りに行く。シュウがタイミングよくタバコを吸いに非常階段に出たのも段取りどおりだろう。

そして、シュウが健さんを説得する。「殺されたくなければ、俺たちは一割ずつで我慢しよう」と。

たぶん、コジは銃を乗り捨てた車に取りに行ってはいない。わたしの憶測だけれど、最初からスカジャンのポケットにでも隠し持っていたと思う。

不自然だとは思ったのよ。そういうことだったのね。

街では警察が捜しまわっているのに、ビルの外に出るなんて自殺行為だもん。

「銃を持って銀行に突っ込んでいって、たったの一割か……」コジが同情の色を浮かべた。「ちょっと可哀想な気がするな」

「騙《だま》されるほうが悪いんだよ」シュウが吐き捨てるように言った。

「まあ、健さんのことだから、自分が騙されていることにも気づかないだろうけど。いくらオレでも人殺しなんかするわけねえじゃん」

「健さん、どんな顔してた？　お前が俺のこと殺そうって言ったとき」

「腹を下した豚みたいだった」コジがおどけた顔で言った。

「何だ、それ」シュウもつられて笑う。

二人でケタケタと笑いながら、ボックス席のソファに腰掛けた。

「これでようやく日本ともおさらばできるな」シュウが脚を組み、勝ち誇ったように胸を張る。

こんなにも自信に満ち溢《あふ》れたシュウを見るのは初めてだ。いつもは愛想笑いをしながら、キャバ嬢にヘコヘコしているくせに。

川崎競馬場では、ゾンビみたいにフラフラと立ちすくんでいた。それから一週間、わたしの銀行強盗の計画に乗りながらも、カツアゲをされている中学生よりも怯《おび》えた顔のままだったので、何度ぶん殴ってやろうと思ったことか（一度だけ、どうしても我慢できなくて往復ビンタをした）。

「楽しみだなあ、ジャマイカ」コジが、頭の後ろで手を組んでふんぞり返る。「最高だぜ。青い海！　青い空！　新鮮なハッパ！　行ったことねえけど」

「そんなに楽しそうな場所とは思えないけどな」シュウが肩をすくめる。あまり、乗り気ではなさそうだ。

「楽しいに決まってるじゃないですか！　日本でのこんなクソみてえな生活とはおさ

らばしましょうよ！」

「たしかに、クソみてえな人生だもんな」

「自分の力で変えるんですよ」コジが身を乗り出し、シュウに顔を近づける。「だから、イチかバチかで銀行を襲ったんでしょ？」

「そうだ。俺の人生は俺が変える」

シュウが立ち上がり、言った。落ち着きのない足取りでキッチンに向かい、冷蔵庫からハイネケンの瓶ビールを取りだす。

よく言うわよ。わたしが変えてあげたんでしょうが。あのとき、川崎競馬場にわたしが会いに行かなかったら、今頃、破魔のアイスピックを胸に突き刺したまま東京湾にでも浮かんでるってば。

「オレも飲みてえな」コジが、おねだりをする。

シュウがもう一本取り出して慣れた手つきで栓を抜き、ボックス席まで戻ってくる。

「とりあえずは、乾杯しようや。一応、金は奪えたんだからよ」

瓶同士をカチンと合わせ、二人はハイネケンをラッパ飲みした。ビールのCMのようにゴクゴクと喉を鳴らし、「ぷはー」と息を吐きだす。

まだ、何も終わっていないのに呑気《のんき》なものね。

あと三十分もしないうちにこのビルから脱出しなきゃならないし、明日、渋柿多見子に四百八十万円を返さなければいけない。

もしかして、シュウはそれも無視してジャマイカに逃げるつもりなのだろうか。

「茉莉亜さんはどうするんっすか？　日本に置いていくんっすか？　あとからでもジャマイカに呼んだらどうです？　オレは全然、かまわないし」

いきなり、わたしの名前が出たのでドキッとした。わたしの姿は見えないはずなのに、見られているような気がする。

「ま、茉莉亜は関係ねえだろう」

シュウがしどろもどろになっている。銀行強盗の発案者がわたしだと感づかれたと思っているのだ。

大丈夫。コジは、そんなに頭がキレない。

「付き合ってるんでしょ？」コジが、ニヤリと笑った。

「はあ？　そんなわけねえだろ」シュウは、安堵《あんど》を隠しながら言い返す。

「ここまできて、隠さなくてもいいじゃないですか。健さんが言ってましたよ。一週間前、とらぼる太で二人仲良く飲んでいたのを目撃したって」

あの串《くし》カツ屋のことか。ガラス戸だったから、外から覗《のぞ》けば店内の様子が確認できる。

「あれは、相談に乗ってただけだよ」

「何の相談っすか？」

「……人生相談だ」

「また、演劇の話っすか？　オレもよく茉莉亜さんに非常階段のタバコ休憩のときに持ちかけられるんっすけど、ぶっちゃけ、ウザいんっすよね」

ショックだ。コジは、そんな目でわたしを見ていたのか。いつも、ニコニコしながら聞いてくれていると思っていたのに。

ちくしょう。はらわたが煮えくりかえってきた。女優への夢は紛れもない本気だ。その夢のために、命がけで銀行強盗を起こしたと言ってもいい。

「そうそう。早く舞台に戻りたいって話を延々とされたよ」シュウが、コジに合わせる。「女優としての実力を見たことねえから何とも言えないけどな」

見せてるわよ。あんたがそれに気づかなかっただけでしょ。

「今のうちにジャマイカまでのチケットを渡しておいてくれよ」シュウが、話を切り替えた。

「明日、朝イチで高飛びですもんね」コジが、スカジャンのポケットに手を突っ込む。銃の弾が入ってないほうだ。

「羽田から直接行けるのか？」

「いや、一回マイアミで乗り換えなくちゃダメなんっすよ」

「何だよ、乗り換えがあるのか、面倒《めんど》くせえな」

「はい。どうぞ。天国への切符です」コジが航空チケットを二枚出し、一枚をシュウに渡した。

チケットを受け取ったシュウは、コジの手を指した。「そっちは？」

「俺の分ですけど……」

「それも渡せよ」

「え？　何で？」

「おいおい。後で山分けするとはいえ、一旦《いったん》、九割もの金をお前に預けるんだぞ。チケットを人質代わりにさせろよ」

短い沈黙。ハニーバニーの店内に緊張が走る。

「オレのことを信用してないんっすか？」

「そういう問題じゃねえだろ」

「シュウさん、役割分担でしょ？　シュウさんが健さんをそそのかす。オレがブチ切れて健さんを脅す」

「そうさ。それでお前が金の九割を預かり、俺がチケットを預かる。役割分担だ」

醜い駆け引きが始まった。古今東西、欲に溺《おぼ》れる者は、その代償としてまったく他人を信じられなくなる。たとえ、身内であっても。

遺産相続がいい例だ。残された金を巡って、骨肉の争いが繰り広げられる。

「オレが逃げるとでも思ってるの？」

「いくらでも逃げようがあるだろ。俺がチケットを預かったところで、明日、空港にコジが現れなければそれで終わりだ」

「何言ってんっすか？　行くに決まってるっしょ！」

コジが怒鳴った。拳《こぶし》を握りしめて、今にもシュウに殴りかからんばかりの勢いだ。

対照的に、シュウは冷静さを保っている。

「裏切らないって誓えるか？」

「……シュウさんを裏切るわけねえだろ」

コジはシュウを実の兄のように慕っていた。一緒に住んでいるので、ゲイカップル説も上がったぐらいだ。

銀行強盗という無茶な計画にも、シュウが提案してきたから協力したのだろう。

「コジ。俺を信じてチケットを渡せ」

「シュウさんって本当マイナス思考っすよね」

シュウが鼻で笑う。「人より慎重なだけだよ」

「わかりました。失くさないでくださいよ」

コジが、シュウに航空チケットを渡そうとしたとき、異変が起こった。

入口のドアの向こうで、男のうめき声がしたのである。

「健さん？」

コジが素早くソファから立ち上がって入口に駆け寄り、ドアを開ける。

見覚えのあるニキビ面の若い男が、店に入ってきた。というより、倒れこんできた。

ドサリ。

シュウとコジは金縛りにかかったように動けなかった。

「尾形《おがた》……」

シュウが、ハニーバニーで働いている一番下っ端のボーイの名前を呟《つぶや》いた。

「す、すまん。やってもうた」

続いて、健さんが真っ青な顔で入ってくる。

「何があったんですか」

「見つかってもうてん」健さんが、虚《うつ》ろな声で答える。「わしが地下の潰《つぶ》れた店で銃を隠しとったら、いきなりコイツが入ってきてん。とっさに、キッチンに残っとった出刃包丁で脅して、何とか店の前まで連れてきてんけど、警察に電話しようとしたから……」

「刺したんですか？」

尾形の背中に、深々と錆《さ》びた出刃包丁が突き刺さっていた。

もし、わたしがこの場にいたら、ホラー映画の主演女優にも負けない叫び声を上げていただろう。

コジが、うつ伏せに倒れている尾形の顔を覗きこみ、舌打ちをする。

「どうするんっすか、これ。尾形、死んじゃいましたよ」

健さんは両手を合わせ、拝むように言った。

「ホンマにすまん。殺す気はなかってん」

6 ラブホテル・パンプキン

――銀行強盗の五日前

「男として、一世一代の大勝負をしませんか？」

修造は、壁の十字架に磔《はりつけ》になっている金森健に言った。

赤くて卑猥《ひわい》な照明の下、金森健は白いブリーフ姿で、両方の乳首に洗濯バサミをぶら下げている。

「ウゴ、ウゴゴ、ガガ、ガガガウガガ」

金森健が涎《よだれ》を撒《ま》き散らして何か言おうとするが、ゴルフボール大の口枷《くちかせ》をされているので、うまく喋《しゃべ》ることができない。SMプレイで使用される例の器具だ。

「大声を出さないと誓うなら、それを外してあげますけど」

「ウガウガウガ、ゴゴガ、ゴゴゴゴ」

ダメだ。まだ外せない。金森健は、血を噴き出しそうな真っ赤な目で、烈火のごとく怒っている。

当たり前だ。せっかく、高い料金を払って、女王様との楽しいひとときを過ごそうと思っていた矢先に、まさかの〝チェンジ〟があったからだ。

修造は、女王様に金を握らせて帰ってもらった。川崎競馬で勝った金を必要経費として使っている。

痛い出費だが仕方がない。ここでケチったら、すべてがパーになる。何としてでも、計画通り五日後に銀行強盗を成功させ、六日後に渋柿多見子に金を返さなければならない。

たまたま、ハニーバニーの元キャバ嬢が女王様をやっていて助かった。

このパンプキンは、川崎チネチッタからさらに西の外れにあるラブホテルだ。なぜか、SM部屋が充実していて、そっち系のデリヘルの専用となっている。

金森健がSM愛好者なのは有名だった。本人曰《いわ》く、「典型的なドS」だ。しかし、それなりに悩みがあるらしく、ハニーバニーでもキャバ嬢相手に「優秀なM女がいない。Mだけは、訓練ではどうにもならへん。持って生まれた才能が必要やねん」とぼやきながら酒を飲んでいた。

昨夜、修造は、「気分転換にM男コースを体験してみたらどうですか」と提案した。

金森健は、「責められても何もおもろないわ」と渋ったが、「目線が変われば、またSに戻ったときに新しい発見がありますよ。ちょうど、ハニーバニーで働いていた子が、今、女王様をやってるんです。よかったら、紹介しますよ」と背中を押した。

元キャバ嬢のSM嬢という設定に、金森健の心が動いた。

セコイ男だけに、付加価値があると飛びつく習性があるのだ。

「フゴー、フゴー」

金森健がもがき、何とか磔から逃れようとするが、両手両足をガッチリ革のベルトで固定されていて身動きが取れない。まるで、女郎蜘蛛《じょろうぐも》に捕らえられた哀れな蛾のようだ。

……この巨体は蛾ではないか。

修造は、思わず笑いそうになるのを堪《こら》えた。金森健の呻《うめ》き声が、豚の断末魔にしか聞こえないからである。

ちょっとした優越感を味わい、妙な気分になる。

SMの趣味はないが、いつもハニーバニーで、大して金も落とさないくせに威張り散らしている男の情けない姿を眺めるのは悪くない。

「健さん、借金が半端じゃないんでしょ？　こんなところで遊んでいていいんですか？」

金森健が、ピタリと呻くのを止めた。訝《いぶか》しげな目で、修造を見る。

「やっと、商売人の目になってくれましたね。口枷を外しますよ」

修造は、なるべく涎が手につかないように、口枷の革ベルトを外してやった。

金森健が、大きく深呼吸を繰り返し、何とか平静さを取り戻そうとする。見た目と性格は最上級に気持ちの悪い男だが、こういうところは尊敬できる。切り替えの早さがなければ、ビジネスでは成功はできない。さすが、全国に二十店舗ある焼肉レストランチェーンの社長だ。

「説明してもらおうか。なんで、わしをハメてん？」

金森健は依然、磔の体勢のままだ。手足のベルトも外してやろうかと思ったが、暴れられないとも限らない。

銀行強盗の話を出すまでは、我慢してもらおう。

「すいません。こうでもしないと俺の話を聞いてくれないと思いまして」

「つまり、ハニーバニーではできへん類《たぐい》の話っちゅうわけやな」

「そうなんです」

「金か」

「はい」修造は素直に頷《うなず》いた。

「わしに金はないぞ。お前も薄々気づいてるやろうけど、最近、商売のほうがうまくいってへんねん」

「知ってます」

ハニーバニーでの支払いを見ればわかる。昔からセコかったが、今年に入ってからの金森健の飲み方はダサいのひと言だった。

痛いキャラも金さえ落としてくれれば、店側に文句はない。いいお客様か否かは、そこで決まるのだから。

「ただ、皆は、わしが大儲《おおもう》けしてると思ってるやろうな。実際は火の車や。銀行から金を借りるために新店舗を無理やり作って、ほんで、その店の赤字を埋めるために、また新店舗を作らなあかんねん。自転車操業もええとこやで」

こんな打ちひしがれた金森健は見たことがない。裸になった分、本音をさらけ出しているのか。

「横浜にできたばかりの高層マンションの最上階を買ったんでしょ？」

ハニーバニーで大声で自慢していた。

「いや、実は賃貸や。つい、見栄《みえ》で借りてもうた。来月の家賃もままならん状態や」

「奥さんは現在の財政状況を知っているんですか」

金森健が、悲しげに首を振った。「何も知らんと社長夫人を満喫しとるわ。もし、会社が破産寸前とわかったら、速攻で離婚されるやろうな。慰謝料と子供の養育費も請求されるやろうし、わしは破滅寸前やねん」

どうして、ほどほどで満足しないのか？　ビジネスが順調なときに欲をかかずに、手を広げなければいいではないか？

人間の欲望にはキリがないということだろう。きっと、修造も大金を目の前にすれば我を失って暴走するに違いない。

それが、人間ってものだ。生きている限り、欲を追う。

「逆転しましょうよ」修造は自分に言い聞かせるように力強く言った。

「な、何をやねん」

「人生に決まってるじゃないですか」

「アホ吐《ぬ》かせ。どんだけ金がいると思ってんねん」

「手に入れればいいんですよ」

「どうやって？」

修造はひと呼吸置いて、下っ腹に力を入れた。

――覚悟を決めろ。

「銀行強盗です」

金森健が、あんぐりと口を開けた。

「まさか、本気で言うとるわけではないやろな」

「警備会社に知り合いがいるんです。五日後、ある銀行の警備が手薄になる瞬間があるんですよ」

修造にそんな知り合いはいない。茉莉亜の客だ。酔った勢いで、ポロリと漏らしたらしい。

「その十五分の間に銀行強盗をすれば、絶対に成功するよ」と。

7　キャバクラ・ハニーバニー

——午後四時五十九分

「ホンマにすまん。殺す気はなかってん」

健さんは額の前で両手を合わせ、ガタガタと震えだした。

シュウとコジに謝ってるんじゃない。殺してしまった尾形に謝ってるんだわ。

尾形の傷口からはドス黒い液体が滲《にじ》み出ている。黒いスーツを着ていなければ、きっと、真っ赤な血が背中一面に広がっていることだろう。

シュウとコジの二人は、能面のような無表情で倒れている尾形を見つめている。

いや、無表情ではない。コジはしきりにまばたきをしているし、シュウは頬がヒクヒクと痙攣《けいれん》している。

グズグズしてるからよ、バカ！　一番下っ端の尾形が、掃除に来るのはわかってたことじゃない！

もうダメだ。ハニーバニーに逃げ込んできた時点で、この三人には運がないのだ。

重苦しい沈黙が続いたあと、シュウがボソリと言った。

「エベレストに登ろうぜ」

健さんとコジが眉《まゆ》をひそめて顔を見合わす。

「あの……エベレストって何っすか？」

「世界で一番高い山だよ」

「わかっとるわい」健さんが、すかさず突っこみを入れる。「何で、ここで山が出てくるんやって訊《き》いとんねん」

シュウは落ち着いた様子で、首をコキッと鳴らした。

「俺の先輩で登山家になった人がいるんだ。俺に初めての競馬を教えてくれたり、裏ビデオの宅配のバイトを紹介してくれた人なんだけどさ」

「知らんがな、ボケ！」健さんが、顔を真っ赤にして怒鳴る。

「シュウさん、真面目にやってくださいよ！　尾形が死んだんですよ！」コジが泣きそうな顔で言った。

「俺は大真面目だ。このピンチを乗り切るための解決策を今から話そうとしている」

「じゃあ、お願いします……」

シュウの静かな迫力に、コジが引き下がった。

「で、登山家の先輩がどないしてん」健さんが、イラつきながら話を進めた。人を刺してしまったせいで、興奮状態となっている。

私も、本当に人が刺されるのは初めて見た。舞台では、何回もナイフや剣で戦ったり、銃で撃たれて血ノリを噴き出したりしたが。

皮肉なことに、わたしは殺され役が上手《うま》かった。なぜか、集中力が高まり、ベストの演技ができる。どんな端役であれ、その瞬間は、観客の視線を独占できるからだろうか。

わたしは、生まれながらの女優だ。川崎のキャバクラは、わたしのステージではない。本来の場所に戻れるなら何だってする。

たとえ、それが不可能に近い犯罪であったとしても。

シュウは、チラリと尾形の死体を見て言った。

「エベレストに登るチームは、たとえ、仲間の一人が目の前で深い谷底に落ちたとしても助けようとしないらしい」

「助けなかったら、どうするんっすか？」

「一瞬で気持ちを切り替えて、頂上を目指すんだ」

「むごいっすね」コジが顔をしかめた。

「アクシデントで感情的になれば、全員が命を落とすことになる。あくまでも目標のために心を鈍感にしなければならない」

「鈍感にね……」健さんが俯《うつむ》き、拳《こぶし》を強く握りしめた。

「俺たちの〝エベレスト〟は、奪った金を持って警察から逃げ切ることだ。これしきのアクシデントで動揺している場合じゃない」

やっと、腹を括《くく》ったのね。わたしは、呆《あき》れて溜《た》め息をついた。

銀行で、人質の老婆を撃ったときのシュウはお遊戯会の園児よりも酷《ひど》かった。銃のかまえかたもへっぴり腰だったし、発砲した瞬間も思いっきり目を閉じていた。

情けないったらありゃしない。

見ていたわたしは、ずっこけそうになった。

ああ。男に生まれたかった。女が嫌になったわけじゃないけれど、時折そう思う。女優よりも、本物のギャングスターに憧《あこが》れる。腕っぷしと知恵と度胸で、裏社会をのし上がっていくのだ。

小学校の低学年の頃、わたしは札付きのガキ大将だった。

クラスの女子の中でも一番体格が良く、幼稚園の時から親に強制的に習わされていた剣道のおかげで、ホウキを持たせれば何人の男子がかかってこようが負けることはなかった。男子の頭にタンコブを作って泣かせては、毎日のように職員室に呼び出しをくらって担任の教師に怒られていた。

遊び友達は、全員、男子だ。女子じゃもの足りない。ドッジボールや三角ベースなど、いつもわたしが先頭になって休み時間の校庭で暴れまくっていた。髪は短く刈り上げて肌も日焼けで真っ黒だった。

兄が二人で、待望の女の子だったわたしが兄妹《きょうだい》の中で一番逞《たくま》しく育っていくものだから、両親は相当がっかりしたと思う。

両親の職業は、親の代から受け継いだ商店街にある洋食屋だ。コックが父で、接客担当が母。そんなに流行《はや》っていた記憶はないけれど、パートを雇っていなかったので何かと忙しかった。

わたしは親の目が届かないのをいいことに、ロケット花火で撃ちあいをしたり、高い木に登って道行く人に唾《つば》を落としたりしてやりたい放題の子供時代を過ごした。近所の大人は誰もわたしを女の子として扱ってくれず、悪さをするたびにゲンコツを落としてきた。

その遠慮のなさが嬉《うれ》しかった。他の女の子たちよりも特別に可愛がられていると本気で思っていた。

運動会でも大活躍。足の長さが違うから、リレーでも男子を差し置いて常にアンカーを任された。マラソン大会でも、ぶっちぎりの一位だ。

文集には、将来の夢は「オリンピック選手になる」と書いた。本気で、金メダルを獲《と》ると信じていた。バレンタインデーには女の子からチョコを山ほど貰《もら》った。

　小学校の高学年になると、事情が変わってきた。初潮を迎え、胸が膨らんでブラジャーをつけるようになると、思うように体が動かなくなってきた。

　喧嘩《けんか》で、男の子に勝てない。明らかに手加減してくる。わたしが、ホウキを振りまわしても駆け足で逃げていく。追いつけない。走りでも勝てなかった。

　まだ幼かったわたしには、大き過ぎるショックだ。

　胸や尻《しり》が丸くなり、どんどん体が女になっていく。

　運動神経が悪くなったわけではないけれど、オリンピック選手にはほど遠い。一応、剣道部に所属していたものの、すぐ練習に行かなくなって帰宅部になった。

　中学生になると、わたしは居場所を失った。思春期の男の子たちはもちろん遊んでくれず、恋やオシャレに夢中な女の子たちの会話にも入ることができなかった。

　気がつくと、教室の隅で誰にも話しかけられずに推理小説を読むような痛い少女になっていた。

　……ヤバい。このまま青春が終わっちゃうぞ。

　高校からは生まれ変わろうと決心した。何としても、居場所を見つけなければいけない。

　一番モテる部活を選んだ。バレーボール部だ。経験はなくても、持ち前の運動神経でなんとかなった。三年生のときは副キャプテンを務めた。

女友達も増えて、それなりの青春を満喫した。

しかし、満足はできなかった。モヤモヤとした灰色の雲が、ずっと胸の中にある感じ。

これでいいの？　ガキ大将の頃みたいにワクワクすることはもうないの？

そんなとき、ニューヨークのブロードウェイが人生を変えた。

この十年、ほとんど躍動しなかった心臓を鷲掴《わしづか》みにされ、強制マッサージでドキドキを取り戻した。

女優。私の天職――。

この仕事で私は人生を逆転してみせる。


「わかった。切り替えたらええんやろ」健さんが、肩で息をしながら頷《うなず》いた。「尾形が死んだのはたまたまや。しゃあないねん。うん。これもまた運命やがな」

まだ、小刻みに震えているので、完全に切り替えるには、もう少し時間がかかるだろう。でも、シュウは絶妙のタイミングでわたしが教えた〝エベレスト〟の話を切り出してくれた。あのままだと健さんがパニックになり、さらに酷い状況に追い込まれていた可能性もあった。

わたしに登山家の知り合いはいない。ネットの記事で読み、印象深かったので覚えていただけだ。銀行強盗の計画を立ててからの一週間で、わたしはシュウに数々の〝演出〟を伝授した。

銀行強盗が成功するか否かは、シュウのリーダーシップにかかっている。だけれど、ハニーバニーの店長の仕事ぶりでは、とても、このミッションに挑めるとは思えなかった。

そして、このアクシデント。予想外の死体の登場――。

シュウが難局をどう乗り切るか、お手並み拝見だ。

「尾形をこのままにしておくのかよ」コジが、気味悪そうに顔を歪《ゆが》める。

「さすがにそれはあかんやろ。どっかに移動させようや」

健さんが、尾形の足を持とうとした。コジは仕方なしに腕を持とうとする。

ダメ！　シュウ、早く止めて！

「健さん、動かさないでください」シュウが鋭い口調で言った。「このままがいいんです」

そう、この状況が望ましいのよ。

「何でやねん。入口に倒れてるねんぞ。不自然やないか」

「逆に自然なんですよ。これで、店の中を荒らしたらどう映ります？」

コジが、思わず手を叩《たた》く。「売り上げ金を狙った強盗だ」

「そして、俺たちはそこに居合わせた店長と——」シュウがわざと言葉を切り、二人の顔を見る。

「ボーイと」とコジ。

「常連ってわけか」健さんが合わす。

シュウが裁判を支配する敏腕弁護士のように、胸を張って店内を闊歩《かっぽ》した。

コジと健さんは息を呑《の》み、シュウの次の言葉を待っている。

よろしい。わたしの演出どおり。

大抵の人間は、人を説得するのに大量の言葉を浴びせ、押さえつけようとする。けれど、それは大きな間違いだ。

相手を黙らせたければ、自分も黙らなければいけない。こっちが発言するまで、焦《じ》らし、期待を増幅させる。

下手な脚本家ほど、役者に台詞《せりふ》で説明させる。上手《うま》い脚本家ほど、ト書きや行間で観客に訴えかける。

「茉莉亜は女優というより脚本家に向いてるんじゃねえか？」

破魔翔が、スターバックスの抹茶クリームフラペチーノをズルズルとすすりながら言った。

今年の夏。ラゾーナ川崎プラザの三階――。

屋外にある中庭が見渡せるベンチで、わたしと破魔の二人はお茶をしていた。祝日なので家族連れがやたらと多い。夏休みのテンションの子供たちが、そこら中で歓声を上げながら走り回っている。

「もしくは、演出家もいいんじゃねえかな」

破魔が、照りつける午後の太陽を見上げ、サングラスの下で目を細める。

何を言ってるんだ、この男は？　私は生まれながらの女優だってば。

「どうして、そう思うんですか」一応、訊《き》いてみた。

「見ているからだよ」

「はい？」

「お前は女にしては珍しく視野が広い」

「はあ……」

破魔は変わった男だ。もちろん、凶暴なのは知っている。見た目も、明らかに堅気ではない。日焼けサロンでこんがりと焼いた肌。プラダのサングラス。髪の毛は坊主に近く、栗色に染めている。眉毛《まゆげ》が異様に細い。ジル・サンダーの白いTシャツにクロムハーツのネックレス。両腕には、洋風のタトゥーが彫られている。

誰が見ても危険人物。こんなに人が多いのに、両サイドのベンチが空いている。子供が座ろうとしても、親が慌てて抱っこして逃げるのだ。

ショッピングモールの散歩が破魔の趣味だ。キャバ嬢を引き連れて、何を買うわけでもなくブラブラと練り歩く。

「女優なんて仕事のどこが面白いんだ？」

破魔の小馬鹿にした言いかたに、カチンとくる。

「説明できません」ぶっきらぼうに答えた。

「人の書いた台詞を読んで、人が指示する動きをするだけだろう？」

「それが仕事ですから」

破魔が、真夏の太陽に向かってカラカラと笑った。

「たまには人を思いどおりに動かしてみろよ」

「わたしにはできません」

「いや、できる。お前には才能がある」

「どうして、わかるんですか？」

破魔は答えず、ニヤリと笑うだけだ。

抹茶クリームフラペチーノを飲み終えた破魔が、立ち上がった。

「そろそろ行くぞ」

「わたしのほうからも質問していいですか」

「なんだ？」

「どうして、いつもラゾーナに来るんですか？」

「似つかわしくないってか？」

「はい」正直に答えた。

「もうひとつの人生を楽しんでるんだよ」

「はい？」意味がわからない。

「俺は十四のとき、喧嘩《けんか》で人を殺した。まだ手加減ってものを覚える前だったから、鉄パイプで殴ったぐらいじゃ相手が死ぬとは思わなかったんだよ」

普通、死ぬだろう。

「少年刑務所に入って、さらに悪い仲間と知り合い、娑婆《しゃば》に出てきて商売をはじめた。今の人生に不満があるわけじゃないが、もし、あのときと考える」

「もし、あのとき？」

「十四のとき人を殺さなかったら、となフ。ここにいる連中みたいにガキを連れて家族サービスをしているかもしれない」

「はあ……」

意外だった。破魔の心の奥底にある何かをチラリと垣間《かいま》見た気がした。

もうひとつの人生──。

なぜ、わたしはここにいる？


「救急車を呼ぶぞ」

シュウが、宣言した。

「マジかよ……」コジが、忙《せわ》しなく唇を舐《な》める。

「シュウ、正気か？　わしらは、ここから脱出せなあかんねんぞ」

シュウが、二人を安心させるために深く頷《うなず》いた。

──アクシデントを利用しろ。

「わかってますよ。だから、救急車を奪って逃げるんです。サイレンを鳴らして走れば、俺たちを囲んでいる警察の包囲網を突破できるでしょう」

8　裏カジノ・ベガ

――銀行強盗の四日前

午前八時――。

修造の捜していた男は、川崎で一番大きい裏カジノであるベガのVIPルームのソファに、放心状態で座っていた。

「また負けたのか」

修造は、小島一徳の隣に腰を下ろした。酷《ひど》い顔だ。徹夜でバカラをやっていたのだろう。肌は土気色で、目の下には墨で塗ったような隈《くま》ができている。

「途中まではボロ勝ちしてたんすけどね……」そう言って、小島が溜《た》め息を漏らす。

「いつものパターンだな」

「シュウさんもギャンブルやりに来たんですか」

「いや、違う。お前に用があって来た」

「わざわざ、こんな朝早くに？」小島が疲れ果てた顔で笑みを浮かべる。「まさか、説教とか言わないでくださいよ」

「説教すれば、ギャンブルをやめるのか」修造も笑みで返す。

「やめないっす」

VIPルームには、修造と小島の二人しかいなかった。この部屋には、大金を落としてくれる〝お得意様〟しか入れない。天井から吊《つ》り下がる趣味の悪いシャンデリアと紫色のけばけばしい絨毯《じゅうたん》のせいで、かなり居心地が悪い。

まあ、どんな内装でもここにやって来る客には関係ないんだけどな。

修造は、小島の魂の抜けたような横顔を見ながら思った。ギャンブラーたちは、スリル以外は何も求めない。ギャンブルさえできれば食事も睡眠もセックスもいらないのだ。

裏カジノ・ベガは、川崎の仲見世通りから少し外れたビルにある。外観からは、誰が見てもそこに裏カジノがあるとは思わない。なぜなら、このビルは全フロアがカラオケ店となっているからだ。〝特別会員〟だけが最上階の五階に案内される仕組みとなっている。エレベーターは四階までしか停まらない。その上の階に行きたければ、専用のキーが必要だ。

初めて五階を訪れた客は、その造りに感動する。いきなり、ラスベガスのカジノの世界に放り込まれるのだ。ビルのオーナーである某暴力団が、不景気と法律のせいで考えついた、苦肉の策のシノギだった。四階までのカラオケ店は二十四時間営業な上、一般の客が頻繁に出入りしているので、よほどのことがない限り警察に嗅《か》ぎつけられることはないはずだ。それに、裏カジノの〝特別会員〟となるのには、厳重な審査を強いられる。実家の住所や家族の職場や学校まで調べられ、負けが込んでも腹いせで警察に密告をする気にならないよう、プレッシャーをかけられるのだ。

ハニーバニーで働くギャンブル好きのボーイやキャバ嬢は、破魔のおかげで簡単に〝特別会員〟になれる。審査がなくても、破魔への恐怖で大人しく遊ぶので、一応、信頼はされている形だ。修造も何度かルーレットで遊んだことはあるが、どうも性に合わず、一年ぶりに訪れた。ちなみに、小島は週に二、三日の割合で通っている。噂では、相当な額の借金があるようだ。

「コジ、〝借《しゃく》〟はいくらあるんだ？」単刀直入に訊《き》いた。

「だいたい……二百ぐらいっすかね」小島がモゴモゴと口を動かす。

その倍以上はあるな。小島は五百万の借金があると修造は見当をつけた。借金は少なめ、貯金は多めに言うのが人の性《さが》だ。

修造は、ここに来る途中のコンビニで買ってきた眠気覚ましのガムを一枚小島に渡した。小島は軽く会釈し、口に入れてクチャクチャと噛《か》みだす。

「いい仕事があるんだ。うまくいけば、その借金も一発で返せる」

ソファにぐったりともたれかかっていた小島が、背筋を伸ばして修造を見た。

「ヤバい仕事なんすか？」

「まあな。俺も借りちゃいけない相手に借金をしたんだよ。危ない橋を渡らなきゃ殺されちまう」

小島が噴き出した。「またまた。大げさ過ぎでしょ。誰に借りたんすか」

「渋柿多見子だ」

「マ、マジすか」小島が、あんぐりと口を開ける。「どうして〝魔女〟なんかに……ヤバ過ぎっすよ」

修造は、手短に説明をした。川崎競馬場でハニーバニーの売り上げを紛失したこと。茉莉亜と出会い、渋柿多見子に金を借りに行ったこと。

「それは、災難っすね。オレでもそうしたと思います」

喧嘩の達人の小島でも、破魔には怯《おび》えていた。「いくらブチ切れたとしても、オレには人を殺せないっすよ。根性があるとかないとかの問題じゃないっす。人を殺せる人間は、どこかの神経が麻痺《まひ》してるんですよ」と、語ってくれたことがある。

「そこで、ある人物が儲《もう》け話を持ちかけてきた。そいつも、最近ヤバい借金ができたらしい」

「どんな借金なんっすか」

修造も、それは気になっていた。女優志望の女が、銀行強盗を考えるほどなのだから、よほどの緊急事態なのだろう。おそらく、破魔がからんでいると修造は睨《にら》んでいる。

「まだ教えてくれない」

「じゃあ、その儲け話とやらを聞かせてくださいよ」

「聞いたら断れないぞ。断るなら、今断れ」

「せめて、成功率だけでも教えてくださいよ」

「そいつは八十パーセントの確率で大金をモノにできると言っているが、まあ、現実的に見積もって六十パーセントだろうな」

本当はギリギリ五十パーセントだと修造は踏んでいた。小島が仲間に加わらなければ、さらにその確率は低くなる。

「もし、失敗すれば殺されますか？」

「殺されはしないが、当分の間ムショ生活を送ることになる」

「他人に危害は？」

「今のところ加えるつもりはない」

小島が目を閉じて、ゆっくりと深呼吸する。頭の中で、脳味噌をグルグルと回転させているのがわかる。目を開けて、言った。

「て、ことは強盗っすね」

修造も、大きく息を吸ってから答える。「そうだ」

「誰を襲うんすか？」

「特定の人物じゃない」

小島が、意外そうな表情で首を捻《ひね》る。「店の倉庫とか？」

「違う。ここから先は話せない」

修造は、テーブルにあるフルーツの皿に手を伸ばした。巨峰を一粒摘《つま》み、口に入れた。奥歯で噛み潰《つぶ》すと甘酸っぱい果汁が広がる。

小島の返事を待つ。VIPルームの壁にかかっている金時計の針がカチカチと煩《うるさ》い。

小島は目を細めながら、右の拳《こぶし》で左の手の平を殴りはじめた。金時計の針と乾いた拳の音がリンクする。

拳の音が止まった。

「……わかりました。教えてください」小島が、俯《うつむ》いたまま言った。

「覚悟を決めたのか」

「やるしかねえでしょ。俄然《がぜん》、興味が湧いてきたっす」まだ、修造を見ようとはしない。

修造は、VIPルームの窓から外を見た。フロアでは、仕事を終えたホスト連中が、嬉々(きき)としてルーレットに励んでいる。元カラオケの部屋だから防音もしっかりしているだろうし、こっちの会話は聞こえないはずだ。

修造は、下腹に力を入れて言った。

「銀行だ。M銀行川崎支店を襲う」

「嘘でしょ？」小島が、目を剥《む》いて修造を見る。「ぜ、絶対に無理！　自殺行為にもほどがあるって！　どこが八十パーセントの確率なんだよ！」

修造は、人さし指を口に当てながら窓を見た。フロアから歓声が上がる。ホストのうちの一人がルーレットで当たりを引いたのだろう。

「すみません」小島が声をひそめて謝る。「どうして、八十なんて数字が出てくるんっすか？」

「警備会社に知り合いがいる」

茉莉亜の常連客だ。この銀行強盗が茉莉亜の計画だということは口止めされている。小島にも教えない。

「そいつも、仲間なんですか」小島が警戒の色を見せる。

「いや、情報を貰《もら》っただけだ」

修造は、咳払《せきばら》いをして動揺を隠した。いつもはヘラヘラと笑っている小島の眼光が鋭い。さすが、元ヤンキーだ。ヤバい犯罪の臭いには敏感なのだろう。

「どんな情報ですか」

「四日後、M銀行の警備が手薄になる時間があるらしい」

「その時間を狙うのかよ……」小島が舌打ちをする。「だとしても、厳しいんじゃないっすか。オレたちは素人なんっすよ」

「でも、やるしかねえだろ」

「情報がハッタリだったらどうするんすか」

俺もそれを心配している。茉莉亜の話でしか聞いていないのだ。キャバ嬢の気を引きたいがための酔っ払いの戯言《たわごと》だったらどうする？

「信じるしかねえだろ」修造は、半ば投げやりに言った。

「信じる根拠は？」

何とか誤魔化すしかない。

「そいつがベロベロに酔っ払ったときに漏らしたんだ。本人は喋《しゃべ》ったことすら覚えてないだろうな」

「なるほど」小島が、何とか信じてくれた。「まあ、酔っていたのなら、本音の可能性は高いっすね。オレ以外にも仲間は誘ったんすか？　二人で銀行を襲うのは無理っしょ」

「健さんを誘った」修造は、間髪を入れずに言った。

「健さんって、ハニーバニーの常連の？」

予想どおりの反応だ。小島は呆《あき》れかえった目で修造を見る。

「そう。金森健だ」

「あのオッサンはダメっすよ。使いものにならないって」

「まあな」

「じゃあ、どうして？　ありえないっしょ」

「あの人が必要なんだよ」

金森健なら、騙《だま》しやすいからだ。欲のみで動く思考回路は読みやすい。

修造は、茉莉亜の言葉を思い出した。二日前、彼女は、「バカ正直に、金を〝三分の一〟に分けなくてもいいんじゃないの」と言って、串《くし》カツを頬張っていた。

「健さんが、どう必要なんっすか」小島は、納得できない顔で言った。

「明日、説明する。全員が顔を揃えてミーティングする予定だ。健さんじゃなきゃ、この銀行強盗は成立しない。信じてくれ」

小島が、溜《た》め息を呑《の》み込む。「て、言うか、健さんは金に困ってるんすか」

「破産寸前だ。お前も噂で聞いたことあるだろ」

「ありますけど……まさか、そこまでとは」

小島が下唇を噛《か》みしめる。金森健のことを嫌っているくせに同情しているのだ。怒らせると凶暴だが、元ヤンキーの小島は根が素直で情に厚く、そして馬鹿だ。

「健さんはプライドが高いから、金がなくなったとは言えないんだよ」

「金がないくせに高級マンションなんて買うなよな」

「あれは買ってないらしい。賃貸だ」

昨日、ラブホテルのパンプキンで本人の口から直接聞いた。家賃は、五十五万円らしい。九万円のワンルームで小島と住んでいる修造とは大違いだ。

「なんだ、それ？　ハニーバニーでは威張り散らしてたくせによ」

「それに、健さんには嫁と子供がいる。俺たちを裏切りにくいだろう」

「たしかに、裏切らない相手を探すのが大事ですよね」

小島が、うんうんと何度か頷《うなず》いた。ようやく納得してくれたようだ。

「四日後は、俺とお前と健さんの三人で挑む」

「オレは何をすればいいんっすか」

「運転手をやってくれ」

これも茉莉亜のアイデアだ。「血の気の多い人間に武器を絶対に持たせちゃダメよ」と念を押された。修造が、小島を仲間に加えるのがわかっている口ぶりだった。

「あまり自信がねえな。最近、運転してないし」

「健さんは免許を持っていないだろ」

ハニーバニーの人間なら誰でも知っている。「自分で車を運転してるようでは超一流とは言えんな。運転手も雇われへん甲《か》斐性《いしょう》なしと思われるがな」が、金森健の酔っ払ったときの口癖だ。

「シュウさんは運転できるじゃないっすか」

「俺が運転していいのか。代わりにお前と健さんが銃を持って銀行に突っこむことになるぞ」

「健さんと？　ちょっと、勘弁して欲しいっすね。あまりにもトロくてイライラして、オレが健さん撃っちゃいますよ」

「だろ？　俺が突っこむよ。お前は銀行の前に車を停めて待っていてくれ」

「待ってるだけでいいんっすか？」

修造は小島の顔を見つめながら頷き、言った。「俺たちが銀行から出てくるよりも先に、パトカーが来たら逃げるんだぞ」

なるべくなら、小島を巻き込みたくなかった。コイツは、どうしようもない馬鹿だが、いい奴だ。だから、小島がアパートの家賃を払えなくて追い出されたときも、快く「俺のマンションに来いよ」と言えた。姉しかいない修造は、小島を実の弟のように可愛がっていた。そして、小島も兄のように慕ってくれる。

小島の役割を銀行の前で待機するだけの運転手にしたのは、なるべく危険な目に遭わせたくないからだ。

修造は、小島と二人で過ごす時間が好きだった。

一番好きな時間は、ハニーバニーの営業が終わったあと、一緒にラーメンを食べる時間だ。

小島は、天才的に甘えるのが上手《うま》い。「シュウさん、腹減りましたね。今日はどのラーメン屋にします？」とニンマリと笑いかけてくる。修造も「またラーメンかよ」と笑い返す。空腹じゃなくても、必ず奢《おご》ってやった。

なぜかはわからないが、小島はラーメン屋に行くと自分の夢を語り出す。

「早く子供が欲しいんっすよ。性別はこだわりません。絶対に三人以上は作ります」

小島が焼ギョーザを口に放り込み、美味《うま》そうにビールで流し込む。

「また、その話かよ」

小島は顔に似合わず、結婚願望が強かった。ヤンキー時代の友達が、ほとんど結婚して子供もいるからだろう。

「だって、欲しいじゃないですか。オレ、一人っ子だったから大家族に憧《あこが》れてるんっすよね」

床が脂でヌルヌルしている豚骨臭いラーメン屋――。修造と小島は、背中を丸めてカウンターに座っている。

「男五人兄弟でもいいのか」

修造は、つまみのメンマをかじりながら言った。まずは、サイドメニューで瓶ビールを二、三本空けてからラーメンを注文するのがいつものパターンだ。

「男五人って最高じゃないっすか。全員に格闘技を習わせますよ。しかも、別々の。長男は柔道、次男は極真《きよくしん》空手。三男は少林寺拳法《しようりんじけんぽう》で四男はレスリング。末っ子は合気道なんかも渋いっすね。最強の五兄弟って恐れられますよ」

どうやら、子供たちもヤンキーとして育てたいらしい。

「五姉妹だったらどうする？　全員、アイドルにでもするのか」

「芸能界には入れません。あと、水商売も絶対にやらせないっす」

「父親がキャバクラのボーイだと説得力がないぞ」

「そこなんっすよねえ」

キムチを摘《つま》む、小島の顔が曇った。

「辞めて他の仕事をすればいいじゃねえか」

「オレ、馬鹿だから。他に何ができるかわからないんすよ。シュウさんみたいに自分でビジネスをする才能もねえし」

「才能がないからキャバクラの店長をやってんだよ」修造は、自嘲《じちよう》するような薄笑いを浮かべた。

「いや、シュウさんはいつか大逆転を起こせる男ですよ。オレが保証します」

こういうときの小島は、お世辞ではなく本気で言ってくれる。ケツがむず痒《がゆ》くなるが、嬉《うれ》しかった。小島が裏カジノのバカラに溺《おぼ》れているのも、人生の逆転を夢見ているからなのだ。

「お前も逆転できるさ」

「その前に嫁を見つけなきゃなんないっすけどね」小島が照れ臭そうに笑った。「そろそろ、ラーメンにいきますか」

修造は、トンコツ味玉とトンコツチャーシューの大盛りを頼んだ。もちろん、大盛りは小島の分だ。


「オレは逃げないっすよ。たとえ、銀行がパトカーに囲まれてもシュウさんを置いてくような卑怯《ひきょう》者にはなりたくねえ」

小島が拳《こぶし》を握りしめて、ベガのVIPルームのテーブルを叩《たた》く。重厚なガラス製のテーブルがミシリと音を立てて、巨峰の実を揺らした。

「馬鹿野郎。そのときは知らんふりをして、さっさと逃げろ」

「逃げないっす」

小島は馬鹿なうえに、頑固だ。ここでへそを曲げられて銀行強盗を降りられるのは避けたい。

「わかったよ。好きにしろ」

小島がゴクリと唾《つば》を飲み込み言った。「警察に追いつめられたとしても、オレがシュウさんを助けます」

「ああ。よろしく頼むぜ」

ガラにもなく、目頭が熱くなってきた。銀行強盗が成功したとしても、もう、二度とコイツとラーメンを食べることはないのだろう。

小島が、ハッとした顔になる。「て、言うか、銃はどうやって手に入れるんっすか？　まさか、モデルガンとか言わないでくださいよ」

「そこで、お前の力を借りたい」

「えっ？　オレ、銃なんて持ってないっすよ」

「持っている友達ならいるだろ」

「ヤンキー時代の後輩っすけどね」

「たしか、銃の売人をやってんだよな」

小島のヤンキー時代の武勇伝はさんざん聞かされた。その仲間たちが、現在どんな職業をしているのかも。

「銃だけじゃなくて、ドラッグとか盗難した車とか何でも用意してくれますよ。言ってみれば、裏社会の便利屋みたいなもんです」

「助かる。なるべく早く、銃二丁と車を揃えてもらってくれ」

「二丁？」小島が眉間《みけん》に皺《しわ》を寄せた。

「俺と健さんの分だ」

「オレの分は？」

「運転手なんだから必要ないだろ。そんなもん持ってたら、俺たちが捕まったときに言い訳できないぞ」

「だから、オレが助けにいくってば」

コイツの目は本気だ。このままでは埒《らち》があかない。

「予算の都合だ。銃を三丁買う余裕がないんだよ」修造は、強い口調で言った。

「……そうか。じゃあ、しょうがねえのか」

小島が、また手の平を殴りだす。乾いた音が響き、修造は自分の胸を殴られているような気がして息苦しくなった。

「コジ。俺に協力してくれ。金さえあれば、この最悪な状況から抜け出せるんだ」

小島が、手の平を殴るのを止めた。

「人生、逆転できますか」悲しげな目で修造を見る。

修造は、答えることができなかった。

9　キャバクラ・ハニーバニー

――午後五時十七分

「わかってますよ。だから、救急車を奪って逃げるんです。サイレンを鳴らして走れば、俺たちを囲んでいる警察の包囲網を突破できるでしょう」

シュウが鼻の穴を膨らませながら言った。

もしかして、調子に乗っちゃってる？　咄嗟《とっさ》に出てきた自分のナイスアイデアに酔っている顔つきだ。

「きゅ、救急車を奪うやと？」健さんが、体を仰《の》け反らせて呆《あき》れる。「どっから、そんな考えが出てくるねん」

「このアクシデントを利用するんですよ」

それ、わたしの台詞《せりふ》だし。そもそも、この銀行強盗はわたしの発案だし。何だか、手柄を取られているようでムカついてきた。女優魂がざわざわと騒ぎ出す。

――殺されるなんて、あまりにも損な〝役〟だ。

「どうやって奪うんすか」コジが、シュウに訊《き》く。

「銃を突きつけるしかねえだろ」

「救急隊員に？」

「そうだ。縛り上げて制服もいただく」

意気揚々と答えるシュウとは対照的に、コジと健さんの表情は冴《さ》えない。シュウのアイデアに乗れないでいる。

「待てや、シュウ。その縛り上げた救急隊員たちはどうすんねん。ハニーバニーに捨てていくんか」

「それはマズいっしょ！　六時になったら他のボーイがやってくるんすから」

コジの言うとおりだ。あまりにも時間が足りない。ちなみに、同伴以外のキャバ嬢たちは六時半にやってくる。

健さんが、わざとらしく溜《た》め息をついた。「せっかく包囲網を突破しても意味ないがな。あとから来たボーイに通報されてすぐに救急車を奪ったのがバレてまうがな」

シュウが、ハニーバニーの無駄に派手なシャンデリアを眺め、必死で脳味噌をフル回転させている。その姿を他の二人が間抜け面で傍観している。どいつもこいつも使えない。三人寄れば何とかという諺《ことわざ》が嘘だということが証明された。

しばらくして、シュウが口を開いた。

「縛り上げた救急隊員を尾形の死体と一緒に連れて行く」

コジと健さんが、互いに泣きそうな表情で顔を見合わせる。

「マジかよ……」

「一応、確認するけど、救急隊員は殺さへんやろ？」

「抵抗されなければね」シュウが肩をすくめた。

「いやいや、普通は抵抗するやろ。銀行強盗のときも、あんなヨボヨボのお婆ちゃんに反撃されたやんけ」

「だから、撃ったんだよ」

わたしも、その現場にいた。テンパっていた健さんは、わたしがすぐ近くにいるのに気づいていなかった。健さんとはハニーバニーでしか会ったことがない。ドレス姿と水商売用のメイクのわたししか見たことがないから、わからなくても当たり前だ。

シュウは、数人いた人質の中から老婆を選び、銀行で奪った金をボストンバッグに詰めさせていた。もちろん、新札ではなく古い札だ。

「あのお婆ちゃん、大人しく金をバッグに詰めたと思ったら、いきなり杖《つえ》で殴りかかってきたからな。横で見てて、度肝抜かれたわ」

老婆が杖を振り回し、シュウのこめかみを直撃した。

「すげえ、婆ちゃんだな……」コジが、信じられないというように首を振る。

「死ぬのが怖くないんやろ。何の迷いもなくシュウに突進していったからな」

「それを撃っちゃうシュウさんも恐ろしいっすよ」

「撃たなきゃ、俺たちが捕まっていた」シュウが、ボックス席のテーブルのボストンバッグに目をやり、ボソリと呟《つぶや》いた。

「そうや。シュウが根性出さへんかったら、この金もここにはなかったってわけやな。シュウに感謝せなあかんな」

「やめてくださいよ。健さんも尾形を殺してくれたじゃないですか。こちらこそありがとうございます」

シュウが、健さんに頭を下げた。健さんも「いやいや、こっちこそ」と礼で返す。

「何か、オレだけ仲間外れみたいになっちゃってるし」コジがガキのようにふて腐れた顔になる。

「じゃあ、救急隊員を脅すのはお前がやってくれや」

健さんが、ズボンのポケットから銃を一丁取り出し、コジに渡そうとした。

「ダメですよ。コジは救急車を運転するんですから」シュウが、健さんを止める。

「また、オレっすか？」

「お前しかいないだろ」

「次はシュウさんが運転してくださいよ」

「嫌だよ。救急車なんて運転したことねえし」

「オレだってないっすよ」

「言っとくけど、わしは免許を持ってへんからな」健さんが横から口を挟む。

健さんが運転手つきのベンツで川崎に遊びに来るのは有名だった。しかし、そのベンツは先月売り払ったと調べがついている。当然、ご自慢の運転手も、もういない。

それでも、夜遊びをやめようとしなかったのは、ある意味尊敬できる。健さんは、自分が豪遊することで、事業が上手《うま》くいっていると世間にアピールしたかったのだろう。

ただ、噂が回るのは早い。健さんの尻《しり》に火がついてボウボウと燃えているのは、公然の秘密だった。

「て、言うか、救急車って普通の運転で動くの？」コジが、シュウに訊いた。

「どういう意味だ」

「緊急用の特殊な車なわけだし、特殊な操縦方法があるのかなと思って」

シュウの顔から、みるみると自信の色が消えていく。

「救急車に乗る予定なんかなかったからな……」

「救急隊員を縛り上げたはいいけど、車が動かないのはシャレになんねえよ」

健さんもシュウに詰め寄った。「シュウよ。そんときは、どうすんねん。まさか、一か八かとか言うなや」

シュウが逃げるようにして、二人から距離を取った。忙《せわ》しなく頭を掻《か》きむしる。

「救急隊員を一人だけ解放して、そいつに運転させます」

コジと健さんが同時に首を傾げる。

「その作戦は無理があるんとちゃうか。大人しく、運転してくれるとは思えんけどな。そのまま警察署まで運ばれたらえらいこっちゃやで」

「て、言うか、包囲網を突破しても、途中の検問で救急車を止めるでしょ。張っている警官に囲まれて一巻の終わりっすよ」

シュウが、イラつきを隠さず、声を荒らげた。「じゃあ、他にここからの脱出方法はあるのかよ」

ダメよ、シュウ。リーダーは決して取り乱しちゃダメなの。

二人は答えることができない。時間だけが刻々と過ぎていく。三人の体から溢《あふ》れ出る〝焦りの空気〟がハニーバニーを支配する。

そのとき、ひと際大きなサイレンの音が近づいてきた。

「パトカーや」健さんが息を呑《の》む。「おいおい……まさか、わしらがここに隠れてるんがばれたんとちゃうやろな」

シュウとコジも身を固くして耳を澄ませている。

やがて、けたたましいサイレンが、ビルの横でピタリと止まった。三人がドキリとして顔を見合わせる。

「ヤバい。逃げましょうよ」

「落ち着け。まだ、このビルに入ってくるとは限らねえだろ」シュウが、急ぎ足で厨《ちゅう》房《ぼう》へと向かった。

「シュウさん、どこ行くんすか」

「非常階段だ。警官の動きを確認する」

「み、見つかったらどうすんだよ」

「大丈夫、階段の陰に隠れるから」

シュウが、厨房の向こうへと消えた。コジは落ち着きなく、店内を歩き回る。

「コジ、すまんな」健さんが、おもむろに謝った。

「謝らなくてもいいっすよ。尾形が地下の店に現れたのは予想外の出来事だったんすから」

「コジ、ほんまにすまん」

「だから、謝るなって」コジが、振り返って健さんを睨《にら》みつけた。

健さんが、手に持っていた銃を床に捨てた。ゴトリと音を立てて銃が転がる。もう一丁の銃を取り出し、また床に捨てた。明らかに、様子がおかしい。

「健さん、何やってんの？」

健さんは、コジの質問には答えず、ズボンのポケットからまた銃を取りだした。

コジが茫然《ぼうぜん》として立ちすくむ。

「その銃……」

「三丁めの銃や」健さんが、銃をかまえながらゆっくりとコジに近づいた。「デカい声出すなや。静かに会話しようやないけ。言うまでもないけど、この銃には弾がちゃんと入っとるからな」

さすがに、わたしもこの展開には驚いた。まさに予想外の出来事だ。

「ど、どこに隠してたんだよ」コジが両手を上げる。

「地下一階の居酒屋や。昨日、一人で隠しにきてん」

「な、何でそんな真似を」

「お前らに裏切られたときのためや。なんせ、お前らはゲイちゃうかと噂が立つぐらいの仲良しこよしやからのう」

完全に、シュウの人選ミスだ。弟分のコジを選ぶとわかっていたのに、止めることができなかったわたしも馬鹿だ。三人中、二人が仲良しなら、残された一人は誰だって警戒するに決まってる。

それにしても、健さんはどこで銃を手に入れたのだろう。コジのような裏ルートがあったとは思えない。

……破魔だ。

奴しかいない。健さんは、破魔に頼んで銃を用立ててもらったのだ。

「ホンマにごめんやで」

健さんが、銃口をコジの眉間《みけん》に向ける。

「謝るなって」

「わし、どうしても金がいるねん。必死で考えたで。どうすればお前ら二人を出し抜けるかってな」

健さんの声が震えている。声だけでなく、銃を持つ腕もブルブルと震えていた。当たるかどうかは別として、今にも発砲しそうな勢いだ。

「わかった。分け前をもう一度話し合おうぜ」コジが、必死に説得を試みようとする。

「オレ、分け前は八割もいらないっすよ。やっぱり、貰《もら》いすぎだし、運転しかしてないし。リスクを背負った健さんが多めに貰うべきだって」

もっと、ちゃんと説得しなさいよ！　今、ここでアンタが死んだら計画が台無しになるじゃない！

「わしとじゃなくシュウとジャマイカに逃げる気やろ」

健さんが、さらにコジに近づく。二人の距離は今や二メートルもない。

「まさか。シュウさんは別のルートで逃げるってさっき言ったじゃん」コジが、引き攣《つ》った笑顔をつくる。

「とぼけんなや。最初からお前らだけで逃げる気やったんやろ。わしをハメる気やったんやろうが」

デブのくせに鋭い。商売人の勘が働いたのだろう。

コジ！　得意のキックボクシングで早く何とかしなさいよ！　ハイキックで銃を蹴《け》飛ばせばいいじゃない。

しかし、コジは完全にホールドアップの状態のまま固まっている。

……映画みたいにはいかないのね。いくら喧嘩《けんか》の達人でも銃には勝てないのだ。

「だったら、どうなんだよ。撃つなら早く撃てよ」とうとう、コジが開き直った。

「でも、シュウさんは馬鹿じゃねえからな。銃声が聞こえたら、店には戻ってこねえぞ。非常階段で逃げるに決まってる」

ヤケクソになってどうすんのよ！

「願ったり叶《かな》ったりやな。シュウはビルの前にいる警官に捕まって、金はわしが一人占めできるやんけ」

健さんがニンマリと下品な笑みを浮かべた。本気で撃つ気だ。

「健さん、頭は狙わないほうがいいっすよ。頭は的が小さいから、もっと近づかないと当たらないって」

コジが、自ら健さんに近づこうとした。

「動くな、ボケ」健さんが、銃口をコジの眉間からみぞおちに切り替える。「腹にぶち込むど。頭なら即死で終わるけど、腹はすぐに死なへん。のたうち回って死ぬんや。苦しいのは嫌やろ？」

健さんの凄《すご》みに気圧《けお》され、コジが動きを止める。

「似合わないっすよ、健さん。本当は怖いんだろ？」負けじと、不敵な笑みを返す。

「やかましい。何で、わしを銀行強盗に誘ったんや」

コジが、チラリと厨房を横目で見た。今、シュウが戻ってくれば、二人とも撃ち殺されるだろう。

「オレとシュウさんだけじゃ手が足りなかったし、健さんがオレたちの周りで一番金に困ってそうだったから話に乗ってくると思って……」

シュウを庇《かば》っている。健さんを銀行強盗のメンバーにしたのはシュウの独断なのに。

……お人好《ひとよ》しにもほどがあるわよ。どんだけ、シュウのことが好きなのよ。本物の兄弟愛みたいになってるじゃない。

わたしには二人の兄がいる。

二人とも、洋食屋の両親の影響を受けて料理人になった。上の兄はイタリアン、下の兄は和食の道へと進んだ。

小学校の低学年までは同じ剣道の道場に通っていたから、わたしたち三人はとても仲が良かった。でも、わたしが中学生に上がる頃には、口も利かなくなるほど、大嫌いになっていた。二人の兄がどう思っていたかは知らないけど、わたしから一方的に毛嫌いしていたのだ。

上の兄は孝行息子で高校生になると、どの部活にも入らず、学校から帰ってきて、すぐに店を手伝っていた。厨房の片隅で延々と玉ねぎの皮を剝《む》いたり、キャベツの千切りをしている上の兄の姿に吐き気がした。

何、いい子ぶってんのよ！

反抗期だったわたしは上の兄の行動が理解できなかったのだ。寂れた商店街にある洋食屋の薄汚れた厨房で野菜を切ることが、とてつもなく恰好《かっこう》悪いことだと思っていた。

下の兄も店の手伝いをするようになり、わたしの肩身はますます狭くなった。母親から「アンタも少しは店の手伝いをしなさい。女の子なんだから料理ができないと誰も嫁に貰ってくれないわよ」と言われるたび、余計に店から遠ざかった。

どうして、わたしの人生を決めつけられなくちゃいけないの？

デミグラスソース臭い実家を憎んだ。家族は晩御飯を店のまかない飯で食べていたが、わたしは頑《かたく》なに一人でコンビニのおにぎりやカップラーメンを食べた。孤独のほうが恰好いいと思っていたし、何より落ち着けた。

次第に、二人の兄は真剣に料理人を目指すようになり、高校卒業後、立て続けに料理の専門学校に入った。父親は、二人の息子が自分と同じ道に進んだことを喜んだ。感情をほとんど顔に出さない人だったけれど、めちゃくちゃ嬉《うれ》しいと思っていたはずだ。わたしにはわかる。わたしが舞台女優になると宣言したときとは大違いだ。

両親は、わたしの舞台に数回来てくれただけで、パタリと来なくなった。三十年以上、寂れた商店街から出なかった人に、ブロードウェイ産のミュージカルに興味を持てというほうが無理な話だ。

だけど、両親は上の兄が経営するイタリアンと下の兄が修業している和食のお店には二カ月に一回のペースで顔を出している。

わたしは、兄たちの作る料理を食べたことがない。盆と正月にも実家に帰っていない。両親の子供たちに対する愛情は、三分の一ずつじゃなかった。

そのことをわたしは、しつこいほど恨んでいる。

「ホンマのことを言え。どっちがわしを騙《だま》そうと持ちかけてん」

コジが、ひと呼吸置いて答えた。「オレのほうから話を持ちかけたんっすよ」

嘘だ。コジにそんな発想はできない。

馬鹿！　殺されてもいいの？

胸が締め付けられるように痛くなってきた。助けてあげられない自分がもどかしくてしようがない。

――どうして、わたし殺されたんだろう。

最初から、銀行強盗のメンバーとして加わっていればよかったのかもしれない。女に仕切られるのは、健さんとコジの反感を買っただろうけど、この最悪な事態よりはマシに計画が進んでいたはずだ。

男に生まれたかった。切実に思う。男として人生を歩んでいたら、こんな場所でこんな連中のドタバタ劇を眺めていない。

どれだけ努力しようとも、男に生まれ変わる〝逆転〟は起こせない。人生は、限りなく不公平だ。

「何やと？」健さんが首を捻《ひね》った。「てっきり、シュウのアイデアやと思ったわ」

健さんもわたしと同じ考えのようだ。

「オレだよ。アンタのこと大嫌いだったからな」

健さんは、銃をかまえながらゆっくりとコジの背後に回り込む。

「殺されたくなかったら、シュウを裏切れや」

「ふざけんな」コジが吐き捨てるように言った。

健さんが、コジの後頭部に銃口を押しつけた。

「お前がシュウを殺せ」

10　BAR・金時計

――銀行強盗の三日前

初老のバーテンダーが、舞を踊るような滑らかな動きでシェイカーを振りはじめた。BGMのジャズに合わせるように、シャカシャカと心地いい音を店内に響かせる。

まさか、こんな場所で銃の取引をするなんて……。

修造は、ジントニックを飲みながら初老のバーテンダーの優雅な動きに見とれていた。

川崎球場の近くの裏路地にポツンとある会員制のBAR・金時計――。

カウンターの右隣には金森健、左隣には小島が座っている。

「おい、コジ。いつになったらお前の後輩は来るねん」

金森健が、ひっきりなしにピスタチオの皮を剝きながら訊《き》いた。突き出た腹がカウンターに乗っかってみっともないが、中年親父の風貌《ふうぼう》はこの店に溶け込んでいた。飲んでいる酒もシングルモルトのウィスキーだ。金森健は、「ボウモアを冷やしてない水と一対一で割ってくれ。氷はなしでな」と、修造たちに見せつけるような注文をした。こういう店にも通い慣れていることをアピールしたいのだ。

とにかく、オーセンティックな渋いBARだ。初老のバーテンダーの背後にあるカウンターには、これでもかと言わんばかりに珍しい洋酒がズラリと揃っている。銀座の一流店(行ったことはないが)と比べても遜色《そんしょく》はないだろう。キャバクラのボーイ丸出しの修造と小島は完全に浮いてしまっていた。

「まだ、五分しか過ぎてないじゃないっすか」

小島が飲んでいる酒は、マティーニだ。「一度でいいから、こういう店で飲んでみたかったんっすよね」と、ミーハー心を隠さず頼んでいた。今、初老のバーテンダーがシェイクしているのが、〝おかわり〟の分だ。

修造は、壁にかかっている大きな金時計を見た。年代物で、この店の名前になるぐらいだから、それ相応の価値があるに違いない。

時刻は午後四時五分――。こんな早い時間に、こんな本格的な酒場が開いていることが驚きだった。

午後四時の約束で、小島の後輩と会う予定だ。銃を二丁と足のつかない盗難車のキーを受け取る。この店を指定してきたのが、その後輩だった。意外にもほどがある。小島の後輩というだけで、ヤンキー上がりのもっとガサツな売人を想像していた。取引場所も、てっきり廃工場か使われていない港の倉庫かと思うではないか。

「時間にルーズな奴は信用でけへんな」

金森健が、皮を剝いてカウンターに並べていたピスタチオ七粒を一気に口の中に放り込む。

「時間にキッチリとした売人も気持ち悪いっすよ」小島が、初老のバーテンダーに聞こえないように声を潜める。

三人はカウンターの一番端に座っていた。他に客はいない。初老のバーテンダーはカウンターの真ん中あたりでショートグラスにマティーニを注いでいる。優しい間接照明の下、まるで一人芝居をしているベテラン俳優みたいだ。

小島の前に、小さな串《くし》に刺さったオリーブが添えられたマティーニが運ばれてきた。初老のバーテンダーは修造たちの会話を邪魔しないよう、反対側のカウンターの端へと移動する。その動きも嫌味ではなく、見事に洗練されていた。

小島がオリーブをパクリと食べて、恐る恐るショートグラスを持ち上げる。グラスの縁ギリギリまで、マティーニが注がれているので、今にもこぼしそうだ。唇をつけ、舐《な》めるように飲んだ。

「ヤバい。二杯目も超美味《うま》い」と嬉しそうに微笑む。

……何を楽しんでいるんだ、コイツは。

今から銃の密売をする人間の態度とは思えない。どういう神経をしているんだ。修造は、小島のクソ度胸に呆《あき》れるのを通り越してリスペクトすら感じた。

「あかん、あかん。何やねん、コジ、その飲み方は」金森健が、げんなりした顔で言った。

「飲み方なんてあるんっすか？」

「当たり前やろうが。そもそも、何で〝ショートカクテル〟って言うか知ってるか」

「グラスが短いからでしょ？」

小島がマティーニのグラスをカウンターに戻し、修造のジントニックのタンブラーと並べる。

「違うわ、アホ」金森健が、鼻で笑った。「〝ショート〟はグラスを指してるんとちゃうわ。時間や。なるべく早く飲めっていうこっちゃ」

「マジっすか？　せっかく作ってもらったのにもったいないっすよ」

「チビチビ飲んでたら温《ぬる》くなってまうやろが。とくにマティーニはキリリと冷えててなんぼのカクテルやねんから」

「なるほど」

小島は、金森健のウンチクにも嫌な顔ひとつせず、素直に従った。ふたたび、マティーニのグラスを持ち、グイッと飲み干した。

「アホタレ。誰がイッキに飲めって言うた。大学生のコンパとちゃうねんぞ」

「難しいっすね」小島が真顔で答える。

「コイツは、ほどほどって言葉を知らんのか」金森健が、助けを求めるように修造の顔を見た。

「何にでも全力で立ち向かうのがコジのいいところですから」

変な誉め方だ。小島は、その性格のせいでヤンキーになり喧嘩《けんか》に明け暮れ、大人になった今もギャンブルという絶対勝てない相手に喧嘩を売り続けている。

「シュウさん、マティーニをもう一杯頼んでいいっすか」

「やめておけよ。今から大事な取引があるんだぞ。そのあとにハニーバニーに入らなきゃなんないし。酔ってる場合じゃねえだろ」

「これしきの酒で酔わないっすよ」

「せめて、ジントニックにしとけや。ここの店のは一流やぞ」金森健が、飲んでもないのに言った。

「わかるんすか？」小島が目を輝かせる。

「まず、グラスが違うがな。めっちゃ薄いやろ」

そうなのだ。ハニーバニーのタンブラーと比べて、あまりにも薄いのでびっくりした。

「ひと口飲んだときのキレが抜群に違うやろ。ジントニックはキレが命やからな」金森健は、さも自分が作ったかのように胸を張る。

「シュウさん、美味いっすか？」

「ああ、美味いよ」正直な感想だ。今まで飲んできたジントニックの記憶が霞《かす》むほど、段違いに美味い。

使っている氷も違う。おそらく、ちゃんとした氷屋で仕入れている代物だ。巨大な氷の塊を営業前にアイスピックでグラスの大きさに割っているのだろう。ハニーバニーの製氷機で作る、空気が入りまくったスカスカの氷とは雲泥の差があった。

「お前らは気づいてないと思うけど、あのバーテンダーさんがトニックをグラスに注ぐときに、氷に当てずに縁から入れたのを見たか？　炭酸の泡を大事にする心づかいや」

「そんなところまで見るんすか？」小島が目を丸くする。

「BARでの常識やがな。お姉ちゃんのいない店では、とことん酒を楽しまなあかんやろ。少し勉強するだけで、男の遊びはグッとおもろくなるねん」

なるほど。ハニーバニーでの金森健の醜態は、ちゃんとキャバクラを楽しんでいるからなのか。たしかに、女の子の横で恰好《かっこう》つけて飲む輩《やから》より、ほどほどにスケベ心を出して下ネタを言ってるぐらいのほうが好感を持てるし、扱いやすい。この男は、それがエスカレートするから嫌われるのだが。

……このオッサンは、そんなに悪い奴じゃないのかもな。

いや、もしかすると、金森健は思っているより〝賢い〟人間なのかもしれない。風貌《ふうぼう》とハニーバニーでの態度だけで判断するのは危険だ。何せ、三日後には銀行強盗という大バクチを打たなければならない。ちょっとした油断が命取りになる。

少しだけ、可哀想になってきた。茉莉亜の計画では、金森健を捨て駒にするつもりだ。あの女があそこまで頭がキレて冷酷なのには驚いた。

人の違う一面は、思いもよらないときに炙《あぶ》り出される。

「じゃあ、オレもジントニックにします」

初老のバーテンダーが、冷凍庫からキンキンに冷えたタンカレーを取りだしたとき、店のドアが開いた。

「小島先輩、お待たせしました」

やっと、後輩が登場したか。

修造は振り返って驚いた。これまた意外な風貌だ。見るからに高級なスーツに身を包んだ黒縁眼鏡の青年が立っていた。髪も丁寧にセットされ、革のブリーフケースを持っている。将来を期待されている若手弁護士にしか見えない。体つきも小柄で華奢《きゃしゃ》だ。本当に、小島が暴走族を引退したあと、特攻隊長を務めあげた男なのだろうか。

「よう」小島がぶっきらぼうに手を上げた。「久しぶりだな、若槻《わかつき》」

「ご無沙汰《ぶさた》しております」若槻が、律儀に頭を下げた。「お元気ですか」

「元気なら、お前に連絡しねえよ」

「それもそうですね」

爽《さわ》やかな笑みを浮かべている。本当に売人なのか、さすがに不安になってきた。

「さっさと始めてくれへんか。わしらも暇とちゃうねん」金森健も怪訝《けげん》そうな目で若槻を見ている。

「わかりました」若槻が初老のバーテンダーを見た。「マスター、一時間ほど外してくれないか」

初老のバーテンダーは無言で頷《うなず》き、店をあとにした。ガチャリと外から鍵《かぎ》をかける音がする。

「ええんか。仕事の手を止めさせて。知り合いなんか」

カウンターには作りかけのジントニックが残されていた。

「この店のオーナーは僕なんです。だから、気にしないでください」

若槻はそう言って、カウンターの中へと入っていった。修造たちの前に回り込み、ブリーフケースを目の前に置く。

「マジかよ。ここがお前の店？　すげえじゃん」小島が嬉《うれ》しそうに笑った。後輩の成功を素直に喜んでいる。

「ここだけじゃありません。都内にも何店舗か持ってますよ」

「全部、BARかいな？」金森健が興味を示した。

「はい」若槻が笑顔のまま頷いた。「店によってコンセプトは違いますが、どれも恰好いい店です」

「どうして売人なんかやってんだよ。充分に食っていけるんじゃねえのか？」小島が先輩風を吹かす。

「BARを作るのは趣味なんですよ。本職はあくまでも〝裏社会の便利屋〟です。そっちのほうが楽しいし、やりがいがあるんです。三日いただければ、どんなものでも揃えますよ」

この若さでいくら稼いでやがるんだ？

修造は、猛烈に嫉妬《しっと》を覚えた。若槻からは自信が満ち溢《あふ》れている。数々のビジネスに手を出しては失敗してきた自分との差は何だ？

まるで、この店とハニーバニーのタンブラーだ。完璧《かんぺき》なプロフェッショナルと凡人。どう足掻《あが》いてもその差は埋まらない。

「例のものは用意してくれたか」修造は、普段より低い声で訊《き》いた。

「銃二丁と車ですね」

若槻がブリーフケースを開けて、中から新聞紙の包みを二つ取り出し、カウンターに並べた。その横に、車のキーを置く。ハイネケンの瓶を模《かたど》ったキーホルダーが付いていた。

「弾は入ってんのか？」金森健が訊いた。

「いいえ。銃の取引で弾まで渡す馬鹿はいませんよ」

「ほんなら、いつ渡してくれんねん」

若槻が、もうひとつキーを取り出し、ハイネケンのキーホルダーの隣に置いた。

「何や、これは？」

「川崎駅のコインロッカーの鍵です。そこに弾が十発あります」

「ありがとう」修造はコインロッカーの鍵を取り、スーツの内ポケットに入れようとした。

「待てや、シュウ。それはわしが預かるで」金森健が、修造の腕を摑《つか》んだ。

「俺が明日、責任を持って取りに行きますよ」

「何を寝ぼけたことを言うとるねん。この銃と車はわしが買うねんぞ」金森健が、カウンターに置いていた自分のセカンドバッグをポンポンと叩《たた》く。

ここに金が入ってるとアピールしているのだ。

「立て替えてもらうだけでしょ。金が手に入ったら、経費として落とします」

銃二丁と車の値段は決して安いものではなかった。修造が川崎競馬場で勝った金ではとても足りない。そのためには、金森健の力がどうしても必要だった。破産寸前とは言え、チェーンの焼肉屋の各店舗から金をかき集めれば何とかなる。だが、その金も来週までに戻さなければ終わりだと本人がボヤいていた。

「計画が成功せんかったら経費もへったくれもあらへんがな。銃も車のキーも当日までわしが預かる」

やはり、信用されていないか……。ラブホテルでSMプレイ中に銀行強盗に誘われ、仲間がハニーバニーの問題児の小島とくれば警戒して当たり前だ。

「シュウさん、健さんに任しちゃったらいいじゃないっすか」小島が、呑気《のんき》な声で言った。

「そうだな。じゃあ、健さんお願いします」

ここは従うほかない。まずは、銃と車を手に入れるのが先決だ。修造は、コインロッカーのキーを素直に渡した。

「よっしゃ」金森健が満足げに頷き、新聞紙の包み二つと車とコインロッカーのキーをセカンドバッグに入れる。

「車は、川崎競馬場の正門の向かいにあるコインパーキングに停めてあります。防犯カメラが付いてますから、車を動かすときは軽く変装したほうがいいでしょうね」若槻が、三人の顔を順に見る。

「変装って何やねん」

「まあ、ベタにいくのなら帽子とサングラス、あとマスクぐらいですかね。それだけでも、相当怪しい人物になっちゃいますけど。あと、パーキングには運転手が一人で行くことをお勧めします」

「じゃあ、それはオレの仕事っすね」小島がニコニコしながら手を上げた。どうやら、マティーニ二杯で、ご機嫌になっているらしい。

「車の種類は？」修造が若槻に訊いた。

「ホンダのフィットにしました。乗り心地もいいし、小回りも利きますしね。何より売れているから目立たないかと」

「なるほど。ええチョイスや」金森健が、感心して頷く。

「銃は確認しなくてもいいんっすか」小島が訊いた。

「そ、それもそうやな」

金森健が、セカンドバッグから新聞紙の包みを取り出した。

「銃はニューナンブM60を用意させてもらいました。日本の警察官が使っている38口径回転式拳銃《けんじゅう》です」若槻が説明する。

「シュウ、開けてくれや」

「俺がですか」

「頼むわ。拳銃なんて直《じか》に触ったことないねん」

俺だってそうだよ。

修造は心の中でぼやきながら、新聞紙の包みを受け取った。ズシリとした重さに、緊張でみぞおちが痛くなる。

これで、人が殺せるのか……。

ゆっくりと新聞の包みを開いた。鉄の臭いが、ジントニックのライムの香りを上回る。

「すげえ……本物だ」小島が、感嘆の声を漏らした。

「いい銃ですよ。弾詰まりもほとんどないですしね」若槻がニッコリと笑う。

修造は、黒光りするリボルバーを右手に持ち、ゆっくりと金時計に向かってかまえた。

そのときが来たら、果たして俺に撃てるだろうか？

11　キャバクラ・ハニーバニー

――午後五時三十四分

「お前がシュウを殺せ」

健さんが、コジの後頭部に銃口を押しつける。

いくら喧嘩《けんか》の達人のコジといえども、この体勢では反撃のしようがない。

「自分でやれよ」コジが吐き捨てるように言った。

「いや、お前がやるんや。わしを裏切った罰じゃ。シュウをお前の手で殺して、わしに誠意を見せんかい」

健さんの目が据わっている。本気で撃つ気だ。

ダメよ、健さん……。

わたしは、思わずそう呟《つぶや》いた。もちろん、わたしの声は二人の耳には届かない。

今、撃ってしまったら、外にいる警官たちがこの飲食ビルの中になだれ込んでくる。

「さっさと撃てよ。オレは絶対にシュウさんを裏切らねえ」

コジのバカ！　煽《あお》ってどうすんのよ！

「美しい師弟愛やのう。まさか、シュウにケツを掘られてんのとちゃうやろな」

「健さん、ビビってんのかよ。オレを撃ってからシュウさんも殺せば銀行から奪った金を一人占めできるじゃねえか」

「わしはそんなにがめつくないねん。お前がシュウを殺したら金は二分の一にしてやってもええど」

「いらねえよ、そんな汚い金」

健さんが、大げさに鼻で笑い飛ばす。「金に綺麗《きれい》も汚いもあるか、ボケ。金は金じゃ。どんな手段で手に入れようが、価値は変わらへん。このムチャクチャな世の中で、唯一信用できるもんが金や」

「オレは魂を売ってまで金は欲しくねえんだよ」

「魂？」健さんが、銃口でコジの頭をゴリゴリと押した。「銀行強盗が何を言っとんねん。シュウは人質の年寄りを撃ち殺してんねんぞ」

「あれはハプニングだろ。他に方法がなかったんだ。それに、あのお婆ちゃんが死んだとは限らねえ」

死んだのよ。あのお婆ちゃんは、この世にはもういない。

「幸せになるためには、自分以外の誰かが不幸にならなあかんのや。それが大昔からの人生の仕組みや。勉強になったのう、コジ」

「うるせえ」コジが、悔しそうに顔を歪《ゆが》ませる。

「そろそろ、シュウが戻ってくるやろ。覚悟はできたか？」

コジは歯を食いしばったまま答えない。

「ええか、コジ。ここがお前の人生の分岐点や。銀行強盗をした時点で、どうせわしらは元の生活には戻られへんねん。このピンチさえ乗り切って、ジャマイカに高飛びさえできれば幸せになれる」

なるほど。ピンチを乗り切るためにはコジに生きていてもらわなきゃダメってことね。ビルから脱出して警察から逃げるために、運転手役がいるからだ。健さんは、車の免許を持っていない。コジまで殺してしまったら逃げ切れる確率がガクンと落ちる。健さんがシュウを自分で撃たずコジに殺させようとするのも、警察に銃声を聞かれたくないと考えてのことなのか。

なかなか、やるじゃない。ここまで追い込まれていながら冷静さを保てるなんて、わたしは健さんを過小評価していたみたい。

「わかった」コジが、弱々しい声で言った。「シュウさんを殺すよ」

……シュウを裏切るの？

コジの心が折れた。いくら喧嘩が強かろうが、メンタルはまだ未熟なのだろう。

この勝負、健さんの勝ちだ。

健さんが満足げにニンマリと笑い、コジの後頭部から銃口を離した。

「よっしゃ。それでええんや」

「銃を貸してくれよ」

「アホ吐《ぬ》かせ。渡せるわけがないやろ」

「シュウさんを苦しませずに死なせてあげたいんだよ」

「ほんなら、お前の得意のハイキックで気絶させたらええがな。そのあと、首を絞めるなりして殺したら確実やろ」

コジが返事をする代わりにコクリと頷《うなず》いた。

「シュウを呼んでこいや。言うまでもあらへんけど、下手な真似したら撃ち殺すからな」

健さんが銃を握ったまま右手をチノパンのポケットに隠す。

コジがガックリと肩を落として歩き出そうとしたとき、キッチンから血相を変えたシュウが飛び出してきた。

「ス、スナイパーだ」

シュウは、ひどく怯《おび》えながらコジと健さんを交互に見た。

「はっ？」コジが思わず訊《き》き返す。

「スナイパーがいたんだよ」

「スナイパーって、あのスナイパーですか？　ライフルを持ってる？」

シュウが、必死の形相で激しく頷く。

「どこにおってん」健さんが訊いた。

「隣のビルの屋上にいたんです。特殊部隊みたいな恰好《かっこう》をした男がライフルを構えているように見えました」

隣にも同じような飲食ビルが建っている。向こうは五階建てだ。

「特殊部隊？」コジが素《す》っ頓狂《とんきょう》な声を上げる。「シュウさん、見つかったんっすか」

「わかんない。たぶん、俺には気づいてないとは思うけど……ライフルの銃口はこっちを向いてなかったし」

シュウが爪を噛《か》みながら、ウロウロと店内を歩く。

「本当に特殊部隊だったんっすか」コジが、シュウを追いかけて訊く。「見間違えとかじゃありません？」

「何と見間違うんだよ」

「そもそも、日本に特殊部隊があるんっすか」

「俺に訊かれても知らねえよ」

シュウが、イラつきを隠さず、髪を掻《か》きむしった。

「あるって聞いたことはあるで」健さんが、溜《た》め息混じりに言った。「羽田や成田《なりた》の空港の近くにある警察の機動隊は他と違うねんてよ。大阪府警にも対テロ特殊部隊があるらしい」

コジが今度は健さんに詰め寄る。

「オレたち、テロリストに間違われたんっすか」

「それはどうかわからんけど、凶悪犯と思われてるのは確実やな」

「シャレになんねえよ。チンケな銀行強盗なのに大げさ過ぎだろ……」

わたしにも予想外だった。本当かどうか確認は取れていないけど、まさか特殊部隊が出てくるなんて。

「自首したほうがいいかもな」シュウがボソリと言った。

「マジで言ってんっすか、せっかく、ここまで頑張ったのに」

銀行強盗で、「頑張った」はないでしょ。どこまでも体育会系のノリの奴だ。

「逃げ切れる可能性がほとんどないんだぞ」

「スナイパー一人にビビり過ぎだってば」

「一人とは限らんやろ。他のビルの屋上にも潜んどるかもしれん」健さんが、さらに追い打ちをかける。

シュウが足を止めて、自分を納得させるように深く頷いた。

「自首しよう」

「するなら一人でしてくださいよ。俺は運転をしただけで、実際には銀行を襲ってないっすから」

「今さら何を言っとんねん。お前も立派な共犯やぞ」

健さんが、コジを睨《にら》みつける。右手は、まだポケットに入ったままだ。

「健さんも一緒に自首しましょう。今なら、まだ軽い罪で済みますよ」シュウが、情けない顔で、すがるように言った。

「軽いって言っても十年は臭い飯を食わされるやろうけどな」

「……そんなに懲役を食らいますか？」

「主犯格のシュウは、十五年から二十年になるんとちゃうか。なんせ、銀行強盗に殺人罪も追加されるわけやしのう」

「勝手に俺を主犯にするなよ。三人で計画を立てて実行したんだろ」

本当は、わたしを含めた四人だ。

「何言ってんすか！　話を持ちかけてきたのはシュウさんでしょ」

「違う。主犯は俺じゃない」

シュウは茫然《ぼうぜん》と立ちすくみ、助けを求めるように壁を見た。

どこ見てんのよ！　もしかしてシュウの奴、わたしのことをバラすつもりなの？

「特殊部隊が突入してくる気配はないな」健さんが、ハニーバニーの入口を見ながら言った。

「やっぱり、スナイパーはシュウさんの見間違いだったんだ」

「わからないだろ。待機しているだけで、そのうちエレベーターでネゴシエイターがやってくるかもよ」

ネゴシエイターって、ハリウッド映画かよ。それよりも先に、解決しなきゃいけない問題があるでしょうが。

わたしの思いが通じたのか、健さんがおもむろにロレックスを見た。

「あかん。もうこんな時間や。他のボーイの子らがやってくんぞ」

「シュウさん、ヤバいっすよ。マジで絶体絶命じゃん」

シュウが壁から目を離し、自分のスマートフォンを取りだす。

「ちょっと、どこにかけるんっすか」

「他のボーイだよ。ノロウイルスが発生したことにして、今夜の営業は臨時休業にする。コジはキャストにかけろ」

「わ、わかりました」

コジも慌てて、携帯電話を出す。

「コジ、電話はさっさと済ませろや。時間がないぞ」

健さんが、「時間」という言葉を強調し、コジに目配せをした。

早くシュウを殺せ、と。

わたしにも、殺したい人間がいる。

わたしの殺したい相手――。そいつの顔を思い浮かべるだけで、頭の中にある血管がすべてブチ切れそうになる。

二週間前の出来事だった。わたしは、ハニーバニーのトイレでとんでもないものを発見した。

盗撮用の隠しカメラだ。

それも、信じられないことに備え付けてあった汚物入れに仕掛けられていたのだ。前から、汚物入れの位置がおかしいと思っていた。便器の横にあれば容易に手が届くのに、わざわざ入口近くの隅に置いてあった。

何気なく移動させようとした。でも、素手では触りたくないので、足で移動させようと爪先《つまさき》で突《つつ》いているうちに、力加減が難しくてつい汚物入れを倒してしまった。

何よ、これ？

不自然な形で、プラスチック製の汚物入れの底が少し外れた。

二重になってるの？

不審に思い、トイレットペーパーを指に巻いて底の部分をパカッと外してみたら、超小型のCCDカメラと送信機が出てきた。二つともタバコの箱よりも小さく、二本のラインで繋《つな》がれている。

もちろん、そんなもの初めて見るわけだから、すぐに「盗撮されていた！」とはわからなかった。

まさか……。

わたしは、トイレの中を見回した。「まだカメラがある」と、直感が働いたからだ。直感は的中した。芳香剤（前から不自然なくらい大きいと思っていた）と花を活《い》けてある花瓶（これも洗面台の邪魔な位置にあると思っていた）から同じCCDカメラが見つかった。

ありえない。ボーイの誰かが盗撮をしているんだ。

そう思って、その日の営業後にオーナーの破魔を呼び出した。

「ハニーバニーのトイレで、こんなものを見つけたんです」

ポルシェの助手席で、わたしは三つのカメラを破魔に見せた。あまり、この破魔の愛車には乗りたくなかったけれど、話の内容的に、他に適当な場所が思いつかなかった。

「そうか」

破魔は表情を変えずにカメラを受け取り、無造作にダッシュボードの中に投げ入れた。

「あの……これを仕掛けたのは」

「俺だ」破魔があっさりと答える。

「えっ？」

「俺が仕掛けたんだよ」

破魔が、エンジンをかけてポルシェを急発進させた。

わたしは、慌ててシートベルトを締めた。破魔は、シートベルトをせずに片手で運転をしている。

とんでもないスピードで、ポルシェが明け方の川崎の街を駆け抜ける。前に走っている車を対向車線に飛び出して追い抜き、赤信号も全部無視だ。

「止めてください」

叫ぼうと思っても、恐怖のあまり身がすくんで声が出ない。窓の外の景色が、矢のように後ろに飛んでいく。

「ドライブは嫌いか？」

破魔が、こっちを見て笑った。いや、いつものサングラスをかけているので、目は笑っていないのかもしれない。

目の前に、引越しセンターのトラックが現れた。

対向車線を逆走してる！

歯を食いしばって目を閉じる。車体が激しく左に振れた。けたたましいクラクションが遠ざかっていく。

どうやら、正面衝突は避けられたみたいだ。

「茉莉亜。目を開けろ」破魔の声が言った。「たとえ死んだとしても、それがお前の運命だ。受け入れてみせろ」

目を開けると同時に、スピードがグンと加速する。

膀胱《ぼうこう》がキュッと縮まり、オシッコを漏らしそうになる。遊園地の絶叫マシーンは大好きだけれど、破魔の運転には耐えることができない。

本物の恐怖は、絶叫できないと知った。

「一流の人間にとって必要な能力は何だと思う？」

返事ができないわたしを嘲笑《あざわら》うかのように、破魔はゆったりとした口調で語り始めた。

「注意力だよ」

今度は、大通りの交差点に突っ込んでいった。信号が黄色から赤に変わる寸前だ。

危ない！

右手から、原付バイクが出てきた。破魔は、何の躊躇《ちゅうちょ》もなく、アクセルをさらに踏み込んで撥《は》ね飛ばす。

わたしは、また目を閉じた。衝突した衝撃とゴツンと鈍い音がした。

轢《ひ》いた？

原付に乗っていた人の性別や年齢まではわからなかったけれど、このスピードの車と事故を起こしたのなら、絶対に軽い怪我では済まない。

「気にしない、気にしない。一休み、一休み」破魔が、おどけた口調でアニメの『一休さん』の真似をした。

この男は、完全に狂っている。

わたしは目を開け、破魔を横目で睨《にら》みつけた。デパートの屋上にあった百円で動く車で遊ぶ子供みたいに無邪気な顔だ。

「茉莉亜。お前には素晴らしい注意力がある。ハニーバニーで働いている他のボンクラとは決定的に違う。なぜ、今の人生で満足しているんだ」

わたしは、舌を嚙《か》まないように気をつけながら口を開いた。

「満足なんてしているわけないでしょ」

「俺と組んで、ビジネスをやらないか」

「ふざけないでよ。トイレにカメラを仕掛けるのがビジネスなわけ？」

「そうだ。立派なビジネスだ。盗撮物の画像は高く売れる。それが、キャバクラのトイレとなれば相場の倍近く値段がつく」

たしかに、そんな話を小耳に挟んだことはある。でも、まさか自分が働いている店で起きているとは夢にも思っていなかった。

ふざけんなよ。

悔しさと恥ずかしさで、耳まで熱くなってきた。いつ頃から盗撮をされていたかは知らないけれど、わたしのトイレをしている姿が変態たちに鑑賞されているかもしれないと考えただけで、吐きそうなぐらい怒りが込み上げる。

「特に俺の作品はマニアに人気がある」破魔が、嬉《うれ》しそうに話を続けた。「洗面台の横に置いてある花瓶に仕掛けたカメラは鏡を映していたんだ。トイレで鏡を見ないキャバ嬢はいないだろ？　盗撮する女の子の顔がバッチリと確認できるわけよ。汚物入れは下からのアングル。芳香剤は後ろからで、パンティーを下げるときのケツを撮る」

「最低の人間がやることね」

「カメラは三つだけじゃねえぞ」

「えっ？」

「もう一つある。ウォシュレットのノズルの陰に設置してるんだよ。キャバ嬢のマンコが見れなきゃ盗撮する意味がねえだろ」

絶句した。怒りを堪《こら》えきれず、涙が出てきた。

「何だ？　最後のカメラを見つけられなかったのがそんなに悔しいのか」破魔がケタケタと笑う。

……殺してやる。生まれて二度目の殺意だ。

「茉莉亜なら二億は堅いな」

「どういう意味よ？」

「AV女優になってもらう。日本で一番有名なミュージカル劇団出身のキャバ嬢なんだ。人気が出ないわけねえ」

本気で殴ってやろうかと思った。車を猛スピードで運転していなかったら、耳を摑《つか》んでグーで鼻を折ってやるところだ。

「やるわけないでしょ」

「断る権利はない」

「はあ？」

「お前は俺のビジネスの邪魔をした。トイレの盗撮で月いくら稼いでいると思っているんだ」

「知らないわよ」

「五千万だ」

「う、嘘に決まってるわ。そんなに稼げるわけないじゃない」

破魔が素早く自分のシートベルトを締めた。

次の瞬間、ポルシェが大通りの真ん中で、ドリフトしながら急停止をした。

わたしは投げ出されそうになりながら、シートベルトにしがみついた。

「二週間だけ待ってやるから、現金で五千万作ってこい。もし用意できなかったらAV女優としてデビューしてもらうからな」

ノーとは言えなかった。わたしの首から数センチのところで、アイスピックの先端が狙っていたからだ。

「なあに。銀行強盗でもすれば楽勝だろ。駅前のM銀行で、俺に借りのある奴が警備員をしてるんだよ。俺が計画を立ててやるから三人の男を用意しろ」

コジがキャバ嬢たちへの電話連絡を終えた。

どうやら、後輩のボーイに連絡係を任せたようだ。シュウは、二人に背を向けて、まだ他のボーイと電話をしている。

健さんが意味深に頷《うなず》き、コジの肩を押した。

コジが摺《す》り足でシュウの背後へと近づいて行く。

ヤバい。ハイキックだ。あれを食らって気絶したら、あとは首を絞められて殺されるのを待つだけだ。

シュウ、後ろ！　早く気づいて！

12　昭和駅のバニラコーク

——銀行強盗の二日前

白い液体が黒い液体に飲み込まれるように溶けていく。

バニラとコーラ。

純粋や無罪の象徴である〝白〟が、闇の〝黒〟に掻《か》き消される様を描いているようだ。

「わたし、これ好きなんだよね」

茉莉亜が、自分のグラスをうっとりと眺めながら言った。

午後三時過ぎ——。修造は、茉莉亜とJR鶴《つる》見《み》線の昭和《しょうわ》駅で降りた。「ちょっと散歩しようか」と誘われてやってきたのは、どでかい工場が立ち並ぶ扇町《おうぎまち》だった。

五分も歩かないうちに見つけたレトロな（と言うよりも廃墟《はいきょ》に近い）喫茶店に「ちょっとお茶しようか」と半ば強引に連れ込まれたのである。

「もう少し入れようっと」

茉莉亜が、また修造のホットコーヒー用のミルクをコーラのグラスに注いだ。

「……それ、美味《うま》いのか」

とてもじゃないが、飲みたいとは思わない。

「なんかスペシャルな感じがしない？　バニラコークって言うの」

悪戯《いたずら》っ子のように笑ってストローを銜《くわ》える茉莉亜を見て、修造は溜《た》め息を漏らした。

おいおい、どうして、こんな場所に連れてきたんだよ。

タイムスリップして昭和に流れ着いたような場所だ。川崎からは、そんなに距離はないはずなのに、鶴見駅で乗り換えたとき三十分近く待たされたから電車で四十五分もかかってしまった。

昭和駅は雑草が伸び放題の無人駅だったし、改札を出てすぐにあった定食屋の入口にはセピア色に擦《かす》れたアグネス・ラムのポスターが貼ってあった。そして、巨大な工場が乱立しているせいか空気が非常に悪い。気のせいか、空がスモッグで黄色く見えた。

この喫茶店も酷《ひど》い。数十年前は、ロッジ風のオシャレな店だったかもしれないが、現在は、カウンターや床や椅子までもが埃《ほこり》をかぶっている有り様だ。

有線か何か知らないが、蜘蛛《くも》の巣が張ったスピーカーから、昭和の歌謡曲が流れてきている。

「何か大事な話があるのか」

「バレちゃった？」茉莉亜がウインクする。

「まずは、わざわざこんなところまで連れてきた理由を説明しろよ」

　ＪＲ鶴見線の中で何度も質問したが、「あとで教えるから」とはぐらかされた。

「殺されないためよ」

「ふざけるな」

「大真面目よ」

　茉莉亜がコーラを飲むのを止め、テーブルを挟んで向かい合っている修造の手を握ってきた。

　急に手を触られたことよりも、信じられないほどの手の冷たさに驚いた。

「誰に殺されるんだよ」

「アイスピックの悪魔よ」

「……破魔か？」

　茉莉亜が、下唇を嚙《か》みながら頷いた。

「マジかよ」

　奴がいないはずなのに、背中に氷水をぶっかけられたような悪寒が走った。

「まさか、ＧＧの件が嗅《か》ぎつけられたんじゃねえだろうな」

もし、そうだとしたら真剣にヤバい。たとえ、銀行強盗に成功したとしても、その後であっさりと殺されて金を奪われるに違いない。

「この計画を立てたのが破魔なの」

一瞬、何のことを言われているのか理解できなかった。

「GGの計画を？　破魔が？」

「そう。いわゆる黒幕ってやつね」

茉莉亜が修造の手を離し、細長い指でストローを摘《つま》んでバニラコークをかき混ぜた。さすが元舞台女優だけあって、さりげない仕草でも絵になる。

見とれている場合じゃねえだろ！

「どういうことだ？　キチンと説明しろ」

「ハニーバニーのトイレに盗撮用のカメラが仕掛けてあったの。汚物入れと花瓶と芳香剤の三か所にね」

「おい、何だよそれ？　意味がわかんねえって」

「そのカメラをわたしが偶然に見つけて、破魔に報告したら仕掛けた張本人だったってわけ。わたしがバカだったわ。てっきり、ボーイの誰かの仕業だと思ったの」

少しだけ話が見えてきた。茉莉亜は、運悪く破魔の〝地雷〟を踏んでしまったのだ。

「ビジネスを邪魔したって逆ギレされて脅されたのか」

「どうしてわかるのよ」茉莉亜が目を丸くする。

「奴とは付き合いが長いからな」

破魔が、ハニーバニーの他にも、いくつかキナ臭い商売をしていることは知っている。つい最近までは若いチンピラを集めて振り込め詐欺のグループを仕切っていたとの噂も流れたぐらいだ。

「ポルシェに乗せられて、川崎の街を地獄のドライブをしたわ」

「俺もやられたことがあるよ。あれは、『いっそのこと殺してくれ』と叫びたくなるほど恐ろしいよな」

「ドライブの終わりにアイスピックを突きつけられて、『AV女優になりたくなければM銀行を襲え』って命令されたの」

茉莉亜はカウンターをチラリと見て声を潜めた。ヨボヨボのお爺《じい》ちゃんのマスターは、椅子に座ってスポーツ新聞を開いたまま、コクリコクリと船を漕《こ》いでいる。

「いくら用意しなくちゃいけないんだ」念のため、修造も小声で話した。

「五千万円よ」

「気の遠くなるような額だな」

「払えるわけないよね」茉莉亜が、投げやりな感じで肩をすくめる。

「それが奴の狙いだよ。茉莉亜をどうしてもAV女優にさせるつもりだ」

狙った獲物は、どんな手段を使っても逃さない。それが破魔という男だ。

「AVに出るぐらいなら、捕まるリスクがあったとしてもGGをするわ」

修造は、悟られないように茉莉亜の体をチェックした。

巨乳だし、手足も長くてスタイルがいいから、〝単体物〟の女優としてそこそこの活躍は期待できそうだ。破魔が目をつけるのもわかる。

「どうして逃げなかったんだよ」

「破魔から逃げ切れると思う?」茉莉亜が、射るような目で修造を見た。「ずっと怯《おび》えながら暮らすなんて、まっぴらゴメンだわ」

「じゃあ、M銀行の警備員ってのは破魔の知り合いなのか」

「そういうこと。破魔に借りがあるんだって」

「それは最悪だな」

破魔は決して他人には金を貸さないと有名だが、それ以外の〝借り〟を作らせることには天才的に才能を発揮する。

「なぜ、今になって俺に打ち明けたんだよ。俺が降りないって確信があったのか」

「降りたい?」

即答ができない。もちろん、降りたい気持ちは強いが、修造もヤバい相手に借りを作っているのだ。

もし、渋柿多見子という怪物に借りがなければ、破魔の名前が出た時点ですぐに降りている。

逃げたい……。でも、逃げることはできない。

スピーカーから、大沢誉志幸《おおさわよしゆき》の『そして僕は途方に暮れる』が流れてくる。昔、レコードでよく聴いた曲だ。

「降りねえよ」修造は、絞り出すような声で言った。

「わたしとシュウは離れられない運命共同体ってわけね」

茉莉亜が嬉《うれ》しそうに笑い、再びバニラコークをゴクゴクと飲み始める。

「俺にも飲ませてくれ」

破魔の名前を聞いた途端、喉がカラカラになってきた。

「ひと口だけよ」

茉莉亜からグラスを受け取り、ストローで一気に吸った。コーラの炭酸が喉の奥で弾《はじ》け、バニラの味が遅れてやってくる。

思ったほど、悪くない味だ。

「どう？　美味《おい》しいでしょ？」

「まあな」

グラスを茉莉亜に返す。

「大切な公演の前は、劇場の近くの喫茶店で必ずこれを飲むことにしていたの」

「ジンクスってやつか？」

「そう。バニラコークを飲んだあとの公演は、なぜか成功するのよ。今回のGGは絶対に失敗はできないもん」

「当たり前だろ。警察に捕まったら人生が終わるからな」

「警察の話をしてるんじゃないの」茉莉亜が、上目づかいで修造の顔を覗《のぞ》いた。

この女、こんな顔をするのか。

今まで、見たことのない表情だ。明らかに、キャバ嬢とはかけ離れた、命を賭《か》けて戦う女の目だ。

なぜか修造の全身の産毛が、ゾワゾワと逆立った。たぶん、舞台女優の頃の茉莉亜は、本番前に、楽屋の鏡の前でこの表情で集中力を高めていたのだろう。

「じゃあ、何の話だよ」

また、喉が渇いてきた。バニラコークが飲みたい。

「破魔を裏切るわよ」

咄嗟《とっさ》に言葉が出なかった。「くだらない冗談はよせよ」と笑い飛ばすことも。

「もう一度言うわね」茉莉亜が、ストローでゆっくりとグラスの氷をかき混ぜる。

「破魔を出し抜いて、金はわたしたちが根こそぎ頂くの」

「……嘘だろ?」

「嘘をつくために、こんな辺鄙《へんぴ》な場所にシュウを連れてきたんじゃないわ。破魔の手下に尾行されないためよ」

「び、尾行ってなんだよ」

思わず、喫茶店の窓に目をやった。工場に向かうダンプカーが横切っているのしか見えない。さっきから、ダンプカーが表通りを通るたびに店がガタガタと揺れ、テーブルの上の水やコーヒーがこぼれそうになる。

「もちろん、奪った金はわたしとシュウで山分けにするわ」

「コジと健さんは?」

茉莉亜が、冷たい目で首を横に振った。ハニーバニーのときとは完全に別人になっている。まるで、血も涙もない悪役の女を演じているみたいだ。

「あいつらもハメるのか」

「そういうことになるわね」

「コジが俺の弟分だと知っているだろ?」

「だから?」茉莉亜が高慢な態度で鼻を鳴らす。「こんなチャンスをみすみす逃すの? 一億円を超えるお金を半分にできるのよ」

「そんなに奪えるとは限らない」

「もしかしたら、二億円以上かもね」

一人につき一億円……。たしかに、それぐらいを貰わないと銀行強盗をする意味がない。こっちは人生を賭けて勝負するのだから。

「コジの分は俺が払う。だから、アイツも仲間に入れてやってくれ」

「ダメ」茉莉亜が切り捨てるように言った。

「どうしてだよ」

「救いようのないバカだからよ。ああいうタイプはトラブルを巻き起こす可能性が高いわ。長い付き合いなのにそんなこともわからないの？」

わかっている。コジの頭の導火線は、爪楊枝《つまようじ》よりも短い。ほんのちょっとしたことで我を失い、暴力の衝動に身を委《ゆだ》ねる。

「でも、アイツのおかげで銃を用意できた」

「その銃をコジに持たせるつもりなの？」

「いや……アイツには運転を任せるつもりだ」

「今からでも遅くないわ。コジを外して」

「できない」

茉莉亜は深い溜《た》め息をつき、三分の一ほど残ったバニラコークをストローなしで一気に飲み干した。

「シュウ、その甘さが破滅を招くわよ。これは大げさに言っているわけじゃない。前々からアナタの優しさが気になっていたの」

「俺が優しい？」

初めて言われた。今まで付き合ってきた女たちですら、そんなことは言ってくれなかった。

「シュウがコジを可愛がるのには理由があるのよ。自分でも気づいていない理由がね」

「どんな理由だ。教えてくれよ」

「嫌だ。どうせわたしが言っても聞く耳を持たないだろうし。いつか自分で気づくまで待ちなよ。そう遠くはない日だと思うからさ」

「コジは大切な仲間だ。切り捨てることはできない」

「じゃあ、金はわたしとシュウとコジの三人で分けましょうよ。当然、三等分ではないけどね」

茉莉亜が、諦《あきら》めた口調で言った。指でテーブルを不規則なリズムで鳴らし、かなりイラついているのが手に取るようにわかる。

「健さんは俺とコジでハメるよ。怪我をさせなくても、頭さえ使えば金は奪える」

「破魔はそう甘くないわよ」

「わかってる。コジには、何があってもキレないよう口を酸っぱくして言うよ」

「待って。破魔を裏切るのはわたしとシュウの二人でやるのよ。コジには何も教えないと約束して」

「どんな作戦か知らないけど、三人でやったほうが成功率高いんじゃねえのか」

「コジの素のリアクションが欲しいのよ。コジの演技力だったら破魔にすぐに見破られると思わない？」

思う。ハニーバニーの接客ですらコジはまともにできない。気に入らない客が遊びに来ただけで、正露丸を瓶ごと丸飲みしたような顔になるのだ。

「わかった。破魔の件は二人で対処しよう」修造が身を乗り出し、ささやき声で訊いた。「で、どうやって奴を出し抜くんだ」

「本番当日に教えるわ」

肩透かしかよ。思わず修造は前のめりになって、テーブルに腹をぶつけてしまった。

「おいおい、待てよ。今、言えってば。破魔の手下を撒《ま》いてここまで来た意味がないだろうが」

「だって、今日も明日もハニーバニーで破魔に会うんでしょ」

修造は仕方なしに頷《うなず》いた。

破魔の勘は恐ろしく鋭い。猟犬のように鼻が利き、自分を裏切る人間を嗅《か》ぎ分ける。

そういう能力に長《た》けているからこそ、あれだけ傍若無人で無鉄砲な生き方ができるのだ。生まれ持っての〝悪のセンス〟が違う。

野球にたとえるなら、破魔はドラフト一位でプロ野球に入りエースとして最多勝を獲《と》るほど大活躍し、一方の修造は草野球レベルだ。

茉莉亜の言うとおり、計画の全貌《ぜんぼう》を聞いてしまって、破魔の前に立つ勇気はない。地雷が敷き詰めてあるプールに自らダイブするようなものである。

「三分の一だけ聞くよ」

「えっ？　どういう意味？」茉莉亜が眉《まゆ》をひそめる。

「破魔を出し抜く計画を三分の一だけでいいから教えてくれ。俺にもある程度の心構えが欲しい」

「いいの？　もし、失敗したらアイスピックで全身穴だらけにされるわよ」

ちょっぴり想像しただけで、プレッシャーのあまり下腹がシクシクと痛んできた。

「やるしかねえだろ」

茉莉亜は優しく微笑み、言った。

「銀行を襲ったあと、逃げないで欲しいのよ」

「な、何だと？」

「逃げずに隠れて」

「……どこに？」

「ハニーバニーよ」

また、ダンプカーが表通りを横切った。さっきよりも激しくテーブルが揺れ、バニラコークのグラスが床に転がり落ちて割れた。

13 キャバクラ・ハニーバニー

――午後六時四分

シュウ、後ろ！　早く気づいて！

コジが猫のように足音を立てず、他のボーイたちに電話をかけているシュウの背後へと近づいて行く。

今ここでシュウが殺されたら、計画が台無しになる。シュウを助けることができない自分がもどかしい。

ハイキックの射程距離に入ったコジが、不自然な形で身を屈《かが》めた。

一瞬の出来事だった。

コジがボックス席のガラスの灰皿を摑《つか》み、クルリと反転した。

虚を衝《つ》かれた健さんは、投げつけられた灰皿を避けるのに精一杯でポケットから銃を出すのが遅れた。

「うおおおお」

コジが、雄叫《おたけ》びを上げて健さんに飛びかかった。シュウが何事かと振り返り、慌てて電話を切る。

コジのタックルが決まり、健さんの巨体がハニーバニーの床に転がる。反撃を試みようとした健さんが銃を握った右手を出したが、コジに手首を摑まれてこう着状態になった。まるで、総合格闘技の試合を見ているみたいだ。

「シュウさん、早く」コジが叫ぶ。

「な、何が？」

シュウは状況を把握できず、オロオロしながら答える。

「早く銃を奪って」

「銃⁉」

「健さんが隠してたんっすよ。地下の居酒屋に」

「はあ？」

「早く！　撃ち殺されてもいいんっすか！」

だからと言って、そう簡単に銃を持った相手に近づけるわけがない。

「このボケ。放さんかい」健さんが、足をバタつかせながらわめいた。「シュウを殺すと約束したやろ」

発砲しないところを見ると、引き金に指が入ってないのか。その指ごとコジが摑んでいるようだ。

「お、おい。何の約束だよ」

シュウが、銃口の反対側に逃げながらコジに訊《き》いた。

「銃で脅されて無理やり約束させられたんっすよ。オレがシュウさんを殺すわけがないじゃないっすか」

「そうだったのか……」

「お前らはゲイか。どんだけ仲がいいんじゃ」健さんが悔しさを滲《にじ》ませる。

シュウがもつれ合う二人の横を回り込み、床に転がっているガラスの灰皿を拾い上げた。ガラスと言ってもデカくて重い。充分に鈍器として使える代物だ。

「健さん、無駄な抵抗はやめてください」

シュウが、健さんの頭上で灰皿を構えた。健さんがもがくのをやめる。

「その灰皿をどうする気やねん」

「銃をこちらに渡してくれなければ、このまま健さんの顔面に落とします」

死にはしないだろうけど、大怪我をするのは間違いない高さだ。

「コジ、わしと組んだほうがええぞ。あとで痛い目に遭っても知らんぞ」

この期に及んで、まだコジを自分の味方につけようとしている。どこまでも往生際の悪い男だ。

「お前なんかと組むわけねえだろ」コジが、健さんの顔に向かって唾《つば》を吐いた。「シュウさん、さっさと頭を割っちゃってくださいよ」

「わかった」

シュウがさらに灰皿を高く上げた。

「や、やめんかい。銃を渡すから、は、灰皿を置け」

健さんが泣きそうな声でギブアップし、必死に握っていた銃を捨てた。

「やっと観念したか」

コジが銃を拾って立ち上がる。肩で息をしているところを見ると、いくら喧嘩《けんか》の達人とはいえ、ギリギリの攻防だったのだろう。

「健さん、立ってください」シュウが、灰皿を元の場所に戻しながら言った。

健さんは悔しいのか、打ち上げられたクジラみたいに寝転がったまま、すぐに動こうとしない。

「シュウさん、ムカつくんで撃っちゃっていいっすか」

「待て。落ち着け、コジ」

「ぶっ殺しましょうよ、こんな奴。生かしておく価値はゼロっすよ」

「銃声が外の警察に聞こえるかもしれないだろ」

さすがシュウだ。まだ冷静さを保っている。

「じゃあ、蹴《け》り殺すのはありですか」

「まあ、それなら音はしないな」

健さんがふて腐れた顔で、のそりと立ち上がる。「わかった、わかった。立てばえんやろ、立てば」

何とも人をイラつかせる態度だ。コジが拳《こぶし》を握りしめ、殴りかかろうとする。

その手をシュウが摑んだ。

「とりあえず、殴らせてくださいよ」

「その前に、健さんに訊かなきゃいけないことがある」

「何っすか、それ？」

コジは、納得のいかない表情でシュウの腕を払いのけた。

入れ替わるようにして、シュウが健さんの真正面に立つ。

「シュウ、二対一はずるいやんけ。弱い者いじめはやめろや」健さんが、ヤケクソ気味に言った。

自分のことを棚に上げてよく言うわね。それに、銀行強盗がずるいなんて言葉を使わないでよ。

シュウ、こんな親父に何を訊くつもりなのよ。

「健さん、他に仲間はいませんか」

「何が言いたいねん」

「地下の居酒屋に銃を隠していたように、他に〝保険〟はかけてないのかと思いまして。頭のいい健さんならそれぐらいのことは当然考えるでしょう」

シュウのクールなトーンが逆に怖い。

健さんも負けじと不敵に笑い返す。「おるかもしれんし、おらんかもしれんな」

「正直に言えよ。豚野郎」

コジが横から銃を構えた。健さんのこめかみにピタリと銃口が当てられる。

「ええんか。撃ったらおまわりさんがやってくるねんぞ」

「そうとも限りませんよ」シュウがタバコを出し、その一本を健さんにくわえさせてやった。「まだ警察は俺たちがこのビルに隠れていると特定できてないんじゃないですかね。もし、わかっているのなら、とっくに突入してきているはずだし」

「そんなもん、わからんがな。こっちに人質がおると思って、慎重に進めてるんとちゃうか」

「かもしれませんね」

シュウがジッポーライターを出し、健さんのタバコに火をつけてやる。容疑者を尋問するベテラン刑事みたいに、あえて優しく接する作戦なのか。

ただ、コジはシュウの意図を汲《く》み取れず、イライラしながら貧乏ゆすりをしている。

勢いで健さんの頭を撃ち抜きそうで怖い。

「せっかく禁煙しとったのに」健さんが、美味《うま》そうにタバコの煙を吐きだした。

「我慢は体に毒ですよ。逆にストレスが溜《た》まったら元も子もないですし」

「人生は我慢の連続や。好き勝手に自由に生きられるほど甘くはないねん」

「たしかに」


我慢したからといって、幸せが手に入るわけではない。

わたしは、我慢の末に許されない過ちを犯したことがある。

『アクシデントを利用しろ』

この言葉が口癖だった演出家がいた。ゆで卵みたいな顔をした性欲の怪物。自分の欲望を満たすためなら、相手は男であろうが食い散らす。言うまでもなく、女も大好物だった。

彼と寝ておけば良かったと、今でも後悔している。何回かのセックスさえ我慢すれば、役を降ろされることもなかったからだ。

準主役だった。わたしにとって、一世一代のチャンスだった。

どんなことでも我慢できる精神力を身につけたつもりでいたのに、他の女優がわたしの代わりに舞台に立つことだけは我慢できなかった。

わたしは、深夜の劇場にゆで卵の演出家を呼びだした。わたしを抱けると勘違いした演出家は何の疑いもなしに、ホイホイとやってきた。

待ち合わせは、ステージの上。劇場には他に誰もいない。

わたしはキャットウォークで待っていた。息を潜めて、十キロ近い重さの照明を持って。

ゆで卵の演出家が、スキップでもしかねない軽やかな足取りでステージに現れた。

この男は、性欲も強いが金への欲も意地汚いほど持っている。

わたしは、ステージの中央に一万円札を置いていた。そこに、ゆで卵の演出家を立たせたかったからだ。

わたしが、準主役として舞台に戻るためには、方法はひとつしかなかった。

何の疑いもなく一万円札を拾い、ポケットにねじ込むゆで卵の頭に狙いをつけて、わたしは照明を落とした。

わたしは、目的のためなら手段を選ばない。

健さんがタバコを吸いながら得意気に話を続ける。

「つまり、どれだけ我慢ができるかが、成功の鍵《かぎ》を握っとるわけやな」

「そのブヨブヨの体で言われても説得力がねえんだよ」コジが噛《か》みつきそうな口調で

言った。「てめえが破産したのも我慢できずに金を使いまくったからだろうが。この状況で、調子ぶっこいて説教垂れてんじゃねえよ」

「そうや。わしもお前らも我慢ができんかったから、銀行強盗なんてアホな真似をしてもうたんや」

「一緒にすんなって。オレとシュウさんは最後まで逃げ切るんだ。勝つのはオレたちで、てめえは負け犬……いや、負け豚なんだよ」

「負け豚か。うまいこと言うやんけ」健さんがめげずに笑みを浮かべた。「豚は生まれたときから負けとるやろ。どうせ、人間に食われてまう運命やねんから。勝ち組の豚がおったら見てみたいわ」

「うるせえ」

「そうやな。豚が勝つためには、自らトンカツ屋をやるしかないやろな。己が人間に殺されへんために豚の仲間を油断させて、裏切ってトンカツにするんや。安くて美味いトンカツ屋を開けば、人間も生かしといてくれるやろうしな。まさに、人生の縮図と同じやがな。人の幸せは他人の犠牲の上に成りたっとるねん」

凄《すご》い屁理屈《へりくつ》。

でも、健さんが語るとなぜか説得力があるように聞こえるから不思議だ。

「黙りやがれ、豚野郎」

「そうや。わしは豚や。色んな奴を踏み台にして勝ち続けてきた豚や」

口でなら健さんのほうが一枚も二枚も上だ。コジの脳味噌では、大阪出身の商売人には勝てるはずもない。

「その余裕はどこから来るんですかね」

腕組みをして黙っていたシュウが、ようやく会話に入ってきた。

わたしもそう思う。健さんの態度は、追い込まれている人間のものではない。

「人生経験からや。今までも何度か首をくくらなあかんほどのピンチがあったわ」

「開き直ったってわけですか。それとも、本当に〝保険〟が用意されているのか」

「さて、どっちやろうなあ」

健さんが、シュウの顔に煙を吹きかける。

「なめてんじゃねえぞ」

コジが銃を持っていないほうの手で健さんの胸ぐらを摑《つか》み、弛《たる》みまくっている顎《あご》に銃口を突き付けた。

「コジ、手を放せ」

「マジでぶっ殺しましょうよ」

「健さんに話を訊《き》くのが先だ」

「どうせ、ハッタリしか言わないっすよ」

「いいから放せ」

コジが忌々しげに舌打ちをし、健さんを解放した。健さんはニヤニヤと笑いながら、依然としてタバコを吸い続ける。

「シュウ、裏切ったわしをどないすんねん。もう一度、仲間に入れんのか。それともここで殺すんか。もしかしたら、わしには仲間がいて、この店に盗聴器を仕掛けとるかもしれへんなあ」

「そんなもの仕掛けて何になるんだ、コラッ」

コジが、また銃口を健さんのこめかみに戻した。

「使い道は色々あるがな。たとえば、わしからの連絡がなければ、その仲間が録音した会話を警察に送りつけるとか。ネットに流すのもありや」

「ハッタリはやめろ」

そう言いながら、コジはキョロキョロとハニーバニーの店内を見渡す。

九十五パーセントはハッタリだ。だけど、どうしても残りの五パーセントが気になるのが、健さんの話術の力だろう。

「シュウ、そろそろ決めてくれや。わしを殺すのか生かすのか、どっちやねん」

重苦しい沈黙が流れた。コジがヤキモキした表情で、歯を食いしばりながらシュウの答えを待っている。

どうするの、シュウ?

わたしなら、我慢できずに健さんをぶっ殺すかもしれない。

シュウが大きく息を吐き、言った。

「決めました」

「よっしゃ。聞かせてもらおうやないけ」

「逃がします」

「何やと?」

健さんとコジがキョトンとした顔になる。

「この店から出ていってください」

「わ、わけわからんこと言うなや」

予想外の答えに、健さんが動揺する。慌てて、タバコを床でもみ消した。

「もちろん、分け前は払いますよ」

「払うのかよ……」コジが口を尖《とが》らす。

「約束どおりの一割だ。健さんも頑張ってくれたからな」

健さんが鼻で笑った。「三分の一とちゃうんかい」

「健さん、欲張るのはやめましょう。金を持って早く消えてください」

「わしが警察に捕まってもええんか。このビルは包囲されとんねんぞ」

「そこまでは責任持てませんよ」シュウの口調が、ますます冷たくなる。「ここから先は一人で頑張ってください」

健さんの顔が、怒りで真っ赤になった。

「もし捕まったら、ここにお前らが隠れてることをチクったるからのう」

「ご自由に」

「アイツもお前らが殺したことにするぞ」健さんが、入口の前で倒れている尾形の死体を指す。

「ご自由に」

まったく表情を変えないシュウに、健さんは顔を近づけ詰め寄った。

「地獄に落とすぞ、ワレ」

「コジ、一割の分け前を健さんに渡してあげろ」

「……了解っす」

コジが、ボックス席のテーブルに置いてあるボストンバッグを開けた。

「どうした？　早くしろよ」

しかし、コジは中を覗《のぞ》いたまま地蔵のように固まっている。

「シュウさん、ヤバいっす」

コジがボストンバッグに手を突っ込み、中身を取り出した。

「な、何やねん、それ」

コジの手には、新聞紙の束が握られている。

「金はどこにいったんじゃ！」健さんが悲痛な声で叫んだ。

コジは、ボストンバッグをひっくり返し、中身をハニーバニーの床にぶちまけた。

すべて、新聞紙だった。金は一円もない。

14　ソープランド・ミスターピンク

――銀行強盗の一日前

心臓が止まるかと思うほどの冷水を頭からぶっかけられて目が覚めた。

シャワーだ。

くそっ。一張羅のスーツがずぶ濡《ぬ》れになるじゃねえか。

「この世で一番美味な食べ物を知ってるかい」

頭の上から声がする。修造は顔を上げて声の主を確認した。

川崎の魔女――。

ソープランド特有のいわゆる〝スケベ椅子〟に、渋柿多見子が脚を組んで座っている。小柄なババアだが、相変わらず威圧感が半端じゃない。黒いシンプルなデザインのドレスに、虎柄のコートを羽織っている。そのコートは、本物のベンガル虎の皮を剝《は》いで作らせた特注品だともっぱらの噂である。

最悪の事態に巻き込まれていると、一瞬で理解できた。

「ここはどこだ」

修造は自分の置かれている状況を必死で確認した。

まず、ソープランドに監禁されていることはわかった。風呂《ふろ》もあるし、修造が寝かされているのは〝スケベマット〟の上だ。そう言えば、渋柿多見子が、川崎にあるソープランドを何軒か経営していると破魔に聞いたことがある。たしか、その内の一軒がつい最近、潰《つぶ》れたはずだ。店の名前は、ミスターピンクだったと思う。誰の目も気にせず、ゆっくりと監禁するには持ってこいの場所ではないか。

そして、両手が背中の後ろで拘束されている。手首に食い込んでいる感触からすれば、おそらくプラスチック製の手錠だろう。細いが頑丈で、ちょっとやそっとのパワーじゃ外すことはできない。

何よりも泣きたくなるのは、渋柿多見子の両サイドにいるボディビルダーのようなガタイをした屈強な男たちの存在だ。

疑問点が二つある。

なぜ、こいつらは全裸で、ノコギリを持っているんだ？

修造は、ノコギリの使い方を想像しないように意識をぼかそうとしたが、気持ちとは裏腹に五感が冴《さ》え渡る。

全身の血が凍るように冷たくなってきた。せめて、シャワーだけでも止めて欲しいが、抵抗しても無駄に決まっている。

「私の質問に答えるのが先だろ」渋柿多見子のしゃがれた声が浴室に反響する。「この世で一番美味な食べ物を知ってるかって訊《き》いてるんだよ」

知らねえよ、ババア。

そう怒鳴りつけてやりたいが、もちろん無理だ。

「明太子を軽く炙《あぶ》ったやつですか」と無難に答えた。

「何だい、そりゃ？　お前はそんな物で満足してんのかい」

「満足というか、酒の肴《さかな》としては最高なんです」

渋柿多見子が、顔をわずかに歪《ゆが》ませる。「どうりで、お前の体から貧乏臭いニオイが漂ってくると思ったよ」

調子に乗るなよ、クソババアめ。

「ずいぶんと鼻が利くんですね」思わず、皮肉で返した。

「私はね、人間をニオイで判断するんだよ。容姿や経歴なんて関係ありゃしない。私にとって有益か否かはそいつの体臭を嗅《か》げば一発でわかる。ちなみにお前のニオイは、店内が汚くて飯も不味《まず》い中華料理屋の厨房《ちゅうぼう》で鍋《なべ》を振っている親父の長靴の中の蒸れ切ったニオイさ」

挑発に乗るな。渋柿多見子の目的は何だ？

渋柿多見子は、魔女のように尖《とが》った目を爛々《らんらん》と輝かせながらニオイに関する演説を続けた。

「参考までに教えておいてやるよ。裏切り者はどんなニオイがすると思う？　腐った酢豚のニオイさ。そのニオイがした奴を私は問答無用で拷問にかける。理由なんていらない。今まで外れたことがないからね。先月も私に金を借りている分際で腐った酢豚のニオイをプンプンさせた男がいたから、この部屋でお仕置きをしてあげたわよ。どんなお仕置きか気になるわよね」

渋柿多見子が、ブシュブシュと泡の涎《よだれ》を垂らしながら笑った。横にいるボディガードたちはピクリとも表情を変えず、石像のように動かない。

「ねえ、聞きたいだろ？　聞きたいだろ？　こと細かく聞きたいだろ？　どうして、この部屋を使うと思う？　それはね、シャワーで色んなものを流せるからだよ。うふふ、うふふふ。ほらね、聞きたいだろ？」

規格外の変態だ。ハニーバニーでは、ドMのくせに金を取り立てるときはドSに変《へん》貌《ぼう》しやがる。

それで、ボディガードたちがフルチンなのかよ。拷問相手の体から飛び散った色々な物が服に付かない工夫というわけだ。

恐怖のあまり、膀胱《ぼうこう》がキュッと締まって小便が漏れそうになる。

耐えろ。怯《おび》える顔を見せたら、余計に喜ばせるぞ。

「別に聞きたくありません」

勇気を振り絞って、キッパリと答えた。

「あら、そうなの」渋柿多見子がカパリと赤い口を開けて、ニンマリと笑った。「じゃあ、体験してもらおうかしら。言葉で説明するよりも、そっちの方がてっとり早いしね。その前に私の質問に答えてもらわなきゃ」

しまった。逆効果だったか。

落ち着け。まだ、拷問されると決まったわけでもない。渋柿多見子から金を借りただけで、怒らせることもしていないのだ。

なぜ、俺はここに連れて来られたんだ？

修造は、滝に打たれる修行僧の如く、シャワーの冷水に耐えながら頭をフルマックスで回転させた。

一時間ほど前（気絶させられたので定かではないが）、修造がハニーバニーで働いていたところに、渋柿多見子がボディガードをぞろぞろと引き連れて現れた。

嫌な予感がした。いつもならボディガードは一人、多くても二人だからだ。店内に何とも言えない緊張が走った。

「店長を借りるわよ。文句ないわよね」

さすがの破魔も、渋柿多見子が相手では懸命に愛想笑いを作って「どうぞ、ご自由に」と言うしかない。

捕獲されたエイリアンみたいに、ボディガードたちに両脇をガッチリと固められてエレベーターに乗せられた。

「とりあえず、これを飲みな」

渋柿多見子から得体の知れない小瓶（ラベルは貼られてないが、オロナミンCの瓶にソックリだった）を渡された。

「何ですか、これ」

「いいから飲みなって」

逆らったところで、ボディガードたちにぶん殴られて強制的に飲まされるのは目に見えている。

「絶対に飲みますから、せめて中身を教えてください」

「何かと便利なクスリよ」渋柿多見子が面倒《めんど》臭そうに答える。「死にはしないから早く飲んでみな」

「全然、答えになってませんよ」

「その瓶をケツに突っ込まれたいのかい？　直腸から直接飲ませてもいいんだよ」

渋柿多見子が顔を寄せて凄《すご》んできた。異様に甘い香水が鼻を突いてクラクラして吐きそうだ。

くそっ。度胸さえあれば、このババアの顔にゲロをブチ撒《ま》けてやるのに。

「わかりました。飲めばいいんでしょ」

言いなりになるしかない自分が情けなくて泣きそうになってきた。

我慢しろ。明日は本番だ。揉《も》め事を起こして目立つような真似はしたくない。渋柿多見子は、明後日《あさって》に迫った借金の返済の念を押しに来ただけだろう。それ以外に理由は思いつかない。

修造はヤケクソになって、小瓶の液体を一気に喉の奥へと流し込んだ。

苦い味のあとに、舌の先がピリピリとしたと思ったら、目の前が真っ暗になって意識を失ったというわけだ。

そして、閉店したソープランド、ミスターピンクに監禁されている。

「最後にもう一度だけ訊くよ」渋柿多見子がスケベ椅子から立ち上がった。「この世で一番美味な食べ物を知ってるかい」

「無知ですみません。見当もつきません」

恐怖に負けて、つい下手に出てしまった。

渋柿多見子が近づいてきてノズルを捻《ひね》り、シャワーを止めた。修造の側にしゃがみ込み、耳元で囁《ささや》く。

少し、小便が漏れた。今まで観てきたどんなホラー映画よりも恐ろしい。使い古された言葉ではあるが、夢なら一刻も早く醒《さ》めてくれ。

甘過ぎる香水にムカつき、胃液が逆流してくるのがわかる。

マズい。このままでは本当に吐くぞ。

渋柿多見子はウットリとした目で、びしょ濡《ぬ》れになっている修造の頭を撫《な》で始めた。

「モロッコで子羊の脳味噌のフライを食べたのが最初なんだよ。それ以来、世界各国の脳味噌料理を頂いた。フランスでは子牛の脳味噌のムニエルだろ。インドではヤギの脳味噌のカレーも食べた。その中でも一番美味《うま》いのが猿の脳味噌なんだ。食べ方は至ってシンプルで、生きたままの猿の頭をテーブル中央の穴で固定する。ちょうど、頭だけが見える状態にするわけ。料理人がノコギリで頭蓋《ずがいこつ》骨だけを上手に切り取って脳味噌を剥《む》き出しにする。猿の頭が器になって、そこに紹興酒《しょうこうしゅ》を注ぎ込んでスプーンで脳味噌をすくって食べるのさ。子猿の場合は頭に小さな穴を開けて、脳味噌をストローでシェイクのようにズルズルと飲む」

「脳味噌《のうみそ》だよ」

そこでようやく気づいた。渋柿多見子の手に、グレープフルーツを食べるときに使う、先が三《み》つ叉《また》になっている大きめのスプーンが握られているではないか。

ダメだ。限界を超えた。

修造は、耐えきれなくなり、スケベマットの上にゲロを吐いた。ゲロの酸っぱいニオイと香水の甘いニオイが混ざり、目が痛くなるほどの異臭を放つ。

「思う存分、吐くがいいさ。シャワーがあるから綺麗《きれい》に流せるからな」

渋柿多見子が、優しく頭を撫で続ける。

「ゆ、許してください」

修造は、歯をガチガチと鳴らしながら命乞いをした。十中、八、九、ハッタリだとわかっていても全身の震えが止まらない。

このババアなら、人間の脳味噌を平気で食うんじゃねえか？

渋柿多見子には、そう思わせるオーラがあった。さすが、川崎の魔女と呼ばれているだけのことはある。

「許す？　何を許して欲しいのだ」

それがわからない。どうして、いきなり拉致《らち》されて、脳味噌を狙われなくてはならないのか。

「もしくは、私に隠れてコソコソとやましいことでもやろうとしてるのか」渋柿多見子がクスクスと笑い出す。

まさか。驚きのあまり、吐き気が止まった。

この女、それで俺を拉致したのか……。

「ど、どこまで知っているんですか」

上手《うま》く舌が回らない。早くも渋柿多見子に場を支配されている。

「お前とキャバ嬢の茉莉亜が、ラゾーナで同じボストンバッグを二つ買ったところまでだ」

今日の出来事ではないか……。修造は、茉莉亜の指示に従ってラゾーナ川崎にあるスポーツ用品店でボストンバッグを購入した。なぜ、二つも必要なのかは「明日、教えるから」と聞かせて貰《もら》っていない。

「見ていたんですか」

そんなはずはない。渋柿多見子のような派手なババアなら、いくら尾行されていようともすぐに気づくはずだ。

「私の知り合いがね」

違う。知り合いなんかじゃない。手下に見張らせていたんだ。

「……いつからですか」

「何が？」渋柿多見子が、わざとらしく肩をすくめてとぼけてみせる。

「いつから、俺たちのことを見張っていたんですか」修造は、思わず声を張り上げて言った。

「金を貸したその日からに決まってんだろ。お前の体からニオイがしたんだよ」

「へ？　ニオイ？」

「怪しいニオイさ」

「何ですか、それは」

このババア、頭がおかしいのか？

「さっきも言っただろ。貧乏臭いニオイがしたって。お前みたいな小心者が四百万もの金をどう使うか調べるのは当たり前なんだよ。ハニーバニーの小島と常連客の金森健を仲間にしたのも知ってるぞ」

……甘かった。魔女と関わってしまったのに、まったくのノーマークだった。

「じゃあ、俺たちの計画も知っているんですね」

「銀行強盗だろ」渋柿多見子があっさりと言った。「私も手伝ってやるよ」

「だ、大丈夫です」声が擦《かす》れて出ない。「あの……俺たちだけで大丈夫なんで……お気づかいなく」

明日、破魔を出し抜く裏の計画（しかも、コジと健さんには悟られずに）で精一杯なのに、渋柿多見子が絡んできたら終わりだ。まったくコントロールが利かなくなるのはわかりきっている。

それに、渋柿多見子のことだから、絶対に銀行から奪った金を独り占めしようと企《たくら》んでいるに違いない。

最悪の事態だ。銀行強盗のことが他に漏れているとは夢にも思わなかった。所詮《しょせん》、アマチュアの集団だってことか。

渋柿多見子がスプーンを構えながら、修造を睨《にら》みつける。

「もし、断るのなら、私のお腹がペコペコになる」

「ハッタリは止めてください。人間の脳味噌なんて食べられるわけがない」

「食べる。だって、究極の美味なんだぞ。猿の脳味噌なんて足元にも及ばないぐらいの味だ。安心しろ、お前にも食べさせてやる。知ってるか？　テーブルに固定される猿も、頭をスプーンで穿《ほじ》られながら、すぐには死なずに生きてるんだ。新鮮な脳味噌はフグの白子と高級なクリームチーズが混ざったような味がするぞ」

また、吐き気が復活した。

自分で自分の脳味噌を……。常人では思いつかないアイデアを実行するから、渋柿多見子は生ける伝説となったのであろう。

「わかりました。茉莉亜に相談します」

今は、誰も助けに来ないこのソープランドから脱出するのが先決だ。明日、運が良ければ金を奪ったあと渋柿多見子から逃げるチャンスも出てくる……のか？

いや、出てくると信じよう。

しかし、そうは問屋が卸さなかった。

「駄目だ。茉莉亜には私が手伝うことを言うんじゃない」

渋柿多見子が、修造の前髪を力任せにグイッと引っ張り上げた。ブチブチと何本か抜けた痛みが走る。

「茉莉亜を裏切れと言うんですか」

「どうせ、向こうも最後にはお前をズバッと切る気でいるさ」

「ありえない……」

「では訊《き》くが、茉莉亜はお前の女なのか？」

「……違う」

この一週間で何度か茉莉亜に惹《ひ》かれたことはあったが、「銀行強盗が成功するまでは」と自分に言い聞かせて想いが膨らまないように封印してきた。

渋柿多見子が、勝ち誇ったように笑う。

「あの女は嘘の天才だぞ」

「どうして、わかる？」修造は、ゲロを口元に付けたまま鼻で笑い返してやった。

「茉莉亜の何を知っているんだよ」

「元舞台女優だからだ。考えればわかるだろ。金を手に入れるためなら、どんな嘘でもついてみせるさ」

そこまで調べているのか。ということは、修造の過去やコジや健さんの現状もすべて把握されているだろう。

「俺は……茉莉亜を信じる」修造は、苦し紛れに言った。

「よく言うよ。『信じたい』の間違いだろうが」

図星だ。そして、その気持ちは茉莉亜が若くて美しい女だからであって、ブスやおっさんが相手なら、ここまでは信じようとは思っていない。

「とにかく、渋柿さんの協力はいりません、銀行強盗は俺たちのチームだけで決行しますので邪魔しないでください」

渋柿多見子は呆《あき》れた顔で、溜《た》め息をついた。

「そんなに脳味噌《のうみそ》を食べて欲しいのね」

ハッタリだ。ここでビビったら、計画が台無しになるぞ。

「食えるものなら食ってみろ」

「いただきます」渋柿多見子が舌舐《したな》めずりをした。「お腹ペコペコなのよね。ディナーの準備をして」

えっ？　ちょっと？

浴室の奥から、テーブルと椅子が出てきた。全裸でムキムキの男たちが、俊敏な動きで準備を始める。

テーブルの真ん中に丸い穴が開いていた。ちょうど、人間の頭がスッポリと嵌《は》まるぐらいの大きさだ。

その穴を見た瞬間、修造の心はいとも簡単に折れた。

「ぜひ、協力してください」

「もう遅い」渋柿多見子が、ボディガードから渡された紙エプロンとゴーグルを装着する。「脳髄が飛び散って目に入ったら滲《し》みるからな」

一番筋肉が盛り上がっているボディガードが、修造の体を軽々と持ち上げた。胸板は百科事典ぐらいの分厚さがある。

「や、やめてくれ。殺さないでくれ」

「すぐには死なないよ。この前の男は脳味噌を三分の一食べられても泣きながら命乞いをしてたぞ。何が傑作かって、徐々に喋《しゃべ》り方が稚拙になっていくんだ。その男は弁護士で機関銃のような弁論が売りだったが、最期は二歳児並みになった。さすが、頭脳を武器に生きてきただけあって、脳味噌もジューシーで美味だった」

修造の目から、ポロポロと涙が零《こぼ》れ落ちた。こんな怪物みたいな人間に勝てるわけがない。命が惜しいと言うよりは、あまりにも平凡過ぎる自分に嫌気が差してきた。

俺は、どこまで中途半端なんだよ。いつになったら、覚悟を決めるんだよ。このまま男を見せないまま死ぬのかよ。

修造は悔しさと絶望のあまり、ボディガードにお姫様抱っこされながら泣きじゃくって小便を漏らし続けた。

「プライドが粉々になったかい」

渋柿多見子の優しい声に、包み込まれた気持ちになる。

「はい……。ごめんなさい。俺が間違ってました」

「これから私に従うかい」

「喜んで従います」

弱さを認めた途端、胸の奥が温かくなり、重い呪縛《じゅばく》から解放されたような気がした。

「忠誠の証《あかし》を見せてもらおうか」

ボディガードが、修造を放り投げるようにして、床に落とした。硬いタイルで肘《ひじ》と膝《ひざ》をしこたま強打して目の前に星がチラついたが、すぐに正座の姿勢を取った。

「な、何でもします」

心の底からの土下座。不思議と晴れやかな気持ちになってくる。

「まず、私の靴を舐めな。次に、顔の上に跨《また》がって小便をかけるから口を開けな。それができたら、銀行強盗を手伝ってやろうじゃないか」

「よろしくお願いします」

修造は、タイルに額を擦《こす》りつけた。渋柿多見子が、ハイヒールで後頭部を踏みつけてくる。

「お前は、一生、私のペットだよ」

茉莉亜の顔がチラつく。串《くし》カツ屋で、バクバクと美味《うま》そうに串カツを食いながら笑っていた茉莉亜の顔。

「かしこまりました」

茉莉亜、ごめんよ。ババアに脳味噌じゃなく魂を食われちまった。

すべては、自分がまいた種だ。あの日、川崎競馬場で大勝しなければ……。

待てよ。

あの日、偶然、競馬場で茉莉亜に会った。彼女は修造を「捜していた」と言ってはいたが、よく考えたらいくらなんでも都合が良過ぎるのではないか？

もし、あの四百万円が入っていたセカンドバッグを落としたのではなく、盗まれたとしたら？

破魔が、俺を銀行強盗に引き込むためにハメたとしたら？

茉莉亜が、「渋柿多見子に金を借りる」と言いだしたのも、俺を逃がさないための作戦のひとつだとしたら？

茉莉亜は破魔と組んで、俺が銀行から奪った金を根こそぎ奪おうとしているのか？

だから、銀行強盗が終わったあと、ハニーバニーに行けと指示を出したのか？

……だとしたら、俺はとんだ嚙《か》ませ犬じゃねえか。

渋柿多見子に頭を踏まれながら、メラメラと怒りが湧いてきた。怒りの炎が折れた心を溶接し、もう一度、固く強く蘇《よみがえ》らせる。

決めた。この川崎の魔女を破魔にぶつけてやる。そのためならば、靴も舐めるし小便だって飲んでやる。

清原修造という男の底力をたっぷりと見せつけるぜ。

修造は、渋柿多見子に気づかれないように、そっとほくそ笑んだ。

15　キャバクラ・ハニーバニー

――午後六時二十三分

「金はどこにいったんじゃ！」

健さんの叫び声と同時に、コジがボストンバッグを振りまわした。

札束の大きさに模《かた》どられた新聞紙が、ハニーバニーの店内にヒラヒラと舞う。これ以上ないほどの虚《むな》しい光景だ。

三人の銀行強盗が、魂を抜かれたような表情で偽りの金を見つめ、立ちすくんでいる。まるで、底なし沼に嵌まり込んでしまい、抵抗を諦《あきら》めて体が沈みきるまで待っている男たちのようだ。

苦労して手に入れた大金が紙屑《かみくず》になれば、誰だってそうなるだろう。

わたしは、つい苦笑してしまった。この悲惨な状況が、あまりにもお似合いの三人だからだ。

「いつのまに……」

幽霊みたいに顔が青ざめているシュウが、絞り出すような声で言った。

「どうなっとんねん。何でこんなことになるんや。シュウ、説明せんかい。おどれがリーダーやろうが」

健さんが、顔を真っ赤にしながらシュウの胸ぐらを両手で鷲摑《わしづか》みにした。怒りに震え、弛《たる》んだ顎《あご》の肉がタプタプと揺れる。

「俺も何が起きたのかわかりません。正直、テンパってます」

「……クソッタレが。わしらの命を賭《か》けた努力が水の泡やがな」健さんが、今にも泣き出しそうな声になる。

せっかく勇気を出して、銃を持って銀行に突っ込んだのに残念ね。

「金は？　おい、オレの金は？」コジが、再び健さんに銃を向けた。「ふざけた真似はやめろって、マジで。金をどこに隠したんだよ」

コジは、ショックのあまり半笑いになっている。健さんの耳を摑み、無理やりシュウから引き剝《は》がした。

「わ、わしとちゃうがな。わしなわけがないやろ」健さんは、痛みに顔を歪《ゆが》めながらも首を振った。

「言えよ、マジで」

コジが、銃身で健さんのこめかみを殴りつけた。

ハムにされる寸前の豚のような悲鳴を上げて、床に転がる健さんのケツを、コジは何度も蹴《け》り飛ばす。

「ひぎゃあ」

「わし、さっきまでお前に銃を奪われて殺されそうやったんやぞ」

「今、店から出て行こうとしただろ。どこかに金を隠してある証拠じゃねえか。言えよ！　蹴り殺すぞ！」

「アホか！　お前らが追い出そうとしたんやんけ！」

「オレたちから逃げるためだろ」

「何でやねん。このビルは警察に取り囲まれてるねんぞ。誰が好き好んで出ていくか」

コジは健さんのケツを蹴るのを止めて振り返り、今度はシュウに銃口を向けた。野犬のように怒りで髪が逆立っている。

「……シュウさんがやったのかよ」

シュウがビクリと両手を胸の前に上げて、ジリジリと後退する。

「俺じゃねえって」

「じゃあ、誰だよ」

「この中におるぞ」

健さんが、コジの背後でヨロヨロと立ち上がる。コジは咄嗟《とっさ》にバックステップをし、他の二人と距離を取った。

男たちは、ちょうど、三角形の形になった。互いに困惑と疑惑の混じり合った目で睨《にら》み合っている。

ちょっぴり、画《え》になってるじゃない。今この瞬間を写真に撮れば、映画のパッケージに使えそうよ。まあ、あんたたち三人が主演の映画なんて、たとえ封切られたとしても、誰も観に行かないけどね。

「銀行からこの店まで直接来たんだよな。金がなくなるなんておかしいじゃん。マジシャンかよ。すり替えるなんて」コジは、シュウと健さんの顔に、銃口を交互に向けながら訊《き》いた。「どっちだよ？　こんなふざけたマネしたやつは」

「コジ、銃を振りまわすな！　危ねえだろ！」

完全に我を失っているコジが、いつ銃を暴発させてもおかしくない。

ただ、コジの気持ちもわかる。大金を手にして人生を変えるはずだったのに、また借金まみれの負け犬に戻されたのである。

「嫌だ。お前ら二人のどっちかがバッグをすり替えたのは確かなんだ。金の在処《ありか》を聞き出してぶっ殺してやる」

「そういうコジとちゃうんか」健さんが、怯《おび》えながらも根性を見せた。「こんな頭の悪い作戦は、わしとシュウは考えへんからのう。せっかく、金をすり替えても警察に囲まれたら意味あらへんがな」

そうよ。捕まっちゃったらジ・エンドなの。

「たしかに。俺だったらすり替えた時点で、安全な場所まで逃亡する」シュウが、健さんの意見に同意する。

「オレはバカだってか？」コジが怒りのあまり声を裏返す。

「賢いとでも思ってたのか？」シュウが冷たく突き放す。

「おうおう、仲間割れかいな。さっきまで、ゲイの兄弟かと思うぐらい仲良しこよしやったのにな」

健さんが嬉《うれ》しそうに手を叩《たた》いて囃《はや》し立てた。

コジにシュウを撃たせる気なのね。

最後まで諦めず、逆転のチャンスを虎視眈々《こしたんたん》と狙っている。浪速《なにわ》の商人の粘り強さといったところか。

「うるせえ。オレは最初からお前を疑ってるんだよ。ハンパねえ拷問をして聞き出してもいいんだぞ」

「ハンパねえ拷問ときたか。笑わしよるわ。さすが、ハニーバニーでも一、二を争うアホや」健さんが挑発を続ける。「いつもシュウがボヤいてるとおりやのう。『コジは使いものにならねえ』って、この間も言うとったもんなあ」

「嘘つけ。シュウさんは絶対にそんなことは言わねえよ」

挑発が裏目に出た。コジが健さんの首根っこをつかみ、タプタプの顎の下に銃を突きつける。

「な、なんで、わしやねん」

「マジで言えよ。金はどこだ、この野郎」

「おい、コジ……」

シュウが手を伸ばして止めようとするが、二人に近づくことができない。下手をすれば自分が撃たれるかもしれないからだ。

銃を持っている者が圧倒的な有利になる。

さあ、どうするの、シュウ。男だったら、何とかしてみせなさいよ。ここで、コジが発砲したらすべてが台無しになるわよ。

「知らんがな……わしとちゃうねんから……」健さんが、苦しそうに呻《うめ》く。

「じゃあ、死ねよ」

コジが、引き金に指をかけた。

「コジ！　殺したら金の場所わかんなくなるぞ！」シュウが叫ぶ。

コジは、何とか撃つのを思いとどまり、代わりに健さんを乱暴に床に引き倒した。

百キロはある体を片手でコントロールするとは、恐ろしい腕力をしている。

「五秒待ってやる」コジがしゃがみ込み、健さんの膝《ひざ》に銃口を押し付けた。「五秒以内に言わなきゃ膝を撃ち抜く」

「撃てるもんなら撃ってみい。銃声が特殊部隊に聞こえてもええんかい」

コジが無視をしてカウントダウンを始めた。「五、四、三、二」

「そ、そのカバン！」健さんが、床にクシャクシャになって落ちているボストンバッグをガクガクと震えながら指した。「そのカバン……ど、どっちが用意したんや？わしとちゃうのは確かやけどなあ」

コジが、シュウの顔を見た。健さんの膝から銃口が外れる。

そうだ。このボストンバッグを用意したのはシュウだ。昨日、わたしと一緒にラゾーナのスポーツ用品店に買いに行った。

尻《しり》もちをついていた健さんが、中腰の体勢になる。

「すり替えるためには、どう考えても同じカバンをもう一つ用意せなあかんやろ。シュウ、答えんかい」

銃口が、ゆっくりとシュウの眉間《みけん》を捉《とら》える。

「シュウさん、裏切ったんっすか……」

「考えたらわかるだろう？俺がこんな低レベルな仕掛けをするわけねえじゃねえか。

散らばってる金を見てみろよ。新聞紙だぞ？」

　コジが、悲しみを押し殺すような深い溜《た》め息をついた。

「オレを騙《だま》して金を一人占めする気だったんすね」

「何べんも言わせんなって。俺じゃねえって」

　シュウの声が上ずっている。プレッシャーに負けそうになっているのだ。

「ボストンバッグを用意したのはシュウさんっすよ。オレと健さんは、今日までこのバッグのことを知らなかった」

「そうや。おかしいやろ。わしらにはすり替えは不可能や。すり替えたくても、もう一つのカバンが用意できへんがな」

　健さんが、コジの横に並んでシュウを責め立てる。二対一。ますます、シュウがピンチに陥っていく。

「シュウさん、撃たれる前に教えてくれよ。金はどこに隠してあるんっすか。オレ、マジで撃ちますよ」

　そう言いながらも、コジは躊躇《ちゅうちょ》している。やはり、まだシュウのことを慕う気持ちが残っているのだ。

　コジは、泣きそうになりながらシュウに近づいた。

　泣きたいのはこっちよ。健さんじゃないけど、今までのわたしの努力が水の泡になったわ。

何もできないのがもどかしい。あとはシュウの機転に任せるしかない。

「この店に避難しようって言ったのもシュウやな。ますます怪しいやん。さっさと白状したほうがええんとちゃうけ、こらあ」

健さんは、コジとは対照的に意気揚々と肩をいからせた。極道物の映画に出てくるわかりやすいヤクザのようだ。

「どうして、ハニーバニーを選んだんっすか」

「ここしか逃げ込める場所はなかっただろ」

追いつめられたシュウが、後退《あとずさ》りしながら銃口を避けようとした。だけど、ボックス席のテーブルやソファが邪魔で躓《つまず》きそうになり、とうとうトイレの前にある柱に背中をつけて止まった。

「わしらの他にも仲間がおるんやろうが。そいつとこの店で落ちあう予定なんとちゃうんけ、こらあ」

そんなわけないでしょ、バカ。わたしが、ハニーバニーに隠れるよう指示を出したのは他の理由があるのよ。

もちろん、シュウは本当の理由を知っている。銀行強盗の二日前、昭和駅の喫茶店で教えたから。

シュウ、まだ教えちゃダメ。何とかしてコジの銃を奪い取るか、意地でも説き伏せて味方につけるかしてよ。

「誰が仲間なんすか。オレたちの知ってる奴なのかよ」

銃口とシュウの顔は三十センチほどしか離れていない。手を伸ばせば余裕で届くけど、コジの反射神経がそれを許さないだろう。

「……仲間はいない」シュウが、擦《かす》れた声で答える。

「ほんなら、このすり替えは単独でやったって言うんかいな。おどれ、そんな腕があるんやったらキャバクラの店長なんかやらんとマジシャンとして生計を立てんかい。ほら、さっさとホンマの話をせいや」

「すり替えたのは俺じゃない。仲間はお前たちだけだ。頼む、信じてくれ」

健さんが、大げさに鼻で笑った。

「わしら三人の間に信用なんてあるわけないやろが。あるのは、金を三分の一に分けあうちゅう約束だけや」

「オレは、シュウさんのことを百パーセント信用していました」コジが寂しげな表情で言った。

「じゃあ、今も信じてくれよ」

「すみません。もう百パーセントじゃないっす」

「何パーセントだ？」シュウが、必死で食らいつく。「まだ俺を信じる気持ちはわずかでも残っているのかよ」

「こらこら。シュウ、往生際が悪いぞ。男は諦《あきら》めが肝心や」

シュウは、コジだけを見つめて叫んだ。

「何パーセントなんだよ！」

「……五十パーセントっす」

隣にいた健さんが仰《の》け反った。「おい、半分も信じてんのか」

コジが素早く体を捻《ひね》り、健さんの太ももにローキックを叩《たた》きこんだ。

「そんな、アホな……」

健さんが、蹴《け》られた箇所を押さえながら呻いた。痛さのあまり立っていることができず、しゃがみ込んだ。

「すり替えたのはお前の可能性もあるわけだからな。馴《な》れ馴れしくオレの横に立つんじゃねえよ」

「コジ、これ以上の暴力はやめろ」シュウが窘《たしな》めるような口調で言った。「お前だけが銃を持っているのはフェアじゃないぞ」

「そうやで。完全に脅しやがな」

「だって、オレじゃねえもん。犯人はアンタたち二人のどっちかなんだ。絶対に吐かせてやるから覚悟しろよ」

「俺は違うって！」

「わしもやって！」

コジは、二人の訴えにまったく耳を貸さず、嘆くように頭を振りながら銃口を二つの標的の間に行ったり来たりさせていた。

健さんは、自分の顔の前に来る銃口を睨《にら》みつけながらチラチラとシュウの顔色をうかがっている。

どうするの、シュウ？　健さんにガッツリと疑われてるわよ。機転を利かせて回避しなさいよ。

「銃を向けるのをやめろよ。まともな話し合いにならないだろ、なあ、コジ。お互いクールになろうぜ」

シュウが優しい声を出し、両手を胸の前に上げたままコジに歩み寄った。

「この状況でまとももクソもねえよ！」

逆にコジが逃げるように下がる。確信が持てないだけに、尊敬するシュウを撃つことができないのだろう。

「三人で考えようぜ」シュウが、ホールドアップをやめ、両手を広げた。

「は？」コジと健さんが同時に眉《まゆ》をひそめる。

「金をすり替えた奴は、この中の誰かには間違いないんだ。誰が犯人かわかってから、その銃を使えよ」

「そうや。銀行強盗で金を奪ってから、この店に来るまでを振り返るんや。三人寄ればなんちゃらって諺《ことわざ》もあるやろ」

「犯人は自分の都合のいいように嘘をつくんじゃないっすか」コジが、銃を構えながら首をすくめる。「今日一日を思い出したところで何の意味もねえよ」

「そんなことはない。犯人は必ずボロを出す」

言い切っちゃっていいの、シュウ。ボロを出すのはあなたかもよ。

「ほらっ、早く銃を手放さんかい」

「そこに置けよ。お前が一番近いからまだ安心だろ」シュウが、コジの足元にあるテーブルを指した。

「嫌だ」コジが頑《かたく》なに銃を握り締める。

「時間がないんだ。俺たちは警察に囲まれているのを忘れたのか。捕まっちまったら元も子もないだろう。犯人を特定し、金の居場所を吐かせて早くここから一緒に脱出しようぜ。な？」

うまい言い方だ。「一緒に」が利いている。

コジが渋々とスカジャンをまくり上げ、銃をジーンズのベルトの間に挟んだ。さすがにバカなコジでも、一度手にした武器は離さないつもりだ。

「なんや、結局は持っとんのかいな」健さんが、露骨にガッカリとした顔をする。

「うるせえ」

「納得いかんのう。コジだけ銃かいな」

「うるせえって言ってんだろ」

「なんか怪しいのう」

「あん？」コジがスカジャンの下に手を入れて、銃を抜くポーズを取る。

「車はコジが用意したやんけ。車のトランクを使って、一瞬でボストンバッグをすり替えることができるのはコジだけや」

「何、言ってんだ？　もし、オレが犯人だったら、とっくにてめえとシュウさんを撃ち殺して金を一人占めしてるよ」

しゃがみ込んでいた健さんが立ち上がり、痛みに顔を歪《ゆが》めながらも胸を張った。

「わしかってそうや。お前に奪われるまで銃を持っとったんや。わしかって一人占めするチャンスはいくらでもあったがな」

「つまり、俺がすり替えたと言いたいんだな。そうだろ？」シュウが二人のやりとりに割って入る。

「消去法でいくとそうなるで。この銀行強盗を持ちかけてきたのもシュウやからな。

わしらを利用するだけ利用して、最初から裏切る計画やったんかと疑われてもしゃあないやろ。どや、コジもそう思わへんか？」

コジは答えることができない。シュウを信じたい気持ちと健さんの言葉に納得する気持ちとの間で揺れ動いている。

銃を持っているコジをどっちが味方につけるか。シュウと健さんの熾烈《しれつ》な駆け引きが繰り広げられているはずなのに。

「シュウ、金はどこや。かわいい弟分に教えたってくれ」

健さんが、太ももを痛そうに摩《さす》りながら言った。本当は、コジに蹴られてはらわたが煮えくり返っていることだろう。

必死ね。でも、口のうまさでは健さんがこの三人の中ではダントツだ。

「俺がすり替える理由は？」シュウが反撃に出た。「こんなリスキーな仕掛けを俺がするわけないだろ。この店で俺たちは金を分け合う寸前だった。バレバレだよな？三人の中の誰が犯人であっても不自然だよ」

「こらあ。何、ゴタクを並べとんのじゃ」

シュウが、眉間《みけん》に皺《しわ》を寄せながら宙を見る。

何その顔？　時間でも稼いでるつもりなの？

「俺たち三人がハメられたのかも……」

「誰にや？」健さんが、呆《あき》れた顔で訊《き》く。

「わかるわけないだろ」

「めちゃくちゃやな。コジ、こいつの膝《ひざ》を撃ったらどうや」

シュウが、何かを思い出したかのように目を開き叫んだ。

「白のライトバン！」

「はあ？」健さんがあからさまに鼻で笑う。

「思い出せよ。銀行の前に停まってたろ。白いライトバンが」

そんなものは停まっていなかった。シュウのハッタリだ。

「覚えてへんわい。なあ、コジ？　お前、銀行の前におったからわかるやろ。白色のライトバンなんておらんかったよな？」

しかし、まだコジは無言を貫いている。

シュウは、勢いに乗って作り話を続けた。「あの車……俺のマンションの駐車場でも見たことがある」

「おいおい、苦し紛れに何を吐《ぬ》かしとんねん」

「聞けよ！」シュウが逆ギレで健さんを黙らせた。「このボストンバッグを買った時も店の前で白いライトバンを見たんだよ」

だから、買ったのはラゾーナだってば。わたしは可笑《おか》しくなって一人でクスクスと笑った。

でも、二人には効果があったみたい。互いにチラリと目を見合わせ、シュウの次の言葉を待っている。

シュウが自分の間を取り戻し、落ち着いた口調で語り始める。

「今回の銀行を襲う計画は俺が立てた。だから計画の〝肝〟となる部分の打ち合わせは俺の部屋でした」

「それがどないしてん」

「黙れって。続きを聞こうぜ」コジが、銃をチラつかせて健さんを黙らせる。

「もし、俺のマンションに盗聴マニアがいたら？　そして、もし俺たちの話をそいつが聞いていたら？」

健さんが、これ以上は我慢できないという風に舌打ちをする。「なわけないやろ。一体、誰の話をしとんねん」

「健さん」シュウが真剣な顔で壁から離れ、一歩踏み出す。

「な、何やねん。近づいてくんな」

シュウは、強引に健さんの両肩に手を置き揺さぶった。

「銀行で金をカバンに入れた奴を覚えてる？」

健さんがシュウの迫力に圧《お》されて答える。「人質に取った婆さんやろ。忘れるわけないがな。お前が撃ち殺してんから」

「その婆さんが金を入れるとこずっと見てた？」

「見られるわけあるか、ボケ！　こっちはガードマンに銃を突きつけるので手一杯やったんじゃ！」

「どうして、俺たちは人質に金を入れさせた？」

「そうしようって……話し合いで決めたから……」コジが、独り言のように呟《つぶや》く。

水を打ったようにハニーバニーが静まり返る。表からのパトカーのサイレンの音さえも聞こえない。

健さんが唾《つば》を飲み込んだあと、ようやく口を開いた。

「……婆さんが金をすり替えたって言いたいんか」

シュウが、思いつめた顔で深く頷《うなず》く。

「どんな婆さんだったんすか」コジが嚙《か》みつきそうな勢いで訊いた。

「どこにでもいるような、普通の婆さんだ」

「髪型は？」

「短めで、白髪だったと思う」シュウが自信なげに答える。

「服装は？」

「たぶん……紺色のカーディガンを羽織っていた」

「たぶんって何すか？　顔は？」

シュウは、健さんを放し、虚《うつ》ろな表情で頭を掻《か》いた。

「はっきりとは覚えていない」

「覚えといてくださいよ！」

「あんなテンパった状況で人の顔なんて見られるわけないだろ！」

「そやな、こっちはマスクつけとったから視界も悪かったしな」珍しく、健さんが助け船を出す。

「オレたち、婆さんに出し抜かれたのか。て言うか、婆さんがシュウさんの家の盗聴をしてたってこと？　ありえねえっすよ」

コジは怒りにまかせて、さっきまでシュウがもたれていた壁を蹴《け》った。ボコリと鈍い音がして穴が開く。

コジのバカ！　どこを蹴ってんのよ！　びっくりするじゃない……。

「やめろ！　壁は蹴るな！」シュウが怒鳴った。

「何を蹴ろうがオレの勝手でしょ」

「まだ終わりになったわけじゃねえだろ。冷静になって自分をコントロールしろ。逆転のチャンスは残ってるはずだ」

「残ってへんやろ」健さんが茫然《ぼうぜん》としながら、ソファに腰を下ろした。「どこの誰が金をすり替えたのか見当もつかへんねん。どう考えても終わりやろ」

シュウだけは諦《あきら》めない顔を作った。名演技にますます磨きがかかっている。惜しいわ。トレーニングさえ積めば、いい俳優になったんじゃない。

「まずは、ここから脱出する。それから、手当たり次第に婆さんを捜そう」

「見つかるわけないやろ。お前が撃ち殺したがな。死体安置所を回るんか。それに、婆さんは誰かに雇われただけかもしれへんがな。打ち合わせの時、女を人質にするって決めてたからのう。コジの言うとおり、婆さんが一人で盗聴して金をすり替えるとは思えへん」

「つまり、黒幕がいるってことかよ」コジが、可哀想なほど肩を落として、深い溜《た》め息をついた。「オレたち、何やってるんだよ……」

「しゃあないやろ。わしらはベストを尽くしたがな」

「ベストってなんだよ……スポーツじゃねえんだぞ……」

コジが膝から床に崩れ落ち、膝をついたまま悔し泣きを始めた。大切な玩具《おもちゃ》を失くしてしまった子供のようだ。

「諦めるしかねえだろ。向こうの方が、一枚上手なんだよ」シュウが、コジの背中を優しく摩ってあげた。

シュウの奴、なかなかやるわね。作り話は微妙だったけど、見事に疑惑の目を自分から逸《そ》らすことができたじゃない。

「アホみたいやのう……」健さんも、天井を見上げて唇を噛みしめる。

「オレ、もう死にたいっすよ」

コジが、スカジャンの下から銃を抜き、虚ろな目で眺める。

「馬鹿な真似はやめろ」シュウがコジの手を押さえた。「銃を貸せよ。な？　もう必要ないだろ？」

「ちくしょう……」しかし、コジは銃を渡そうとしない。

「貸せって！　危ねえから！」

ちょっと、暴発したらどうするのよ。

ここがシュウの正念場だ。もう一息で、念願の銃が手に入る。

「コジ、シュウに渡さんかい」

健さん、やけに物わかりがいいわね。犯人がこの場にいないと思い込み、諦めの境地に入ったのかしら。

やっと、コジが観念した。俯《うつむ》き、肩を震わせながら銃を手放す。シュウが銃を自分の胸の前に持っていき、大きく息を吐いた。

よし！　これでひと安心よ！

わたしは、思わずガッツポーズをした。あとはシュウが段取りどおり事を進めてくれれば、すべてが終わる。

「この銃、弾は何発入ってるんだ？」シュウが、健さんに確認した。

「ようわからん。五発か六発ちゃうか」

「良かった」

シュウが、満足げに笑みを浮かべ、足元に座っていたコジの額に銃を突きつける。

決まった。逆転の瞬間だ。恰好《かっこう》いいわよ！　シュウ！

「……シュウさん？」

コジの顔が切なく歪《ゆが》む。裏切られた人間の顔は、いつ見ても酷《ひど》い。

昔、わたしが照明を落として殺した演出家も、息を引き取る寸前に同じような顔をしていた。

「ヤバかったぜ」

そして、シュウの勝ち誇った顔。完全に自分に酔ってるし。

「シュウ、な、何をやっとんじゃ」

「正直に謝ります。白いライトバンなんて見てません」

健さんが、事態を呑《の》み込むまでゆうに十秒はかかった。

「……金はお前が盗んだのか？」

「はい。正解です」

「婆さんが盗聴っていうのは……口から出まかせやったんか」

「もちろんです。助かりましたよ。健さんの盗聴器のハッタリがなければ思いつかなかったかもしれません」

「冗談やろ？」

「俺もさっきまでそう思ってましたよ。なかなか思い描くように人生は進まないものですね。二人がバカなおかげで何とか修正できましたけど」

シュウ、あまり無駄口を叩《たた》く必要はないよ。早く、予定どおり二人を殺さなきゃ。

「何やと、こらあ。誰がバカやねん」

アンタよ、バカ。お願いだから大人しくしてよ。

「あれ、怒っちゃいました？　本当に自分のことをバカって気づいてないんですか。俺、ずっと我慢してたんですよ。この店でアンタにコキ使われてサービスするのが苦痛だったんです」

「シュウさん……オレと一緒にジャマイカに行くんじゃなかったんすか」額に銃を突きつけられているコジが、弱々しい声で言った。

「ごめんな」

こんな状況でもシュウは優しい。長年可愛がってきた愛犬を見るような顔でコジを見ている。

「わしらを殺す気やったんなら、わざわざ金をすり替える必要ないやろが」健さんが、さらに怒鳴る。「あの婆さんはお前の知り合いなんか？　まさか、リアル祖母とか言うなや」

「いいこと教えましょうか。ボストンバッグに金を詰めた婆さんは二人ともよく知っている人物ですよ」

健さんは驚き、また息を呑んだ。

「一体、誰やねん」

「茉莉亜ですよ」シュウが自分の手柄のように胸を張る。

そう。わたしが舞台女優としての本領を発揮したってわけ。

十九歳で演劇の専門学校で学んでいた頃とは違う。あのときよりは遥かにキャリアを重ね、本格的なメイクも覚えた。たしかに、間近で見られたら本物の老人ではないとバレるかもしれないが、銀行強盗が起こっている最中で誰が気づく？　しかも、シュウが銃を天井にぶっ放して、「全員、床に伏せて目を閉じろ！」と怒鳴ったのだ。

わたしは、シュウとの打ち合わせどおりに撃たれる演技をした。

舞台では、何回も銃で撃たれた。派手な血ノリの噴き出し方もマスターしている。

わたしは殺され役が上手《うま》かった。今回は、銀行がわたしのステージだった。

劇場に戻れるなら何だってする。

たとえ、それが不可能に近い犯罪であったとしても。

16　ハーヴェイ鶴見301号室

——銀行強盗の六時間前

　テレビの音で目が覚めた。

　英語の台詞《せりふ》が飛び交っている。洋画だろうか？

　修造は、朦朧《もうろう》とした意識の中で耳を澄ませた。飄々《ひょうひょう》とした口調の男の声に聞き覚えがある。誰だっけ？　顔は思い浮かぶのに名前が出てこない。

　続いて銃声が聞こえた。やっぱり洋画だ。

　ちくしょう……俺は、いつのまに眠っていたんだよ。

　体を起こそうとした途端、背中に電流のような鋭い痛みが走った。

「痛ってえ」修造は、顔を歪《ゆが》めて背中を摩《さす》ろうとしたが、全身がカチコチに硬くなっていて手が届かない。

「フローリングで寝るからよ」水色のパジャマ姿でベッドに腰掛け、テレビを観ていた茉莉亜が小馬鹿にして笑う。「だから、一緒に寝ようって言ったのに」

「大丈夫だ。変な場所で寝るのは慣れている」

修造は指で目ヤニを取りながら部屋の壁時計を見た。

午前八時四十五分――。二時間以上は寝ていたことになる。

「よく、ハニーバニーのソファとかで眠ってるもんね。何か飲む？」

茉莉亜がベッドから立ち上がり、キッチンへと向かった。キャバクラ嬢にしては質素な１ＬＤＫのマンション。狭い上に、築年数も相当に古そうだ。

修造と茉莉亜は、昨夜からこの部屋で最終のミーティングをしていた。ど素人の三人が銀行強盗をするわけだから、詰めなければいけない部分は泣きたくなるほどあった。しかも、凶暴な破魔をいかにして出し抜くことができるか。話せば話すほど不安は募り、明け方まで作戦を練っていたのだ。

そして、茉莉亜の提案は、何度聞いても耳を疑うほどリスキーなものだった。

「わたしが人質になるわ」

壁時計が深夜零時を回った頃、茉莉亜が宣言した。

「えっ？　何言ってんだよ、お前」

あまりにも唐突な提案に、修造は眉《まゆ》をひそめた。体は疲れているが、頭は緊張と興奮で冴《さ》えまくり、まったく眠気を感じない。

渋柿多見子から解放されたのは、ほんの二時間前だ。ハニーバニーには戻らず、その足で茉莉亜のマンションにやってきた。潰《つぶ》れたソープランド、ミスターピンクで監禁された上にスーツごとびしょ濡《ぬ》れにされた。ハニーバニーには戻りたくても戻れない。渋柿多見子に連れだされたのを破魔も知っているから文句は言われないだろう。ここに来る前に、神明町《しんめいちょう》のパウかわさきにあるドン・キホーテで下着とジャージを買い、茉莉亜に風呂《ふろ》を借りた。

茉莉亜は、ちょうどハニーバニーを休んでいた。元々、修造の仕事が終わり次第、ファミレスで最終のミーティングをする予定だった。

渋柿多見子に拉致《らち》されたことを茉莉亜には言ったが、本当のことは教えていない。

「魔女の暇つぶしにいたぶられた。『期日までに金を返さなきゃ殺すわよ』だってよ」

と濁しておいた。

銀行強盗の計画は、渋柿多見子にバレていた。そして、「手伝ってやる」と脅してきたのだ。あの魔女が絶対に山分けなんてするわけがない。修造たちが銀行から奪った金を横取りするに決まっている。

ソープランドのミスターピンクで解放されるときに渋柿多見子は修造に念を押した。

「銀行を襲う三時間前に私に連絡しな。わかっていると思うが、茉莉亜にバレないようにするんだぞ」

渋柿多見子を破魔にぶつけ、二人の怪物が争っている間に逃げ切ってやる。

だが、まさか茉莉亜自身が人質に立候補するとは予想もしていなかった。

「これは破魔の指令よ。私が人質になって金をすり替えなくちゃいけないの」

「それで、同じボストンバッグを二つ買ったのか。でも、健さんも銃を持って銀行の中にいるのに、茉莉亜がいたらバレバレじゃないか」

「変装しろって」

「何に？」

「ヨボヨボのお婆さん」

「……マジかよ」

いくら茉莉亜が日本で一番有名なミュージカル劇団の女優だったとはいえ、顔見知りさえも騙《だま》せるほどの老婆になるなんて、ハリウッド映画で使用されるような特殊メイクでもしない限り、無理があるだろう。

「変装は任せて。確かに完璧《かんぺき》なお婆さんになるのは厳しいけど、そんな細かいことに誰も気づかないわよ。だって、銃を持った銀行強盗が乱入してくるのよ」

「だから、健さんが気づくだろって言ってんだよ」

「健さんなら大丈夫。警備員に銃を突きつける役割にすればいいのよ」

「なるほど」修造は、思わず、指を鳴らした。

それなら、金森健の視線は固定できる。目の前の警備員をホールドアップさせるのに必死で、キョロキョロと周りを見回す余裕はないはずだ。

「これぐらいのリスクを負わないと銀行強盗は成功しないわ。シュウも頑張って」

「俺は何をすればいいんだ？」

「私を撃つのよ」

「もちろん、撃つフリだろ？」

茉莉亜がコクリと頷《うなず》く。「舞台で何度も撃ち殺されたから、練習はバッチリよ。血ノリはこっちで用意するわ。胸に爆竹と一緒に仕込んで破裂させるの。シュウは私を撃ったあと、偽の金が詰まったボストンバッグを持って銀行から逃げて」

「茉莉亜はどうやって銀行から脱出するんだよ」

「救急車よ。破魔が用意してくれてるの。偽の救急車と偽の救急隊員をね」

水色のパジャマ姿の茉莉亜が、グラスに入った牛乳を持ってきた。

「はい、どうぞ。お腹は空いてない？　食パンでも焼こうか。有名な店のパンよ。米粉で作っているの。本当はクロワッサンが絶品なんだけど、売り切れていてなかったのよね」

「いや、いいよ」

修造は、グラスを受け取りながら顔をしかめた。胃がキリキリと痛くて、食欲がまったく湧かない。この一週間の怒濤《どとう》のストレスで、胃に穴が空いたのではなかろうか。昨日も夕方に駅前でそばを食べただけだ。

「食べなきゃもたないわよ。今日が本番なんだから」

「腹が減ったらコンビニのおにぎりでも適当に食うよ」

「そんなのでいいの？　日本で最後の食事になるかもしれないのに。ステーキとかお寿司《すし》でも食べたら？」

「ニューヨークにも日本食はあるだろ」

「まあね」茉莉亜が肩をすくめる。「美味《おい》しい店は少ないけど」

逃亡先がジャマイカなら寿司を食べるだろう。だが、数日後、茉莉亜と落ち合うのはニューヨークだ。彼女は、そこでブロードウェイの舞台女優を目指すようだ。

修造は、ニューヨークで暮らしていけるか、かなり不安だった。英語もほとんど喋《しゃべ》れないし、知り合いもいない。当分の間は仕事をしなくてもいいだろうが、いずれは働かなければならなくなる。ビザの問題も考えなければいけない（茉莉亜はアメリカ人と結婚して、さっさとグリーンカードを取得すると言っている）。

ふと、小島の顔を思い出して、さらに胃が締めつけられるように痛くなった。

アイツは、俺とジャマイカに逃げると思っている。

自分が幸せになるためには、今まで可愛がってきた弟分を裏切らなければいけない。

銀行強盗を終えたあとハニーバニーに誘導し、撃ち殺すのだ。もちろん、金森健も殺さなければならない。

「そろそろ帰るよ」

修造は牛乳を一気に飲み干し、立ち上がった。背中と腰の痛みもだいぶマシになってきた。

「待って。最終確認しようよ」茉莉亜が、ベッドをポンポンと叩《たた》く。

修造は、茉莉亜の隣に座った。彼女の髪から甘い香りがする。修造が眠っている間に、風呂に入ったようだ。

「銀行を襲うのは何時？」茉莉亜が訊《き》いた。

「二時四十五分だ。シャッターが降りる十五分前を狙う」

計画では、午後二時三十分に小島の運転する車で銀行の前に到着する。車内で待機しながら、老婆に変装した茉莉亜が銀行に入るのを確認する。

茉莉亜が頷き、続けた。「銀行に入ったわたしはどこにいる？」

「カウンターの左端。銀行の入口から一番奥だ」

「警備員は？」

「二時四十五分に、二人いるうちの一人が帰宅して六十歳の爺《じい》さん一人だけになる。その爺さんに健さんが銃を突きつける」

破魔が茉莉亜に教えた情報だ。人件費の関係らしい。もし、ガセだったら一巻の終わりだが、ここは信じるしかない。

「老婆になったわたしを人質に取って、ボストンバッグに金を詰めるのを手伝わせるときの注意点は？」

「新札ではなく、古い札だけを入れる。あと、銀行員と客の全員を床に伏せさせること」

「目を閉じさせることも忘れないでよ。偽の金が入ったボストンバッグと入れ替えるんだから」

「ひとつ質問していいか？」修造は、寝起きにふと思いついた疑問を訊いた。「茉莉亜が扮《ふん》するのはヨボヨボの婆ちゃんなんだろ」

「そうよ。見た目の年齢は八十歳ぐらいに設定してるわ」

「そんな婆ちゃんがボストンバッグなんか持ち歩くのか。あまりにも不自然だろ」

昨日、茉莉亜とラゾーナで購入したのは若者が好むようなデザインのバッグだ。

「老人がよく押しながら歩いているショッピングカートを使うのよ」

「あの乳母車みたいなやつか？」

「ボストンバッグがスッポリ入る大きさの物をちゃんと用意しているから安心して。銀行の金をボストンバッグに詰め終えたら、一瞬で入れ替えるから失敗しないでね」

何から何まで段取りがいい。これも破魔の指示なのだろうか。

頭の中でシミュレーションしていたら、とてつもなく緊張してきた。

これは、犯罪映画なんかじゃない。現実の勝負なんだ。負けたら、すべてを失う……。

修造は大きく息を吐き、首をグルグルと回して気持ちを切り替えた。

失ったからと言って、何になる？　今の生活に未練はないだろ。このままキャバクラの店長として生きていくつもりなのかよ。それに、あの川崎の魔女に金を借り、しかも、銀行強盗の計画までバレている。

清原修造、お前は崖《がけ》っぷちなんだよ。

「大丈夫？　顔色が真っ青だけど……」茉莉亜が、心配そうに顔を覗《のぞ》き込んでくる。

「人生を賭《か》けた大勝負だからな」

茉莉亜が修造の手を取り、自分の左胸に当てた。柔らかい感触が、パジャマ越しに伝わってきた。

「わたしもドキドキしてるでしょ？」

……もしかして、誘ってるのか？

こんなときだというのに、ムクムクと性欲が湧いてきた。いや、こんなときだからこそかもしれない。ゴルゴ13が暗殺の仕事にかかる前に、娼婦《しょうふ》を抱くのと同じことか。

ゴルゴ13は関係ねえだろ！　あれは漫画だってば！

体が勝手に動いた。男が理性を失うのには一秒あればいい。

修造は、茉莉亜に覆いかぶさるようにしてベッドに押し倒した。

「ちょっと、映画を観てる途中だったのに」

茉莉亜が修造の体をやんわりと押し返す。本気の抵抗ではない。

いける。このままGOだ。

強引にキスをした。歯磨き粉の味がする。舌を絡めたかったが、茉莉亜が歯を閉じ、応じてくれない。

気にするもんか！　続行！

修造は茉莉亜の首筋に舌を這《は》わせながら、パジャマのボタンを外しにかかった。

「わたし、この映画の主演の俳優が好きなんだよね。クリスチャン・スレーターっていう人なんだけど知ってる？」

「ああ」修造も嫌いじゃない俳優だが、今、彼のことはどうでもいい。

右手だけでパジャマのボタンをすべて外した。指が攣《つ》りそうだ。

「クリスチャン・スレーターは実力のある俳優だと思うんだけどなあ。どうして、日本で評価が低いんだろうなあ。出ている映画が悪いのかなあ」

パジャマを脱がせ、茉莉亜を下着姿にした。上下ともに黒のセクシーな物を身につけている。

茉莉亜の胸を両手で鷲掴《わしづか》みにして揉《も》んだ。思ったよりもデカい。久しぶりのセックスに、脳がビリビリと痺《しび》れてくる。

「でも、『トゥルー・ロマンス』や『告発』や『インタビュー・ウィズ・ヴァンパイア』とかみたいな傑作にも出てるしなあ」

一気に下着を脱がせようか。しかし、まったくもってそういうムードではない。茉莉亜は顔を上げてテレビの画面を観ている。

「それともクリスチャン・スレーターの顔が日本人好みじゃないのかなあ。トム・クルーズほどわかりやすいハンサムじゃないし、ブルース・ウィリスほどわかりやすく禿《は》げてないし。でも、ニコラス・ケイジもそうだもんね」

正直、やりにくいぜ……。

テレビ画面では、クリスチャン・スレーターとジョン・トラボルタが素手で殴りあっている。このシーンは観た憶《おぼ》えがある。たぶん、『ブロークン・アロー』だ。テレビの横にTSUTAYAの袋が置いてあった。

こんなときに、レンタルDVDなんて借りてくんなよ。それに、なぜ、そこまでクリスチャン・スレーターの話をするんだ？

確かにキャバ嬢たちは、男のエロ攻撃をかわすテクニックに長《た》けてはいる。茉莉亜は女優だけに、映画の話で客のエロ心を萎《な》えさせるのか。

「シュウはクリスチャン・スレーターが出てる作品で一番何が好き？」

「まあ、『クライム&ダイヤモンド』かな」

思わず、答えてしまった。昔、裏ビデオ屋でバイトをしているときに観た映画の中でも印象に残っている一本だ。あまりにも面白かったので二回観た記憶がある。

「あれは隠れた名作だよね。殺し屋のキャラも笑えるし」

「やたらと映画を愛してる殺し屋だろ」

映画では、見事にダイヤモンドを盗んでいた。もちろん、それなりのピンチを招くわけだが、ラストまで安心して楽しく鑑賞できた。

今日は、そういうわけにはいかない。一線を越えてしまえば、二度と安心できない人生に突入するだろう。楽しむ余裕なんてあるはずもない。こんなときに楽しめるのは、破魔や渋柿多見子のような常識や道徳観がぶっ壊れている人間だけだ。

俺は、そこまで狂っちゃいない。でも、今日だけは向こう側の人間にならなきゃ勝てないんだよ。

「あれっ？　しないの？」

手を止めてテレビの画面を観ている修造に、茉莉亜が訊いた。

「クリスチャン・スレーターの笑ってるか泣いてるかわかんない顔を観てたら、そんな気なくなっちゃったよ」

茉莉亜が笑った。「シュウもハニーバニーで働いてるとき、よくそんな顔してるよ」

「えっ？　どんな顔？」

「笑ってるか泣いてるかわかんない顔だよ」

修造は、自分の顔を触りながら体を起こし、ベッドの上で胡坐《あぐら》を構《か》いた。

ずっと、ヌルい地獄にいる気分だった。このままじゃいけない、人生を変えなきゃいけないと思いながらもズルズルと毎日を過ごしていた。目先のことしか考えられず、未来のことは考えたくても濃い霧がかかっていて見えなかった。

見えないんだから、仕方ねえよな。

いつもそうやって、自分に言い訳をしていた。本気になるのが怖くて、崖の前で心のブレーキを踏んでいた。

ブレーキを踏むから、いつまで経っても崖っぷちなんだ。人生を変えたいのなら、一か八か飛んでみるしかない。崖の下に真っ逆さまに落ちるか、夢に見た新天地に着地できるかは自分次第なのだ。

飛んでやる。飛ばなきゃ、はじまらねえ。

茉莉亜も起き上がり、優しく修造の背中を摩《さす》った。

「最後に勝つのはわたしたちよ」

わたしたちだと？

修造は、奥歯を嚙《か》みしめ、込み上げてくる怒りを必死に抑えつけた。

お前のせいで、俺はあの魔女に金を借りるハメになったんだぞ！

昨夜、潰《つぶ》れたソープランドで飲まされた渋柿多見子の小便の味が口の中に蘇《よみがえ》り、酸っぱい胃液が喉元まで上がってきた。

たとえ、破魔の指示だったとしても茉莉亜を許すことはできない。この女は、今この瞬間も俺を利用しようとしている。虎視眈々《こしたんたん》と状況を把握し、コバンザメみたいに、俺か破魔のどちらか勝ったほうに寄生するつもりだ。

見てろよ。必ず吠《ほ》え面《づら》をかかせてやるからな。

「俺たちが銀行強盗を終えてハニーバニーに逃げ込んだとき、本当にお前は破魔といるんだな」

「何？　疑ってるの？」茉莉亜が修造の背中を摩るのをやめ、眉《まゆ》をひそめた。

「確認だよ。破魔がいなけりゃ、ハニーバニーに立て籠《こ》もる必要はないだろ？　もし、警察にバレたら袋の鼠になっちまう」

「昨夜、話したとおりよ。わたしと破魔は映像であなたたち三人の様子を観ているから」

「まさか、盗撮用のカメラが店内にもあったなんてな……」

茉莉亜の話では、破魔がＣＣＤカメラを仕掛けていたのはトイレだけじゃなかったのだ。従業員や客にバレないよう、十か所以上のアングルからキャバ嬢たちを隠し撮りしていたらしい。しかも、映像だけではなく、録音もしていたのだ。

裏ビデオ屋のバイトをしていたとき、何本も盗撮物を観たからわかる。ユーザーが盗撮系の作品に求めるのは、何よりもリアリティである。キャバ嬢が接客している姿を見せることによって、そのあとのトイレのシーンの興奮が倍増するというわけだ。店のオーナーという利点を最大限に生かした仕掛けで、破魔のビジネスセンスが窺《うかが》える。

その隠しカメラの前で、破魔に向けてひと芝居を打たなくてはならない。今回の計画の中で、最大の難関だ。

「破魔に怪しまれないように、二人を殺せるの？」

今度は、茉莉亜が確認するように訊《き》いた。三人の自然な仲間割れを破魔に見せたあと、修造が銃で小島と金森健を撃ち殺す。

「……殺《や》るしかねえだろ」

「健さんはまだしも、あれだけ可愛がってきたコジを撃ち殺せる？　土壇場で情が湧いたりしない？」

わざわざ、念を押すなよ。この女も破魔と渋柿多見子と同じ、〝向こう側〟の人間になろうとしてやがる。

「わかってるよ。心を鬼にして撃つ」

「それじゃ、ダメ」茉莉亜が首を横に振った。「何も考えずに引き金の人差し指を絞るの。頭の中を真っ白にして」

「いわゆる〝無心〟ってやつか」

「うん。演技をするときも、その状態が一番いいの。台本や稽古《けいこ》や観客のことを忘れて、体が勝手に動いて台詞《せりふ》が自然に出てくるんだよね」

知らねえよ。それは舞台の上のお遊びだろうが。こっちは命を賭《か》けた真剣勝負なんだよ。盗撮用のモニターを観ながら高みの見物をしてるお前らとは違うんだよ。

修造は、無理やり心を落ち着かせ、質問を続けた。

「それで、お前と破魔はどこで俺たち三人の茶番劇を観ているんだ」

「まだ、わからないわ。破魔が教えてくれないもん。盗撮用のカメラの電波が届く範囲だから、そんなに離れてない場所だとは思うけど」

どこだ？　車の中か？

いや、銀行強盗の騒ぎで警察が川崎の街中を捜索するだろう。そんな中で、車に乗って盗撮の映像を呑気《のんき》に鑑賞するとは考えにくい。

破魔は、ハニーバニーの近くに〝鑑賞部屋〟を用意しているはずだ。

ちくしょう、どこだよ。そこがわからなきゃ、渋柿多見子を奴にぶつけることができねえじゃねえか。

「場所がわかり次第、俺に教えてくれ。メールでいいからさ」

「教えてどうするの？　意味がある？」茉莉亜がさらに怪訝《けげん》な顔つきになる。

破魔の立てた計画では、ハニーバニーでコジと健さんを殺した修造が、踏み込んだ警察に逮捕されるという筋書きだ。そのために、盗撮のライブ中継で修造たちの様子を観て、修造が二人を撃ち殺したあと、警察に通報すると茉莉亜に伝えている。銀行から奪った金は、破魔と茉莉亜で山分けにしよう、と。

それに対し、茉莉亜の読みはこうだ。

破魔が自分の店に警察を踏み込ませるわけがない。鑑識が入り、隅々まで捜索されれば盗撮用のＣＣＤカメラが発覚するからだ。破魔は、絶対に茉莉亜と修造を始末する気でいる。しかも、銀行強盗の犯人は修造と茉莉亜にして、自分は警察の捜査線上に乗らないように持っていくはずだ、と。そうすれば銀行強盗の関係者はすべてこの世からいなくなり、金は破魔が一人占めにできる。

昨夜のミーティングで茉莉亜は、「殺られる前に破魔を殺るのよ」と覚悟を決めた顔で修造に言った。「コジと健さんを殺したあと、すぐにハニーバニーから逃げだして。そしたら、破魔は慌てて隙ができるから」

ハニーバニーからの脱出経路は茉莉亜が考えた。うまくいくかどうかは、かなりの運が必要になってくる。予想以上の数の警察に取り囲まれていたら終わりだ。隙ができたからと言って、本当に破魔を殺せるだろうか？

実行するのは茉莉亜一人なのだ。

「メールは念のためだ。何かあったときに、お前を助けに行く」

当然、嘘だ。あの凶暴な破魔が待っているとわかっていて、助けに行くわけがない。

「嬉《うれ》しい」茉莉亜が笑った。「やっぱりしようよ」

修造の首に腕を絡め、強引に唇を重ねてきた。さっきのとは大違いの情熱的なディープキスだ。

この女の天使のような笑顔に騙《だま》されるな。一週間前、川崎競馬場で声をかけてきたときと同じ微笑みだぞ。

修造は、茉莉亜の舌を吸いながら、自分に言い聞かせた。

17　ハニーバニーの鑑賞部屋

——午後七時三分

『いいこと教えましょうか。ボストンバッグに金を詰めた婆さんは二人ともよく知っている人物ですよ』

『一体、誰やねん』

『茉莉亜ですよ』

モニターの中のシュウが、コジの額に銃を突きつけながら胸を張る。

「いよいよクライマックスだな」

わたしの隣にいる破魔が、フライドチキンでギトギトになった唇をテカらせて言った。

コイツ、何本食えば満腹になるわけ？

ハニーバニーでの三人の裏切りあいをモニターで鑑賞していたこの三時間半の間、缶ビールを片手に、軽く二十ピースは平らげている。パイプ椅子に座っている破魔の足元には、チキンの骨が山積みになっていた。

「茉莉亜。人が撃たれる瞬間を見たことはねえだろ。怖けりゃ目を瞑《つぶ》れ」

破魔がチキンのあばら骨をしゃぶりながら、わたしの太ももに手を置いた。ヌルリとした脂の感触がする。

「平気よ」

舐《な》めないでよね。撃たれる瞬間はないけど、十キロの照明がゆで卵みたいな顔の男の頭をカチ割ったのは見たことあるわ。

わたしは、手に持っていた小さ目のハンドバッグを握りしめた。この中に、アイスピックが入っている。言うまでもなく、破魔を殺すための武器だ。

何人もの犠牲者を出してきたお得意の武器で、アンタを地獄に送ってやるわ。さぞかし、地獄の鬼たちとウマが合うでしょうね。

でも、その武器の近くに破魔の手があるのは、気が気でなかった。アイスピックを奪われでもしたら、地獄に行く列車にはわたしが乗らなくてはならなくなる。

まさかとは思うけど、わたしがアイスピックを隠し持ってることはバレてないわよね。

破魔は相変わらず、プラダのサングラスをかけていて、表情が読めない。やっと、シュウが二人を殺すのが嬉しいのか、それとも、フライドチキンが美味《おい》しいのかわからないが、口元には終始笑みを浮かべている。

シュウにメールさえできれば……。

銀行から救急車で、直接、〝鑑賞部屋〟に連れてこられ、メイクを落とし老婆の衣装から私服に着替えているとき、破魔にケータイを取り上げられてしまった。シュウにこの場所を伝えたくても、手段がない。破魔からは、「すべてが終わったら返してやる」と言われた。

破魔翔——。非道な凶暴さと繊細な用心深さを兼ね備えた男。

もし、渋柿多見子があの世に行けば（まだ、当分先だろうが）、次に川崎を牛耳るのは間違いなく破魔だと、この街のほとんどの小悪党たちが思っている。

破魔が死ねば、喜ぶ奴らは山ほどいる。小悪党たちは知らせを聞いたら小躍りしてパーティを開くことだろう。

「さあ、さっさと殺れよ、シュウ」

破魔が、しゃぶっていた骨を投げ捨て、前のめりになってモニターを覗《のぞ》きこんだ。

モニターの数は三台ある。32インチの薄型テレビだ。三つとも画面が四分割になっており、ハニーバニーの店内に仕掛けてあるCCDカメラ十二機すべての映像を同時に観ることができる。カメラの性能がいいのか、驚くほどクリアな画《え》だ。また、カメラは引きの画だけではなく、アップもいくつかあるので、シュウたちの表情までもが手に取るようにわかった。

『あの人質の婆さんが茉莉亜やと？　ホンマか？』

モニターの中、固まっていた健さんが口を開いた。

『中々の名演技だったでしょ。さすが、元舞台女優だけありますよね。メイクも彼女が自分でしたんです』

『お前……茉莉亜を撃ち殺したんかいな』

『空砲だったんですよ。茉莉亜は自分で胸に仕込んでいた血ノリを破裂させせて、殺され役を演じたんです』

『し、信じられへん。お前ら、グルになってわしらを騙したんか』

『騙されるほうが悪いんですよ』

得意気になっているシュウを観て、破魔が舌打ちをした。

「いつまでタネあかしをしてるんだよ、この馬鹿は」

モニターに釘付《くぎづ》けになっている。

わたしは、ゆっくりとハンドバッグのファスナーを開けはじめた。

……絶対に音を立てちゃダメよ。

焦らず、少しずつだ。

『シュウさん、オレを殺すつもりなのかよ』

跪《ひざまず》きながら、シュウに銃を突きつけられているコジが震える声で言った。

『悪いな。そうするしかなかったんだよ』

ちょうど、アップで映っている画面のシュウが、唇を噛《か》みしめる。

考えちゃダメだってば！〝無心〟で撃てって教えたでしょ！

「こりゃ見ものだな。あれだけ至近距離で撃ったら後頭部から脳味噌《のうみそ》が飛び散るぞ」

食い入るように画面を観ている破魔が、舌舐めずりをした。

『健さん、同時に飛びかかるぞ』

コジが腰を浮かした。反撃する気だ。

シュウ！　早く撃って！

『無駄や』

健さんが投げやりな口調で言った。チノパンのポケットに手を突っ込み、完全に諦《あきら》めモードになっている。

『健さん！』

コジがさらに腰を浮かし、中腰になった。シュウが構える銃口は、額にくっついたままだ。

緊張感が走る。わたしまで、拳《こぶし》を握りしめて前のめりになりそうになった。

今こそチャンスじゃない！

破魔は隙だらけだ。相変わらず、太ももに手を置いたままだけれど、決定的瞬間を逃すまいと息を呑《の》んで、シュウのアップの画面を見守っている。

チキンの脂が気持ち悪い。ミニのスカートじゃなくてジーンズにすればよかった。今さら後悔しても遅い。ギャルっぽい服装にしたのは破魔を油断させるためだ。なるべく、ハニーバニーで働いているときと似たような恰好《かっこう》をして、女優の匂いを消したい。一世一代の勝負は、これからなのだから。

ファスナーが開いた。ハンドバッグにそっと手を入れ、アイスピックの柄を握る。これも、ボストンバッグと同じく昨日ラゾーナで購入したものだ。ロフトのキッチン用品のコーナーで、税込七百九十八円で売っていた。

アンタの命は、七百九十八円に奪われるのよ。

どこに突き刺す？　背中か？　それとも、ガラ空きになっている首筋か？

わたしは丹田《たんでん》に力を込め、腹式で呼吸をした。〝無心〟になって、破魔を殺す。演技と一緒よ。殺し屋の役を与えられたと思えばいいの。

決めた。首筋だ。シュウがコジの頭を撃ったと同時に突き刺してやる。

『無駄やって言うとるやろ』

『意外と物わかりいいじゃないですか』シュウが、強がりにも見える薄ら笑いを浮かべた。『健さんもあの時、小金を欲しがらずにさっさと帰ってれば死ぬことなかったのになあ。欲をかいたら自滅するってことですね』

『だから、無駄やと言うてるやろ、シュウ』

『はあ？　何言ってんすか、健さん。最後まで言葉づかいがおかしいですよ』

『無駄や！』

健さんが、ドスの利いた声で怒鳴った。

「何だ？　このオッサン、テンパりすぎておかしくなったのか」破魔が、サングラスの下で顔をしかめ、横目でわたしを見た。

「健さんは元から言葉のチョイスが変だから。負け犬の遠吠《とおぼ》えってやつじゃない？」

ヤバい。ハンドバッグに手を入れているところを見られた。

わたしは、バッグの中でアイスピックを放し、慌ててタバコを探した。

早く誤魔化さなきゃ、破魔に感づかれる。

「どうした？　何を探してるんだ？」

破魔が、グイッと顔を寄せてきて、ハンドバッグを覗こうとする。

「タバコよ」反射的にハンドバッグを破魔から遠ざけた。

しまった。この過剰な反応は、猟犬のように鼻の利く破魔を怪しませるだけだ。

『健さん、あとひと言でも口を開いたらアンタから撃ちますよ』

シュウがコジから離れ、銃口を健さんに向けた。

「おっ。撃つのか？」

破魔が首を捻《ひね》り、再びモニターに集中する。

間一髪だった。わたしは、素早くハンドバッグに手を滑り込ませて、アイスピックを摑《つか》もうとした。

痛っ！

慌て過ぎて、人差し指をアイスピックの先で突いてしまった。ジンジンとした痛みが脳天まで駆け巡る。

モニターの中の緊迫感はマックスだった。健さんが、ポケットに手を突っ込んだまま、シュウに、にじり寄る。

「とうとうブッツンきやがったな。死ぬ気だぞ、このオッサン」破魔が、嬉《うれ》しそうに口元を歪《ゆが》める。

アンタも一緒に死ぬんだよ。

わたしは、指先の痛みに耐えながら、アイスピックの柄を握り直した。

健さんが、シュウの真正面に立ち、仁王立ちで言った。

『シュウ、お前の負けや』

『うるせえよ』

シュウが、銃口を健さんの頭に向け、引き金を引いた。

カチリ。

モニターから、乾いた音が鳴った。

……空砲？　そんなわけがない。シュウが手にしている銃は、健さんが持ってきた銃なのだ。

「おいおい、マジかよ」破魔が、呆《あき》れた口調で呟《つぶや》く。

『えっ？』

シュウが、焦って何回も引き金を引くが、カチカチと虚《むな》しい音が響くだけだった。

『弾が入ってないのかよ……』

中腰の体勢で固まっていたコジが立ち上がる。

『こっちの銃に入っとるで』

健さんが、チノパンのポケットから右手を抜いた。その手には、シュウの持っているものよりも、一回り小さな銃が握られている。

破魔が、思わず口笛を鳴らす。

「オッサン、やるじゃん。もう一丁、隠し持ってたのかよ」

シュウは、金縛りにかかったように茫然《ぼうぜん》と立ち尽くし、擦《かす》れた声で健さんに質問をした。

『ど、どうして、わかったんだ……』

『ボストンバッグの中を見たんや』

『いつ？』

『銀行から出る瞬間や。どさくさに紛れて札束を何束か抜いたろうとしたんじゃ。そしたら、中身がこんな新聞紙になっとるやんけ。最初はお前ら二人がわしのこと裏切るつもりなんかと思ってたわ。だけど、途中からどうも様子がおかしくなってきよった。これはどっちか一人が金を一人占めしようとしとると感じたから、裏切り者が尻尾《しっぽ》を出すまで銃を確保して待っとったちゅうわけや』

あの状況で、そこまで考えていたの？

動揺のあまり、クラクラしてきた。すべての計画がこれで狂った。

健さんを完全に侮っていた……。わたしもシュウも単なるエロ親父だと決めつけて、舐《な》めていたのだ。

目に映るものが真実とは限らない。見えているからといって安心していたら、痛い目に遭うとわかっていたはずなのに。

ハニーバニーで遊んでいた健さんからは、とても想像できなかった展開だ。

「大逆転だな」破魔も驚いた顔で言った。「このままだと、オッサンがシュウとコジを殺《や》っちまうぜ」

それなら、それでいいわ。

どうせ、金は一人占めするつもりだったし。

わたしは、破魔のパイプ椅子の下にあるボストンバッグに目をやった。あれだけの金があれば、ニューヨークで女優活動に打ち込める。英語のトレーニングやダンス、ボイストレーニングをイチから鍛え直すつもりだ。働いている時間なんてない。オーディションを突破して、絶対にブロードウェイの舞台に立ってみせる。

できることなら、計画どおりに進めたかった。

わたしが、この〝鑑賞部屋〟で破魔を殺し、シュウに場所を教えて呼ぶ。

そして、可哀想だけど、シュウにもアイスピックで死んでもらうつもりだった。

ハニーバニーには、健さんとコジ、ボーイの尾形の三人の死体。その近くにある〝鑑賞部屋〟にはシュウと破魔の死体があれば、警察はどう判断するだろう。

銀行強盗たちの仲間割れによる惨劇と勘違いしてくれるよね。まさか、そこに一人のキャバクラ嬢が関わっていたなんて思わないはずよ。

もし、健さんが二人を撃ち殺して逃走したとしても、金はここにある。わたしの仕事は変わらないわ。

破魔を殺すこと。それさえ遂行できれば、人生が逆転できる。

『健さん、俺を騙《だま》したのか』

シュウが、モニター越しでもわかるぐらい、わなわなと体を震わせた。

『騙されるほうが悪いんやろ？　さっき、自分でほざいとったくせに。なあ、コジ？』

『知らねえよ』

コジは、ふらついた足取りでソファまで歩き、深々と腰を下ろした。完全に諦《あきら》めきった態度だ。心の底から信用していたシュウに裏切られたのが、よほどのショックだったのだろう。

三人のやりとりに、破魔が手を叩《たた》いて大笑いする。

「いいねえ。オッサン、渋いねえ。さあ、シュウはこの最大のピンチをどうやって切り抜けるんだ？」

『茉莉亜はどこにおるねん？』

『俺にもわからねえんだよ』

シュウが、ぶっきらぼうに答えた。

『嘘こけ。わしらを殺したあと、どっかで落ち合うつもりなんやろ』

『まだ、茉莉亜から連絡がないんだよ』

『ほんなら、ケータイを見せんかい』

『好きなだけ見ろよ』

シュウが、スーツのポケットから自分のスマートフォンを出し、健さんに投げ渡した。

……危なかった。わたしが、シュウにメールを送っていたら、健さんに〝鑑賞部屋〟がバレていたところだったわ。

健さんは、シュウのスマートフォンを見ずに、チノパンのポケットに入れた。

『茉莉亜からのメールを確認しないのかよ』

『お前がすんなり渡すってことは、ほんまに連絡が来てへんってことやろ？　まあ、茉莉亜が金を持ってるってわかっただけでもええわ』

「オッサン、やたらと駆け引きが上手《うま》いじゃねえか。さすが、大阪の商売人だけあるぜ」

破魔は、興奮してサイドテーブルのフライドチキンを鷲摑《わしづか》みにし、勢いよくかぶりついた。

バキボキとチキンの骨を嚙《か》み砕く音が、〝鑑賞部屋〟に響く。

いい調子よ。破魔は、わたしがハンドバッグに手を入れていることに気づいていない。

それにしても、いつまでわたしの太ももに手を置いているつもりなのよ。首筋より先に、この手にアイスピックをぶっ刺してやりたい。

『二人で同時に飛びかかるぞ』

シュウが、ソファでぐったりしているコジに命令した。

コジは鼻で笑い、答えようとしない。

『コジ、立てよ！』

コジが、力なく首を振った。

『一人でやればいいじゃないっすか』

『健さんに金を全部持ってかれてもいいのか？』

「自分のことは棚に上げといて、よく言うぜ。ダセえぞ、シュウ」

破魔が、モニターに向かってチキンの骨を投げつけた。

『コジ！　頼む！　俺のために立ってくれ！』

シュウが絶叫で懇願した。

『コジ、立ったらあかんぞ』

健さんが、摺《す》り足で移動し、二人との距離を等間隔にする。引きの画像を見ると、三人はちょうど正三角形になっている。

「オッサンが撃つぞ」破魔がゴクリと唾《つば》を飲み込んだ。

このタイミングしかないわ。

わたしは、ハンドバッグからアイスピックを出した。

モニターでは、ソファに座っていたコジがゆらりと立ち上がった。

摑まれている腕を振り払おうとしてもビクともしない。まるで、万力で締め付けられているような馬鹿力だ。

「……どうしてわかったの？」

「俺は、『いつも、誰かに命を狙われている』と心がけているだけだ。たとえ、背中を向けていても、相手の体に指先が触れていれば、筋肉の動きで襲ってきたのがわかるんだよ」

それで、ずっとわたしの太ももに手を置いていたのか……。

「痛いぞ。我慢しろ」

腕を力任せに捻《ねじ》り上げられ、肩と肘《ひじ》の関節に激痛が走る。右手が痺《しび》れて握力を失い、アイスピックを落としてしまった。

無情にも、カラカラと破魔の足元へと転がる。

「俺を殺して、金を一人占めにする気だったんだな。その考えは悪くない。まともな人間なら誰しもが思いつくことだ」破魔が、わたしの腕を摑んだまま床のアイスピックを拾い上げる。「だが、人を殺すのに美学はいらねえよ。俺は使いやすいからアイスピックを使っているだけだ。もっと身の丈にあった武器を用意できたはずだろう」

「そうね。銃でアンタの頭をふっ飛ばしてやればよかったわ」

負け惜しみが虚《むな》しい。最初から勝てる相手じゃなかった。破魔とわたしとでは、生きてきた世界が違い過ぎる。

「俺がアイスピックの正しい使い方を伝授してやるよ。まず、どこから突き刺して欲しい？　お勧めは太ももだな。大きさ的にも位置的にも刺しやすいから初心者向けだ。上級者のテクニックとしては指と爪の間に滑り込ますようにして刺す方法もあるぞ。どっちを味わいたい？」

「放せよ！　変態！」

わたしは、体を捻って破魔の顔面に唾を吐きかけた。唾液《だえき》のシャワーが、破魔の御自慢のサングラスに降りかかる。

「決めた。串《くし》団子みたいに頬を貫通させてやるよ」

嫌だ！　こんなところで死ぬなんて！

「わたしの前に、健さんを殺《や》らなくてもいいの？」

「焦る必要はねえだろ。警察に囲まれてるんだからオッサンは下手に動けねえ。今、ハニーバニーに行ったら、銃声を聞いて踏み込んできた警察と鉢合わせになっちまうしな」

抵抗すればするほど、肩が外れそうになる。わたしは目を閉じて自由な左手で顔を守ろうとした。

「おい、どこに行くんだ？」

突然、破魔の力が抜けた。

えっ？　どういうこと？

恐る恐る目を開けると、破魔は顔をしかめてモニターを凝視していた。

「何のつもりだ……」

「えっ？」

いつのまにか、モニターから健さんの姿が消えている。映っているのはうつ伏せになって倒れているシュウとコジと尾形の死体だけだ。

「オッサンがトイレに入ったんだよ」

「トイレ？　どうしてすぐに逃げないのよ」

「だから、この状況で逃げる馬鹿はいねえだろう」

「でも、警察に踏み込まれたらアウトでしょ。わたしだったら逃げるわ」

たしかに、さっきの二発の銃声が、表にいる警察に聞こえたかもしれない今、ビルから飛び出したら、それこそ自分が犯人ですと宣言しているようなものだ。この〝鑑賞部屋〟から特殊部隊のスナイパーは見えないが、パトカーがビルの前に停まっているのは間違いない。サイレンが近づいてきて、すぐ近くに停まったのはわたしも破魔も聞いた。

「まさか、のんびりとウンコしてんじゃねえだろうな」

「健さんに、そんなクソ度胸がある？」

「ダジャレのつもりかよ」

破魔が、わたしの腕を放して、モニターに集中する。とりあえず、今すぐ殺されるのは回避できた。でも、時間の問題だ。何とかこの間に、破魔を倒すか〝鑑賞部屋〟から脱出できる手段を考えなければならない。

破魔を倒すのは無理よね……。

武器はもうないし、右手が痺れてまともに動かない。

どうやって逃げる？　走ったところですぐに追いつかれるに決まっている。

「トイレで何やってんだ？」破魔が、イラつきを隠さず、貧乏ゆすりをした。「CCDを外すんじゃなかった」

わたしにバレたことによって、破魔はトイレの盗撮をやめている。

「クソッ。今すぐぶっ殺してやりたいぜ」

下手に動けないのは、破魔も同じだ。いくら凶暴といってもアイスピックでは警察やスナイパーには太刀打ちできない。

健さんの不可解な行動のおかげで、破魔に隙が生まれるかもしれない。

それにしても、健さんはなぜトイレに入ったのか？　本当に尿意や便意を感じたからなのか？

三分が、永遠にも感じられるほどじれったい。わたしと破魔は、隠しカメラが捉《とら》えるトイレのドアをまばたきもせずに眺めた。

やっと、ドアが開いた。

「ふざけんなよ……」

トイレから出てきた健さんを見て、破魔が唖然《あぜん》とする。

健さんは、警官の制服姿に着替えていた。恰幅《かっぷく》がいいので、ベテランの警官に見えなくもない。

「あの恰好で逃げる気なの？」

逃亡中の銀行強盗を追って街にウジャウジャいる警官の一人になりすますつもりなのか？

警官になった健さんが、タプタプの腹を揺らしながらキッチンへと小走りで移動する。

「おいおい、今度は何をするんだ！　あんまり調子こいてると穴だらけにすんぞ！」

破魔が、歯ぎしりをして、アイスピックを構えた。

キッチンに何があるのよ？　包丁？　銃を持ってるんだから必要ないでしょ。

唐突に、モニターの画面が三台とも真っ暗になった。

「あの野郎……ブレーカーを落としやがった」

「盗撮されていることを知っていたの？」

破魔が、アイスピックをわたしの顔に向けて突き立てた。鼻の手前、ギリギリ数センチのところでアイスピックの先がピタリと止まる。

「てめえが喋《しゃべ》ったのか」

「そ、そんなわけないでしょ」

隠しカメラのことを知っているのは、シュウだけだ。そのシュウも胸から血を噴き出して死んだ。

シュウが喋ったの？

それに、どうやって、健さんがハニーバニーのトイレに衣装を隠すことができたの？

健さんが、ハニーバニーのブレーカーの場所を知っているのはなぜ？

モニターのスピーカーから、急いで走る足音とドアを開ける音が聞こえた。

「あのオッサン、逃げる気だ！」

「どうしてわかるの？」

「ドアの音だよ。自分の店なんだ、何百回と聞いてる」破魔がパイプ椅子の下にあったボストンバッグを持った。「オッサンを追うぞ」

「追うの？」

「オッサンは盗撮のことを知ってやがる。じゃなきゃ、わざわざ、ブレーカーを落とす意味がねえ。警察より先に捕まえてぶっ殺さなきゃ、俺の身が危ねえんだよ」

「金を持って？　ビルは警察に囲まれてんのよ。わたしたちが銀行強盗になっちゃうじゃない」

破魔が唇を噛《か》みしめた。サングラスを外し、手の中で握りつぶす。

「こ、この店に置いておくしかねえのかよ……」

〝隠し部屋〟は、ハニーバニーの真上にあった。ハニーバニーのライバル店のキャバクラとして営業していたが、先月、破魔が買い取っていた。破魔の好みの内装に変えるため、現在工事中だ。ちなみに地下の居酒屋もそうだ。改装し、新たにキャバクラとして再開する予定だった。「このビルの店舗すべてを俺の店にする。それが夢の第一歩だ」と〝隠し部屋〟であるこの店に入る前、破魔が得意気に語った。夢は聞くまでもない。川崎の街の帝王になることだ。

破魔はボストンバッグを隅にあったブルーシートの下に隠した。店内はテーブルやソファなどもなく、壁紙が剥《は》がされて配線や配管が剥《む》き出しになった状態になっている。床にはコンクリートなどの粉塵《ふんじん》が溜《た》まり、かなり埃《ほこり》っぽい。

「走れ、茉莉亜！　オッサンを逃がすんじゃねえぞ！」

うるさいわね。わかってるわよ。

わたしは、痛む右手を押さえながら、破魔のあとを追って店内を出た。

「ファック！　ファック！　ファック！」

破魔が、エレベーターに罵声《ばせい》を浴びせながら、呼び出しボタンを連打している。

健さんを乗せたエレベーターの階数表示は、4、3、2と下の階へと移動中だ。

「非常階段で追いかけたら？」

「馬鹿野郎、撃ち殺されてえのか！　向かいのビルからスナイパーが狙ってるってシュウが言ってたろ！」

「そんな中で健さんをどうやって捕まえるのよ」

「あいつは警官の恰好でひとまずこのビルを抜け出し、そのあとはなるべく早く川崎から遠くへ離れるはずだ。タイミングを見てさらうぞ」

エレベーターが一階に停まり、しばらく動かない。

「早く、来やがれ！」

破魔が、エレベーターのドアを蹴《け》りあげた。ガインと鈍い金属音がする。

完全に我を失って、凶暴化してるじゃない……。

ますます、破魔から逃げるのが困難になってきた。健さんも捕まったら確実に殺されるだろう。

冗談じゃないわよ。警察の緊急配備が敷かれてる中で、拉致《らち》して監禁して殺人を犯すなんてリスクを背負うのはまっぴらごめんだってば。

ようやく、エレベーターが上がってきた。

破魔は怒りで顔面を赤黒く紅潮させ、掃除機のような音の鼻息を出している。手にはアイスピックを握ったままだ。

「アイスピックはどこかに隠しなよ」

「うるせえ」

「アンタ、馬鹿なの？　表には警察がいるんだよ」

拳《こぶし》が飛んできた。中指にはめている髑髏《どくろ》の指輪が頬骨を直撃する。

わたしは吹っ飛び、後頭部をエレベーターホールの床でしこたま打ちつけた。目の奥でバチバチと火花が走る。

「黙ってろ。オッサンより先に殺されてえのか」

破魔がわたしの髪の毛を摑《つか》み、無理やり立たせようとした。

エレベーターが着いた。引きずられるようにして乗せられる。グルグルとエレベーターの天井や壁が回っている。

……わたしがアンタを先に殺してやるよ。

決めた。もう逃げない。金の隠し場所はわかっている。破魔さえ殺せば、すべてがわたしの物になる。

エレベーターが一階に着いたころには、幾分、目眩《めまい》はマシになった。

「腕を組め。カップルを装うんだ」

破魔が強引に腕を絡めてきた。さすがにアイスピックはポケットかどこかに隠したようだ。吐き気がするほどムカついたが、ここは従うしかない。何せ、ビルの前には警察の特殊部隊が陣取っている。

すでに、陽は暮れていた。ネオンの光が仲見世通りを妖《あや》しく照らし出している。

ビルの前に、一台のパトカーが停まっていた。破魔の緊張が腕越しに伝わってくる。

誤魔化しきれる？　もし、職務質問されたら何て答えたらいいのよ。

いきなり、サイレンが鳴った。パトカーはわたしたちから逃げるようにして、走り去っていった。

「どういうことだ？」破魔が、狐につままれたような顔で辺りを見る。

いつもと何ら変わらない仲見世通りだった。キャッチに向かう他の店のボーイたちや鼻の下を伸ばしている客と同伴するキャバ嬢、安くて酔えるオアシスを探しているサラリーマンたちが歩いている。

「特殊部隊はどこよ？」

警官は一人も歩いていない。

「オッサンは、さっきのパトカーに乗って逃げたんだな」

「マジ？」

「俺たちが偽の救急車を用意したように、奴は偽のパトカーを用意したんだ。俺のポルシェで追うぞ」

何かがおかしい。頭の隅で、何かが引っかかる。

初めから、警察に包囲なんてされていなかったのだ。

じゃあ、誰がパトカーを運転してきたの？

それに、なぜ、シュウは「特殊部隊のスナイパーを見た」なんて嘘をついたの？

何かヤバい。早く破魔を殺さないと、取り返しのつかないことが起こる気がする。

アトレ川崎の向かいにあるコインパーキングまで全速力で走った。

「どうやって、健さんが乗ったパトカーを見つけるのよ！　どこに逃げたかわからないじゃない！」

「どこに逃げようが関係ねえ。オッサンの自慢の高層マンションに行って家族を痛めつける。それなら、オッサンのほうから現れるだろ。見てろよ、地獄に突き落としてやるからな」

滅茶苦茶《めちゃ》だ。狂ってる。

だが、地獄が待っていたのは、健さんではなかった。

コインパーキングに駆け込み、ポルシェのドアを開けた破魔が凍りつく。

「ずいぶんと遅かったね。待ちくたびれたよ」

何で、魔女がいるのよ……。

ポルシェの運転席には、渋柿多見子が座っていた。

18　車の中のアル・グリーン

──銀行強盗の三時間前

「オレ、子供の頃、『狼少年コジ』って呼ばれてたんっすよ」

長い沈黙のあと、唐突に小島が口を開いた。

「なんか、昔の漫画のタイトルみたいやのう」後部座席の金森健が大げさにわざとらしく鼻で笑う。「そんなに嘘ばっかりついとったんか？」

「そうなんっすよ。小学校の低学年まではチビで、クラスでも背の順は一番前だったんで、舐《な》められたくなくてハッタリばかり言ったんすよ」

「要は人気者になりたかったんやな」

「そのとおり。嘘をついたらクラスの皆が注目してくれるから、どんどんエスカレートしちゃったんだよなあ」

午前十一時五十分──。市役所通りにあるM銀行川崎支店の向かいに車を止めて、修造たちは最後の下見をしていた。修造は助手席に座っている。

緊張のあまり、車内の空気が硬い。沈黙に耐えられなくなった小島が喋《しゃべ》りはじめたのはいいが、銀行強盗にまったく関係のない話だ。

「ありがちな話やのう。どんな嘘ついてん？」

「放課後、学校の近くの公園で狼を見たって言いました。どう考えてもただの野良犬だったんっすけどね。だって、狼は絶滅しちゃったわけだし」

「おいおい、絶滅はしてへんやろ」

「何言ってんすか。日本にはもういないんっすよ」

「アホ、おるわ。お前こそ何言っとんねん」金森健が、ムキになって身を乗り出す。

「シュウさん、日本の狼は絶滅しましたよね？」

うるせえよ。今は狼の話をしてる場合じゃねえだろうが。

だが、仲間の緊張をほぐすのはリーダーの役目でもある。何せ、あと三時間で〝本番〟なのだ。少しぐらいなら、バカ話に付き合ってやってもいい。

「たしか、絶滅したはずだけどな。まあ動物園に行けば、輸入物の狼は観ることはできるだろうけど」

「ほらね」小島がハンドルを握りながら得意気に胸を張った。

車はホンダのフィット。小島の後輩の若槻が用意してくれた盗難車だ。

「野生の狼は絶対におる」金森健が、不敵に笑った。「わし、ガキのころ、狼見たことあるねん」

「それこそ、野犬と見間違ったんじゃないっすか」

おいおい、お前もムキになってんじゃねえよ……。

小島のせいで話が長くなりそうだ。修造はイラつきを抑え、二人の会話に耳を傾けた。

狼の話が終わったら、あの話をしなくては。

「ホンマやって。子供会のキャンプで見たんじゃ。紛れもない狼を、な」

「キャンプ？　山っすか」

「ちょうどキャンプファイヤーのとき、ウンコがしたくなったんや。ほら、小学生のときって、友達にウンコをしてんのがバレるのは嫌やったやろ？」

「嫌っすね。オレも友達に見つかっていじめられたなあ」

今、狼の話してるんだよな？

時間がない。焦りがジリジリと足元からせり上がって来る。

早く、あの話がしたい。銀行強盗が終わってからでは、打ち合わせをする暇がない。

「ほんで、わしは友達にバレないようにこっそりとキャンプファイヤーの場所を離れることにしてん。でもな、キャンプ場のトイレを使おうとしたら一つ問題があったんや」

「問題って何っすか？」

小島がガッツリと食いついている。三時間後に銀行強盗をしなくてはいけない現実から逃避しているのだろうか。

「キャンプ場のトイレはめちゃくちゃ怖いねん」金森健が怪談をはじめるかのように声を潜める。「しかも、そのキャンプ場は出るって有名やった」

「トイレの花子さんとか、そういう系の怖い話が流行《はや》ったすもんね」

「昔、タクシー強盗に殺されたタクシーの運転手がそこのキャンプ場のトイレに捨てられてん」

「……それ、実話っすか」

「実話や。新聞にも載ったわ」

「そんなとこでキャンプしちゃダメっしょ。何て子供会だ」

狼は？　コジも興奮してんじゃねえよ。

「わしはトイレを諦《あきら》めて、自然の中で自然と共に本来の人間の自然な排泄《はいせつ》行動を取ることにした」

それ、野グソだろ。何、くだらないことを活《い》き活きと話してんだ。

「ただ、茂みの中でするのは避けることにした。茂みは茂みで怖かったからや。だから、わしはキャンプ場のすぐ横にあった川ですることにしてん。すると、その川でやな……」

　金森健が、わざと必要以上の間を取り小島の反応をうかがう。

「何があったんすか？」

「川のほとりでしゃがんでいるわしを、水の中からじっと見つめる二つの目があった」

「狼っすか？」

「違う。河童《かっぱ》や」

「おい、狼は！」

　修造は、思わず、助手席で体を捻って叫んだ。

「焦るな。狼はもう少し後で出てくるがな」金森健が、真剣な顔で答える。

「一日に何度も不思議体験するなよ」

「健さん、いくらなんでも河童は嘘っすよね」

　さすがに小島も呆《あき》れている。

「信じてくれ。神に誓ってホンマや。わし、昔から、色んな未確認生物を目撃してきてん。河童も見たし、狼も見たし、修学旅行のスキーで雪男も見たし」

「雪男を見たんすか？」

　せっかく話が終わるかと思ったのに、小島が再び食いつく。

「どこのスキー場っすか」

「長野県や」

「雪男って、どんな姿をしてるんすか」

「はっきりとは見えへんかったけど、雪の中に男が立っとってん」

いい加減にしろ。俺たちは銀行強盗なんだぞ。

「それはただのおっさんですよ」

修造は、話を終わらせるために強い口調で断言した。

「いや、あれは間違いなく雪男や」

「河童に狼に雪男ってすげえなあ。健さん、ツチノコは見たことありますか」

「まだや」

もう限界だ。

「やめろ！　いつまでくだらねえ話をしてんだよ！」

修造の剣幕に、小島と健さんが同時に目を丸くする。

「……シュウさん、どうしたんすか」

「あと、三時間を切ったぞ」修造は、自分の腕時計を二人に見せた。

「わかってるがな。だから下見に来たんやろ」

ちょうど、M銀行の前をランチに向かうOLの一団が通っていく。財布だけを持ち、笑顔で歩く彼女たちは真横の銀行が襲われるとは夢にも思っていないだろう。

「シュウさん、すみません。緊張を忘れるために関係ない話をしてしまいました」小島が素直に謝る。

俺だって死ぬほど緊張している。銀行強盗を成功させるだけではなく、破魔や川崎の魔女を騙《だま》さなければならない。失敗すれば冗談ではなく殺されるのだ。

そして、茉莉亜も――。

今朝、茉莉亜とセックスをしているときに確信した。

この女は、俺をハメようとしている。油断させるために、わざと俺に抱かれたのだ、と。

まるで、氷でできた人形みたいな抱き心地だった。喘《あえ》ぎ声や修造の愛撫《あいぶ》に対する反応も妙に大げさで白々しい。

それでも女優かよ。

演技ではなく、これが茉莉亜の本性なのか。

茉莉亜は、金を分けるつもりはない。一人占めを狙っている。

修造は、気分を落ち着けるためにカーラジオのスイッチを入れた。何でもいいから、音楽を聴きたい。

しかし、残念ながら、どの放送局もまともなミュージシャンの曲を流してはいなかった。人数の多さだけで勝負しているアイドル、やたらと周りに感謝ばかりしているラッパー、声がまったく出ていない歌姫、自分に酔っているだけのシンガーソングライター。

どいつもこいつも……。

やっと、本物の音楽を流している局が見つかった。ソウル・ミュージックはそんなに詳しいほうじゃないが、これは知っている。

アル・グリーンの『レッツ・ステイ・トゥゲザー』だ。『パルプ・フィクション』のサントラでよく聴いていた。

アル・グリーンの甘くソウルフルな声が、修造の胸の奥に隠れていた魂を摑《つか》んで引きずり出そうとする。

「もっとまともな話をしようぜ」

修造は、小島と金森健の顔を交互に見た。二人とも自信なげな表情で、まだ覚悟を決めかねているようだ。

「まともな話ってなんやねん？」

「俺たちの未来の話だ」

「決まってるじゃないっすか。銀行強盗を成功させて人生を逆転させるんっすよ」

「いや、このままでは俺たちの負けは決まっている」

修造の言葉に、小島と金森健が顔を見合わせる。

「おい、コラ。どういう意味やねん」

「シュウさん、ちゃんと説明してくださいよ」

ここが勝負どころだ。命を賭《か》けて説得しなければ、二人は銀行強盗から降りるだろう。何としてもそれだけは避けなくてはならない。

「今回の黒幕は破魔だ」

「えっ？　何の話っすか？」小島が、キョトンとした顔で訊《き》いた。

「奴がこの銀行強盗を計画したんだよ」

「……嘘やろ」金森健の顔が恐怖に歪《ゆが》む。

「嘘じゃない」

「破魔がシュウさんに話を持ちかけてきたんっすか」

小島が、かなりのショックを受けている。修造に裏切られたと感じているのだ。

「違う。持ちかけてきたのは茉莉亜だ」

「何で今頃になって言うんじゃ」

「茉莉亜や破魔に悟られないためだ」

「アカン。やめや、やめ。こんな危険な橋を渡れるかい。絶対に成功するとお前が言うからわしは乗ったんやぞ。全然、話が違うやろが」

金森健が、車を降りようとした。

「健さん、待ってください」

「ふざけるな、ボケ。待てるわけないやろ。勝手に一人で銀行襲えや。ほらっ、コジも車を降りんかい」

「でも……」

小島は迷っている。どういう事情でこうなったのか、ちゃんと修造の説明を聞きたいのだろう。

「二人とも死にたくなければ俺の話を聞いてくれ」

「何や、今度は脅すんかい」

「銀行強盗の計画に絡んでいるのは茉莉亜と破魔だけじゃない。渋柿多見子も関わっている」

車のドアを開けようとした金森健が、ピタリと動きを止めた。

「渋柿って……あの川崎の魔女のことかいな」

「マ、マジかよ」

二人の顔がみるみる青ざめる。やはり、渋柿多見子の名前はどんな脅し文句よりも効果がある。

「俺の話を聞いてくれるか」

二人が同時に頷《うなず》いた。

まず、一週間前の川崎競馬場での出来事を話した。

破魔に渡さなければいけなかったハニーバニーの売り上げ金を紛失したこと。そこに、偶然、茉莉亜が現れたこと。茉莉亜に渋柿多見子の下《もと》へと連れていかれ、金を借りたこと。そして、茉莉亜から銀行強盗の計画を持ちかけられたこと。

最初は戸惑っていた小島と金森健が、修造の話を聞いているうちに興味津々の顔つきに変わった。

「どう考えても茉莉亜が怪しいのう」

「シュウさん、ハメられてるって気づかなかったんっすか」

「破魔の金を失くしてパニックになっていたからな。それに加えて、川崎の魔女に金を借りてしまったから冷静な判断ができるわけねえよ」

振り込め詐欺のニュースを観る度に、「馬鹿じゃねえか。騙されるほうが悪いよ」と思っていたが、人間を騙すにはパニック状態にさせることだと身をもって体験した。

次に、茉莉亜自身も破魔に脅されていることを話した。もちろん、ハニーバニーのトイレが盗撮されていたこともだ。

「ありえねえ……オレがウンコしているところも撮られてたのかよ」小島が、怒りの形相でハンドルを殴りつけた。

「ほんで、茉莉亜はお前に破魔をハメへんかと持ちかけてきたわけや」

シュウは頷き、茉莉亜の作戦を二人に教えた。

「茉莉亜が舞台女優の経験を生かして老婆になり、銀行強盗に参加する」

「何やと？」

「人質になるんだ。俺たちが奪った金をすり替えるためにな。その老婆を俺が空砲の銃で撃ち、偽の救急車で駆けつけた破魔が茉莉亜と金を回収することになっている」

二人があんぐりと口を開けた。怒りと驚きと感心が入り混じった複雑な表情になっている。

「わしらには一銭も渡さへんつもりやったわけか」

「それだけじゃない。銀行強盗が終わったあと、俺が二人をハニーバニーに誘導することになっている」

「まさか」小島の声が掠《かす》れた。「オレたちを殺すためですか」

「そうだ。破魔は完璧《かんぺき》主義の男だ。自分と繋《つな》がりのある人間を生かしてはおかない。俺に二人を殺させておいて、あとで俺を殺す気なんだよ。たぶん、茉莉亜も利用価値がなくなったら殺されるだろうな」

「どんだけ、がめついねん」金森健が舌打ちをした。

「ハニーバニーにはトイレだけでなく、店のあらゆるところに隠しカメラが仕掛けてある。キャバ嬢の働いている姿を撮るためにな」

「そのほうが、盗撮物としてリアリティがありますもんね」

「嘘くさい盗撮物も多いからな。やらせ丸出しの作品は学芸会を見せられとる気持ちになるわ」

小島と金森健が仲良く頷き合う。アダルトDVDに関しては、男なら理解が早くて説明を省けるから楽だ。

「破魔と茉莉亜は、隠しカメラの映像でハニーバニーにいる俺たちを監視している。茉莉亜の話によれば、ハニーバニーの上の階の店に潜んでいるらしい。あの店も破魔がオーナーなんだ」

「つまり、破魔と茉莉亜を騙《だま》すために、わしらが芝居を打たなあかんのやな」

よしっ。いい感じだ。金森健は物わかりが早い。小島も、修造が正直に黒幕を打ち明けたことで、なんとか信頼してくれている。

「そのために、協力者を二人用意した」修造は、デジタル時計を横目で見ながら言った。

時間は容赦なく進んでいく。あと十五分以内に小島と金森健を説得しないと、すべての予定が狂ってくる。

「誰と誰やねん？」

「尾形って、ハニーバニーのボーイっすか？」

小島が眉《まゆ》をひそめた。尾形は最近入ったばかりの新人で、まだ店の誰とも打ち解けていない。

「昨日、尾形と話をした。キャバクラで働いているのは病気の妹の治療費を稼ぐためで、一千万のギャラを提示したら『何でもやります』と引き受けてくれた」

「ホンマかいな。妹が病気ってどんだけベタな設定やねん」

「尾形をどうやって協力させるんっすか」

「死体になってもらう」

「はあ？　マジっすか」

「待てや。それは誰が殺すねん」

「健さんですよ」

「何でわしやねん！」金森健が、顔を真っ赤にして怒鳴った。「銀行強盗だけでもいっぱいいっぱいやのに、人殺しなんてできるわけないやろが」

「本当に殺すわけではないですよ。尾形には死んだフリをしてもらいます」

「フリやと？　何のためにそんなことさせんのや」

「茉莉亜と破魔の二人から金を奪うためですよ」

「若槻と尾形だ」

このアイデアが閃《ひらめ》くのに、かなりの時間がかかった。二日前、JR鶴見線の昭和駅でバニラコークを飲みながら、茉莉亜の「銀行強盗のあとハニーバニーに逃げ込んで」という指示を聞いてから必死に考えた。

茉莉亜と破魔は、ハニーバニーでの俺たちの様子をどこかで観ているはずだ。ならば、盗撮用の隠しカメラを使う確率がかなり高い。隠しカメラの電波を受信するためには、そんなに離れた場所で〝高みの見物〟はできない。

ずばり、同じビル内だ。店長という立場上、破魔がハニーバニーの上の店を買ったことは耳に入っていた。

そう予想して先手を打っておいた。

「尾形にはパトカーに乗ってきてもらう。そのパトカーは若槻に手配させておいた」

「いくらアイツでも、パトカーまでは手に入れるのは無理でしょ」小島が、疑いの目で修造を見る。

「本物のパトカーを用意するわけじゃない。偽のパトカーだ。若槻に発注したら、『盗んできた車を塗装してサイレンくっつけるだけなんで余裕です』と快諾してくれたよ」

サイレンを鳴らしてくれれば、茉莉亜と破魔に「警察に囲まれている」と勘違いさせることができる。

「当然、若槻にもそれ相応のギャラを払う約束をしたんやな」金森健が、恨めしそうな声で言った。

「同じく一千万払います」

ここでケチったら命取りになる。茉莉亜の話では、銀行強盗に成功すれば二億の金が入ってくるという。尾形と若槻に払う二千万を引いても一億八千万。三分の一にすれば、一人六千万の取り分だ。

「そして、ハニーバニーのトイレに警官の制服を隠しておくので、健さんは俺たち二人を殺したあとそれに着替えてください」

「もちろん、殺すフリやな?」

「はい。血ノリは用意してあります。舞台女優の茉莉亜でも隠しカメラの荒い映像ならわからないでしょう」

「わしは、警官の服に着替えてから何したらええねん。あまり難しいこと言われても、期待通りにはでけへんぞ」

金森健が、不安そうに訊《き》いた。思わぬ大役にビビって降りられたら困る。リスクを遥かに上回る旨味を提供しないとこのタイプはテコでも動かない。

「簡単ですよ。あとはハニーバニーのキッチンにあるブレーカーを落とすだけです」

「真っ暗にするんかいな」

「茉莉亜と破魔の目をくらますためです。尾形を殺し、俺とコジを殺した健さんが警官の服に着替えたらどう思います？」

「そりゃ、誰だってビルから逃げる気だって思うでしょ」小島が、代わりに答えた。

「オレが破魔だったら死に物狂いで追いかけるっすよ」

「だが、実際にパトカーに乗って逃げるのは尾形だ。俺たち三人はビルに残る」

「どうしてっすか？」

「茉莉亜と破魔が上の店に置いていった金を頂く」

「待てや、シュウ。全部、お前のご都合主義で話が進んどるがな」金森健が、ケチをつける。「あいつらが、せっかく奪った金を置いていくわけがないやろ。ボストンバッグを抱えて尾形を追いかけるに決まってるやんけ」

「その点は安心してください。茉莉亜と破魔にはビルが警察に包囲されていると思わせます」

「どうやって？」

「尾形のパトカーのサイレンが聞こえたら、俺が非常階段から表の様子を確認して『警察に囲まれている』と言います」

「それだけじゃ弱いやろ。もし、破魔も上の店の非常階段から外を確認したらどうすんねん。ポリに囲まれてへんのはバレバレやんけ」

「スナイパーに狙われているってのはどうっすか」小島が目を輝かせた。「特殊部隊なら隠れて見えないイメージがあるっしょ」

ナイスアイデアだ。特殊部隊は思いつかなかった。見えない分、恐怖を植えつけられるかもしれない。

金森健も納得して頷《うなず》く。

「たしかにな。それやったら、破魔もビビってくれるやろ。ビビらんにしても、金を持ってビルを出るような真似はせんか」

「破魔の性格上、尾形の乗ったパトカーを地の果てまで追いかけるはずです。その隙に、俺たちは金を持って逃げましょう」

「あの……水を注《さ》すようで悪いんっすけど……」小島が申し訳なさそうに言った。

「何やねん？」

「もし、破魔が尾形を捕まえたらどうするんっすか。オレとシュウさんが死んだフリをしていたことがバレたらヤバいじゃん」

金森健が顔を引き攣《つ》らせて、ゴクリと唾《つば》を飲み込んだ。

「尾形をぶっ殺したあと、わしらもアイスピックでメッタ刺しにされるやろうな」

「シャレになんねえよ……」小島が、半泣きでハンドルに顔を埋《うず》める。

アル・グリーンの曲が終わった。

修造は、カーラジオを消し、大きく深呼吸をして言った。

「そうならないように、一か八かの手は打ってある」

「マジっすか？」小島が、顔を上げて修造を見る。

「どんな手やねん。教えてくれや」

「川崎の魔女に破魔を倒してもらう。破魔は尾形を追いかけようとして自分の車を駐車場に取りに行こうとするはずだ」

破魔が愛車のポルシェをアトレ川崎の向かいにあるコインパーキングに停めているのは、ハニーバニーの従業員なら誰でも知っている。

「そこに、渋柿のおばはんが待ち構えてるってわけか」

昨夜、閉店したソープランドのミスターピンクで、修造は渋柿多見子に自分の作戦を打ち明けた。茉莉亜と破魔を騙《だま》して金を奪い獲《と》る、と。

破魔は、ハニーバニーに三体の死体があると思い込んでいる。その弱みに付け込んで、破魔を追い込んでくれと渋柿に頼んだ。

修造たちは金。渋柿の取り分は、ハニーバニーの権利だ。

車内に、ふたたび、例えようのない緊張感が訪れる。破魔と渋柿多見子が関わる以上、ささいなミスも許されない。

「そろそろ、戻るか」

修造は、マルボロのメンソールを取り出した。

「わしらにもくれや」

金森健と小島に一本ずつ渡し、火を点《つ》けた。

三人同時に、ハッカの香りの煙を吐き出す。

「俺は必ず金を三等分にする」修造は、自分に言い聞かせるように呟《つぶや》いた。

19　駐車場のライク・ア・ヴァージン

――午後七時四十七分

「ずいぶんと遅かったね。待ちくたびれたよ」

川崎の魔女が、破魔のポルシェの運転席で脚を組みながら、細巻きのシガーを舐《な》めるように吸っている。

「し、渋柿さん。なんで俺の車に乗ってるんですか」

破魔が、動揺を必死に堪《こら》えて言った。

渋柿多見子は、破魔の質問にはすぐに答えず、カーステレオのボリュームを上げた。

マドンナ？　懐かしの『ライク・ア・ヴァージン』だ。

若き日のマドンナの甘ったるい歌声が、駐車場のコンクリートに反響する。

「CDまで勝手に持ち込まないでくださいよ」

口調は穏やかだけど、破魔のこめかみに青筋が浮かんでいる。きっと、心の中では「俺の車がババア臭くなるだろうが！　さっさと降りやがれ！」と叫んでいるはずだ。

このタイミングで川崎の魔女が現れるなんて……。一刻も早くパトカーで逃げた健さんを追いかけたいのに、最悪の邪魔が入ってしまった。

偶然なわけがないよね。

わたしは、嫌な予感を痛烈に味わいながら駐車場を見渡した。いつのまにか、五人の黒スーツの男たちがポルシェのまわりをぐるりと取り囲んでいる。渋柿多見子のボディガードだ。全員がゴリラみたいな屈強な体格で、いくら破魔が凶暴といえども勝つことはできないだろう。

渋柿多見子は銀行強盗のことを知っているんだわ。シュウがチクったの？　もしくは、魔女の神通力で嗅《か》ぎつけたの？

どちらにせよ、わたしと破魔が追い込まれたことに変わりはない。ボディガードたちが、ゆっくりと包囲の輪を縮めてくる。

恐ろしく緊迫した場面なのに、マドンナの『ライク・ア・ヴァージン』のせいで現実味が湧いてこない。

自覚しなきゃダメよ。わたしは、今、人生最大のピンチなんだから。

「この世で一番美味な食べ物を知ってるかい」

ようやく、渋柿多見子が口を開いた。

何よ、その質問？　食べ物の話がどこから出てくるのよ。

「その前に俺の質問に答えてくださいよ。なんで、俺の車に乗ってるんですか」破魔が、渋柿多見子を睨《にら》みつけた。一歩も引かない覚悟だ。

「乗りたかったから乗っただけだよ」

渋柿多見子が、シガーの灰をわざとポルシェの助手席のシートに落とし、破魔を挑発する。

「それなら、いつでもドライブにお連れしますよ。残念ながら今日は忙しいので、また後日にしてもらいますが」

「嬉《うれ》しいね。デートの誘いかい。でも、私は男より女のほうが好きなんだ。アンタよりもこの子と遊びたいね」

渋柿多見子が、ヘビのような目でわたしを見つめる。

絶対に嫌だ。しかし、金縛りにかかったみたいに体が硬直する。この老婆の前では、演技をする余裕など吹き飛び、本来の自分の姿を剝《む》き出しにされる。

やっぱり、魔女だ。

「音楽も止めてもらえませんか。俺、マドンナが嫌いなんです」

「なぜだい？　私は好きなんだけどねえ。月、水、金はマドンナでオナニーしてるよ。ちなみに火、木、土のオカズはレディー・ガガで日曜日はマリリン・モンローだ」

やめてよ、気持ち悪い。ゆうに七十歳は超えているだろうに、毎日、オナニーしてるっていうの？

「だって、ビッチじゃないですか。俺はこう見えてもお淑《しと》やかな女が好きなんですよ」

「ふうん」渋柿多見子が、尖《とが》った鼻からシガーの煙をモクモクと出し、ニタリと笑った。「女が怖いのかい」

破魔の頬が、ヒクヒクと痙攣《けいれん》する。

「女が怖けりゃ、キャバクラのオーナーなんてやってませんよ」

「怖いからこそ、女を商売道具にしてるんじゃないのかい。金のために尻《しり》を振る女どもを見て安心したいんだ。世のほとんどの男は、お前に怯《おび》えるだろうよ。でもね、女は暴力には屈しない。力が弱い分、男にはない強さで男に対抗するのさ」

「何の強さですか。この機会に教えてくださいよ」

「〝図太さ〟だ。憶《おぼ》えておきな、坊や」

渋柿多見子が何を言いたいのか、わかるような気がする。女は幼い頃から不安定な生き方に慣れている。生理にしたってそうだ。毎月、決まった日に来るわけではない。新しい環境や出来事に対応できるよう、記憶を上書きしていく。つまり、過去のことはすぐに忘れるのだ。

その点、男はいつまで経っても細かいことをグジグジと憶えている。わたしが付き合ってきた男たちもそうだった。いざ喧嘩《けんか》となれば、数年前のわたしの言葉や態度をわざわざ引っ張り出してくる。そのほとんどをわたしが憶えていないものだから、余計に男がブチ切れることになる。

「男にも図太い奴はたくさんいますよ」

破魔が、自分もそうだと言わんばかりに厚い胸を張った。

「連中は図太いわけじゃない。ただのデクの坊だ。痛みや苦しみを受け止めているわけじゃなく、逃げているだけだろ。悔しかったら、赤ん坊を産んでみろ。私は、八人のガキを腹から出した。どうして、そうもポンポン産めるかわかるかい？　出産の痛みや苦しみを毎回忘れるからなんだ。男が出産を味わったら痛みのショックで死ぬと言われてるだろ。女はね、そんな痛みをケロリとなかったことにできるのさ」

渋柿多見子の言葉に、わたしは思わず頷《うなず》いてしまった。

「まあ、出産を引き合いにだされたら男に勝ち目はないですけどね」破魔が、悔しそうに顔を歪《ゆが》める。

「お前も体験してみるかい」

渋柿多見子が、火の点《つ》いたままのシガーを指で弾《はじ》いた。破魔の顔を横切り、火花を散らしてコンクリートを転がる。

「……どういう意味ですか」

「出産を味わうんだよ」

「む、無理でしょ」

破魔の顔色が変わる。渋柿多見子が冗談を言っていないのが、わたしにもヒシヒシと伝わってきた。

「生まれる前の胎児の平均体重はだいたい三キロなんだ。お前の腹にボウリングの球を埋め込もうかと思ってさ。どうだい？　お手軽に妊婦気分になれるだろう。開腹手術は私たちに任せな。蒲田《かまた》にいい闇医者がいるんだよ」

ボディガードの一人が、ポルシェの隣に停まっていた黒塗りのベンツのトランクを開け、本当にボウリングの球を取り出した。たぶん、ボウリング場に置いてある中で、一番重いやつだ。ベースは黄色だけど使いこんでいるのか、かなり黒ずんでいる。

あんなのお腹に入れたらどうなるのよ……。

内臓が押し潰《つぶ》されるだろうし、衛生的な問題もある。おそらく、一発で感染症にかかるだろう。

「ハッタリはやめろ」

破魔の口調が攻撃的に変わった。奪い取られていたわたしのハンドバッグからアイスピックを取り出す。

「何だい、その玩具《おもちゃ》は？　私に喧嘩を売ろうってのかい」

「いつまでも調子に乗るなよ、クソ婆《ばばあ》。前々からてめえにはムカついていたんだ。この場でぶっ殺してやるぜ」

言ってしまった。もうあと戻りはできない。

渋柿多見子の盾になるかのように、一人のボディガードがピタリとポルシェの運転席に張りつく。

「残念だね」渋柿多見子がボディガードの手を取り、優雅な身のこなしで運転席から降りてきた。「私にさえ逆らわなければ、いずれお前は川崎の帝王になれたのに」

「そうさ……予定が大幅に狂っちまったよ」

破魔が、アイスピックを構えた。ボディガードたちがスーツの内ポケットに手を突っ込み、ジリジリと距離を詰める。

こんな街中で発砲するの？　いや、そこまでしても捕まらないから魔女と呼ばれているのだ。警察でさえも、渋柿多見子には迂闊《うかつ》に手を出せないという噂は何度もハニーバニーで耳にした。

「坊や。最後のチャンスをやるよ。ハニーバニーの権利を私に譲るんだ。それなら命だけは助けてもいい。当然、盗撮ＤＶＤの仕事も私が引き継ぐからね」

「死体付きでもいいのかよ」破魔がヤケクソ気味に笑った。「死体を処理してくれるなら大助かりだぜ」

渋柿多見子が優しく微笑んだ。まるで、教会にある聖母像みたいに。

この女、こんな顔もできるのね……。

あまりの変貌《へんぼう》ぶりに、ゾクリと背中が寒くなる。もし、渋柿多見子が女優として人生を送っていても伝説を築いていたと思う。

わたしとは、人間力のレベルが違い過ぎるわ。

脱帽だ。わたしの胸の奥に残っていた魂を引きずり出されて粉々に砕かれてしまった。わたしは所詮《しょせん》、二流の女優だ。もう、二度と舞台には立ちたくない。渋柿多見子の微笑みを見ただけで、そう痛感させられた。

「ハニーバニーに死体なんてないわ」

「あるんだよ。修造と小島と尾形の三人が死んでいる。金森のオッサンが殺すのをこの目で確認した」

「そのふし穴の目でかい」

「何だと？」

「目に映るものが真実とは限らないんだ。見えているからといって安心していたら、痛い目に遭うよ、坊や」

嘘でしょ。シュウたちは死んでないの？

わたしは、破魔と顔を見合わせた。破魔の目が混乱している。この男がこんなにも取り乱すのは初めて見た。

「茉莉亜、どういうことだ？」

「ありえないわ……」

「何がありえねえんだよ」

破魔が、アイスピックの先を向けた。怒りのあまり、手がブルブルと震えている。

「おやおや、どうやらお嬢ちゃんのほうが勘は鋭いみたいだね。破魔の坊やにわかりやすく説明してあげな」

破魔が顔を真っ赤にして、アイスピックを持っていない手でわたしの腕を掴《つか》んだ。

「教えろ！　ハニーバニーで何が起こったんだ！」

ショックのあまり、頭の中に白い霧がかかりそうになるのを必死で払いのけた。

落ち着いて、状況を分析しなくちゃ。シュウがわたしをハメたのは確実なんだから。

「あの銀行強盗の三人は、ずっと芝居をしていたのよ」

わたしは、搾り出すような声で言った。その芝居の観客が、わたしと破魔だったというわけだ。

「どういう芝居なんだよ」

わたしの腕を握り潰さんばかりに、破魔の手に力が入る。薄々、騙《だま》されたことに気づいてはいるけれど、絶対に認めることができないのだろう。

「仲間割れの芝居だったの。『スナイパーに狙われている』ってシュウが言ったのも嘘だったってこと」

「じゃあ、金森のオッサンは誰も殺してないのか」

わたしは、確信を持って頷いた。

シュウたちは、わたしが銀行で使った手をそのままパクったのだ。

「健さんがハニーバニーのトイレに警官の服を隠していたのもシュウの協力があったからよ」

「しかも、お前たちが必死で追いかけたのは金森健じゃない」渋柿多見子が、横から口を挟む。

「尾形か」破魔の額に、網の目状の血管が浮かび上がった。「だから、金森のオッサンはブレーカーを落としたんだな」

今頃、シュウたちは本物の金が入ったボストンバッグを持って逃げている。わたしたちは、間抜けにも三人の迫真の演技に騙され、ビルから釣り出されたというわけだ。

「男なら潔く負けを認めな」

渋柿多見子の言葉が、ズシリと破魔の背中にのしかかる。

カーステレオを《リピート》の設定にしているのか、三周目の『ライク・ア・ヴァージン』が流れ出す。

「うるせえ……」

そう言いながらも、破魔はわたしの腕を放し、コンクリートに両膝《りょうひざ》をついた。

「それじゃあ、私と茉莉亜はハニーバニーに戻ろうかね」

今度は、渋柿多見子が生温かい手でわたしの手首を掴む。

「どうして、戻るんですか」

「それは店に着いてのお楽しみだよ」

渋柿多見子が赤い舌をチロチロと伸ばし、わたしの頬をペロリと舐《な》めた。

何……この臭い？

渋柿多見子の口から、キツい香辛料のような香りと魚介類の腐敗臭がする。張り倒してやりたいけれど、銃を持ったボディガードたちに睨《にら》まれていては、されるがまま耐えるしかない。

「もちろん、わたしに断る権利はないんですよね」

「賢い子だね」渋柿多見子が、優しくわたしの頭を撫《な》でる。「私に逆らったら、この男がアンタの頭蓋骨《ずがいこつ》をジグソーパズルにしていたとこだよ」

わたしの背後に、ボウリングの球を持ったボディガードが立っていた。

絶対に、逃げられない。でも、逃げなくちゃ。せめて、ハニーバニーに戻る理由だけでも知っておきたい。

「ハニーバニーには何も残ってないんですよね。行くだけ無駄だと思いますけど」

「金を回収しに行くのさ」

「でも、シュウたちはとっくに逃げたんじゃ――」

渋柿多見子の目が、決して比喩《ひゆ》ではなく爛々《らんらん》と輝いた。

「アンタも御存じの若槻君が、本物の銃で三人を拘束してくれている」

どこまで強欲な女だ。ハニーバニーを奪うだけでなく、シュウたちもあっさりと裏切るなんて……。

「若槻とグルだったのね」

「何言ってんのさ。あの子は私の可愛い孫だよ」

20　ハーヴェイ鶴見301号室

──銀行強盗の一時間前

「ちょい待たんかい、シュウ。ここ誰の部屋やねん」

金森健が、玄関先で顔を強張《こわば》らせた。食材のたんまり入ったスーパーの袋を両手に持っている。

「あまり大きな声を出さないでください。他の住人に気づかれたくないんで」

修造は声を潜めて、素早くハーヴェイ鶴見３０１号室のドアを開けた。今朝のセックスのあと、茉莉亜がシャワーを浴びているときにバッグの中から抜き取った鍵《かぎ》だ。

修造が先に部屋を出たので、茉莉亜がどうやって戸締まりをしたのかは知らない。ちゃんと鍵がかかっていたところを見ると、たぶん、合鍵でもあったのだろう。

「女の部屋っすね」

ドアが開いた瞬間、小島が鼻をヒクつかせる。こちらもスーパーの袋を両手に抱えていた。

「早く入って」

修造は二人を招き入れて、ドアを閉めた。

「やっぱり女の部屋だ」

小島が部屋を見渡し、目を輝かせた。茉莉亜の部屋はシンプルながらも白を基調とした家具でまとめられて匂いも良く、立派に〝女の子の部屋〟として機能している。ゴミ溜《た》めのような修造と小島の部屋とはまさに雲泥の差があった。

「だから、誰の部屋やって訊《き》いとるやろが」金森健が落ち着かないのか、そわそわしながら言った。

「茉莉亜の部屋です」

「マジっすか?」小島が素《す》っ頓狂《とんきょう》な声を出す。「オレの読み通り、シュウさんと茉莉亜は付き合ってたんっすね」

「別に付き合ってはねえよ」

「でも、セックスはしたんやろ」

「一応しましたけど、それは茉莉亜が俺を油断させるための――」

「わかった、わかった」

金森健が鬱陶《うっとう》しそうに靴を脱ぎ、フローリングの部屋に上がった。

「羨《うらや》ましくなんかないですよ」小島も続いて靴を脱ぐ。

「ほんで、何でこの部屋にわしらを連れてきてん」

「ここを第二の隠れ家にしようと考えています」修造は靴を脱ぎながら答えた。

午後一時四十五分――。一時間後には、目出し帽を被《かぶ》って銃を構えて銀行に突入しなければならない。茉莉亜は今ごろ、ラゾーナのトイレで老婆のメイクをしていることだろう。

「シュウさん、〝第二〟ってどういうことっすか」

「まずは、ハニーバニーに隠れるだろ。そのあとに隠れる場所として最適なんだよ。茉莉亜は渋柿多見子に拉致《らち》されるから、すぐには戻ってこねえしな」

渋柿多見子に協力してもらうために、茉莉亜は生贄《いけにえ》として差し出したようなものだ。魔女は金には困っていない。ハニーバニーの権利と裏ＤＶＤのビジネスだけでは動いてくれないだろうと読んだ。

魔女が、変態レズ婆さんで助かったぜ。実際、「茉莉亜を拉致して軽井沢の別荘に連れて行くわ」とはしゃいでいた。

「何でこんな近くに隠れなあかんねん。もっと、遠くに逃げたらええがな。羽田も近いし、新横浜まで行けば新幹線にも乗れるねんから」

金森健が不服そうな顔で反論する。どうも、修造が茉莉亜と肉体関係を持ったとわかった瞬間から態度が悪い。やはり、「やってない」と嘘をつくべきだったか……。

いや、ここからは三人の信頼関係が命運を分ける。どんなささいな嘘でもダメだ。魂を込めて、二人を説得しろ。

「俺たちは銀行強盗をするんですよ。ハニーバニーでグズグズしてる間に、空港や新幹線の駅には警察が捜査網を張り巡らせるに決まってるじゃないですか」

「ほんなら、ハニーバニーで、さっさとわしがお前らを殺したらええんちゃうんか」

「そこは慎重にいかないと破魔にバレますよ。奴の嗅覚《きゅうかく》が半端じゃないのは知ってているでしょ」

「シュウさんの言う通りっすよ。二億円の現金を持ってウロウロするのはヤバいっしょ。ここなら警察も辿《たど》りつけないだろうし、オレたちもゆっくりと休めるじゃないっすか。最高の隠れ場所っすよ」

「まあ、そうかもしれんな」

小島が加勢してくれたおかげで、なんとか金森健を納得させることができた。

予定では、丸二日間、この301号室から一歩も出ずに、時間をやり過ごす。テレビやゲーム機もあるし、退屈はしないだろう。

「それじゃあ、買ってきた食材を冷蔵庫に入れよう」

すき焼き用の肉や野菜、パスタとカルボナーラ用のベーコンと卵、小腹が空いたときのためのレトルトのカレーやカップラーメン、ビールや焼酎《しょうちゅう》、つまみ類、着替えのシャツや下着も購入した。

三人で冷蔵庫に食材を放り込む。茉莉亜はほとんど料理をしないのか、ミネラルウォーターと無塩バターしか入っていなかった。

「この部屋に隠れた次はどないすんねん」

「若槻に新しい盗難車を用意してもらいます」

「えらい協力的やんけ」

金森健が、ビールを並べながら言った。キチンとラベルの向きを揃えている。変なところで神経質な男だ。

「なんせ、一千万円のギャラですからね。それぐらいはやってもらわなきゃ困りますよ。長距離のドライブになるだろうから、ゆったりとできるワゴンをお願いしてるんです」

「西に逃げようや。実は嫁と子供は、すでに大阪の嫁の実家に帰らせてんねん」

「いいですね。俺は福岡を考えています」

「おっ。ええのう。飯は美味《うま》いし、やたらと美人も多いぞ。お勧めのトンコツラーメンの店を紹介したるがな」

「あの……盛り上がってるところに水を注《さ》して悪いんすけど」小島が、卵のパックを片手に手を上げた。

いねんぞ」

「なんやねん、コジ。ボーッとしてんとはよ卵を入れんかい。〝本番〟まで時間がな

「どうも、引っかかるんっすよね」

「気になることがあるなら遠慮せずに言えよ。失敗は許されない戦いなんだ」

修造は小島の手から卵のパックを受け取り、代わりに冷蔵庫に押しこんだ。

「若槻のことなんっすよ」小島の顔が曇る。

「何か問題でもあるのか」

「昔からアイツの性格を知ってるけど、そこまで信用してもいいのかなって……」

「暴走族の仲間同士ちゃうんけ。絶対に裏切りはせんやろ」

それは違う。人の関係に絶対はない。特に金が絡むと驚くほど簡単に友情や愛情はボロボロと崩れていく。

「若槻は暴走族のころは、どんな人物だったんだ？」

「基本的にはいい奴でした。先輩には可愛がられたし、後輩の面倒見も良かったし。喧嘩《けんか》が大して強くなかった分、頭がキレキレだったのが印象に残ってるんっすよ」

「そやな。若槻が賢いのは、この間会ってわかったわ。アホには裏社会の便利屋なんて商売できへんもんな」

「そこなんっすよ。裏社会で商売してる奴が、銀行強盗の準備は手伝っても逃亡の手

助けはしないと思うんっすよ」

一理ある。もし、修造が若槻の立場なら、自分が用意した盗難車と銃で銀行強盗をした人間には会いたくない。

「じゃあ、なぜ、若槻はこんなにも俺に協力的なんだ？」

修造は、三日前の若槻の態度を思い出した。

一度、BAR金時計を出て小島と金森健と別れたあと、一人で店に戻った。若槻は、カウンターに残り、トマトジュースを飲んでいた。

「あれ？　忘れ物ですか」と訊いてきたので、「一千万、払う。追加注文をしてもいいか」と返したら、「もちろんです」と爽《さわ》やかに笑った。

普通なら、注文の内容を聞いてから笑うだろ……。

「もしかしたら、若槻はわしらを裏切る気とちゃうか」

金森健が深刻な表情で、冷蔵庫の扉を閉めた。

「考えたくないっすけどね」小島も同じく真剣な目で修造を見る。

俺が若槻なら、どうやって裏切る？　どうやって、さらに大金を稼ぐ？

「誰かに、情報を売ったのか……」

修造は閃《ひらめ》くと同時に呟《つぶや》いた。昨夜の出来事がフラッシュバックする。小便の味も。

「若槻は誰に売ってん」

「川崎の魔女だよ。だから、あの女は銀行強盗の情報を摑《つか》めたんだ」

やられた。若槻は、笑顔でこっちを罠《わな》にハメようとしている。

「クッタレ！」

小島が、怒りに任せて部屋にあった白いクッションを殴りつけた。

「落ち着け。奴らの手を読んで、さらにその上をいく手を考えるんだ」

「どないすんねん。今やったら、まだ銀行強盗を中止にできるぞ。このまま新横浜まで行って新幹線に飛び乗るか」

金森健も冷静さを失い、早くも玄関で靴を履こうとする。

「ダメだ。中止はない」

「アホ吐《ぬ》かせ！　負けるとわかってる戦に何で挑まなあかんのじゃ。完全な自殺行為やんけ」

そこに勝機がある。渋柿多見子と若槻は「絶対に自分たちが勝つ」と思っているだろう。

「俺を信じてくれ」

修造は、二人の顔を交互に見た。

「……やめろや。銀行強盗の台詞《せりふ》とちゃうやんけ」

「ここで逃げても何も変わらない。一生、負け犬のままで生き続けなくちゃいけないんだ。リスクの中に飛びこまなきゃ勝てないんだよ」

「オレはシュウさんを信じます」

小島が下唇を噛《か》み、熱い目で修造を見返す。

良かった。メンバーに小島を選んでおいて本当に良かった。

「お前ら、スポ根か。もしくはマゾやな」

金森健が苦笑いしながら、靴を履くのをやめる。

「健さん、ありがとうございます」

「まだ、お前を信じると決めたわけやないぞ。逆転の一手を考えてからや。渋柿のオバハンと若槻はどのタイミングで裏切ってくると思うねん」

「たぶん、俺たちが破魔から本物の金を奪い獲《と》ったあとでしょうね」

まず、やっかいな破魔を片付けるはずだ。

「なるほどな。面倒《めんど》臭いことは全部やらしといて、最後においしいところを持っていくってわけかいな」

「許せねえ」小島が、もう一度、白いクッションを殴る。

「魔女が破魔と対決している間に、若槻は俺たちが金を持って逃げないように拘束するはずだ」

「ビルから出ようとしたところを拉致《らち》られるのが目に見えるのぅ。もしくはハニーバニーに戻って監禁されるかもやな」

「オレが半殺しにしてやるっすよ」

「アホ。向こうが一人で来るわけないやろ。裏社会の便利屋やねんぞ。武器を持った手下をわんさか連れてやって来よるわ」

小島が舌打ちをし、悔しそうに顔を歪《ゆが》める。

「つまり、ビルからの脱出方法さえ思いつけば勝てる」修造は、二人を勇気づけるように頷《うなず》いて見せた。

効果ゼロ。二人とも青ざめた顔で視線を逸《そ》らした。

考えろ、考えろ。何か方法はあるはずだ。

「他の店舗に助けを求めるのはどうや」

「二億円が入ったボストンバッグを持ってっすか。自分が銀行強盗だと自己紹介してるようなもんじゃないっすか」

小島が、金森健の案に反論する。

「でも、殺されるよりマシやろが」

「警察に捕まるなら死んだほうがマシっすよ」

その通りだ。どうせ逮捕されるなら、単独で銀行強盗をやる。

「二億の半分を若槻に渡して、見逃してもらうのはどうっすかね」

「無理やろ」金森健が、反論された仕返しとばかりに鼻で笑う。

「だって、一億っすよ」

「若槻が渋柿のオバハンを敵に回すことになるやんけ。そんなチョイスをすると思うか」

「しないっすよね……」

小島がガックリと肩を落とす。

ヤバい。そろそろＭ銀行に向かわないと、肝心の〝本番〟が失敗する。

「いっそのこと、屋上から飛び降りるか」金森健がヤケクソ気味に言った。

「それですよ！」修造は、思わず手を打った。

バラバラだったパズルが頭の中で組み合わさり、逆転の構図が浮かび上がる。

「おいおい、冗談に決まってるやんけ」

「屋上から、隣のビルに飛び移るんですよ」

「ふ、ふざけんな。わしらはスパイダーマンとちゃうねんぞ」

「ビルとビルの間って、飛び移れるような距離だったすかね」小島も不安げに首を傾げる。

「飛ぶしかないんだよ」

命をかけなければ、人生の逆転は起こせない。

「めちゃくちゃや……」

金森健が、フラフラと立ちくらんで、ドアのノブにしがみつく。

「急いでハニーバニーのビルに向かうぞ」

「えっ？　もうそんな時間はないっすよ」

「五分あればいい。俺たちが勝つための布石を打っておくんだよ」

勝つ確率は紙のように薄い。

でも、ゼロじゃない。

ゼロじゃない限り、賭《か》ける価値はある。

21 キャバクラ・ハニーバニー

——午後八時三分

「ドアを開けな」

渋柿多見子が、わたしの尻《しり》を揉《も》みしだきながら言った。

エレベーターを降りたわたしたちは、ハニーバニーの前に立っている。

手を放せよ、エロ婆《ばばあ》！

肘《ひじ》で鼻をへし折ってやりたいけれど、渋柿多見子の三倍ぐらいデカいボディガードが一人、金魚のフンみたいにくっついてきているので無理だ。わたしが抵抗できないのをいいことに、駐車場からこのビルに移動するまでの間、魔女はずっと尻を揉みっぱなしだ。

「自分で開けたら？」

わたしは、精一杯虚勢を張って言った。どうしても、声が震えるのが悔しい。

「こっちは尻揉みで忙しいんだよ」渋柿多見子が、涎《よだれ》をジュルジュルと吸い込む。

「それにしてもアンタの尻は搗《つ》きたての餅《もち》みたいに柔らかくてたまんないねえ。早く裸にひん剝《む》いてかぶりつきたいよ」

想像しただけで、吐きそうになる。エロ婆の性奴隷になるくらいなら、舌を嚙んで死んでやる。もしくは、ボディガードの隙を突いて渋柿多見子をぶん殴り、ハニーバニーの非常階段から身を投げてもいい。

「おい、早くしろ」

ボディガードが凄《すご》みを利かせ、わたしの肩を小突く。

「わかったわよ」

渋柿多見子の話が本当ならば、この店の中でシュウたち三人は便利屋の若槻によって拘束されているはずだ。

まさか、魔女の孫がいたなんて……。

レズなのに男と結婚して過去に子供を産んだというのか？　それとも養子をもらった？　渋柿多見子のことだから、優秀な男の遺伝子だけを手に入れて妊娠したのかもしれない。

あまりにも、謎が多過ぎる。

渋柿多見子は、駐車場を出るときに若槻に電話をし、『今から向かうから、まだ殺すんじゃないよ。お楽しみはこれからなんだからね』と舌なめずりをした。

ここで、シュウたちは殺されるんだ。地獄のような光景が目に浮かぶ。わたしを騙《だま》したのは腹が立つけれど、世にも残忍な方法で拷問されて息絶えていくのはさすがにかわいそうだ。

でも、助けてあげることはできない。わたしは自分で命を絶つから。

覚悟を決めて、ハニーバニーのドアを開けた。

「いらっしゃいませ。ようこそ、ハニーバニーへ」

高級スーツに身を包んだ小柄な青年が、おどけた調子でわたしたちを迎え入れる。

コイツが魔女の孫なの？

丁寧に撫《な》でつけた髪に、優等生風の黒縁眼鏡。表情も穏やかで、若手弁護士みたいな知的な雰囲気を醸し出している。とても、わたしの尻を揉み続けている渋柿多見子と血の繋《つな》がりがあるとは思えない。

「下、下ごしらえはできてるかい」

渋柿多見子がわたしの耳の後ろで舌なめずりをした。生ゴミをカレー粉で炒《いた》めたような異臭が鼻腔《びこう》を直撃する。

「もちろんだよ、おばあちゃん」若槻が、甘えた声を出した。「いつでも、調理できるよ」

よく見ると、ハニーバニーのボックス席のソファに三人の男が並んで座っている。

シュウとコジと健さんだ。

そこら中に、〝ニセ金〟が散らばっている。わたしがこの一週間新聞紙を切り抜いて用意したものだ。

「うまそうだねえ」

渋柿多見子がわたしの尻を揉むのをやめて、満足げに頷《うなず》く。

三人とも痛々しいほど顔を腫《は》らし、丸裸の状態で口にガムテープを貼られ、両手両足にプラスチック製の手錠をかけられていた。テーブルの上に脱いだ服が、きちんと並べて置いてある。おそらく、自分たちで畳まされたのだろう。

シュウとコジは諦《あきら》め切った目で茫然《ぼうぜん》とし、健さんは気の毒なぐらいガタガタと震えて涙を流している。

……逃げるのに、失敗したってわけね。

わたしと破魔を騙したところまでは良かったけれど、ビルを出る前に若槻に捕まったのだ。他に人のいる気配がないところを見ると、若槻の仲間はシュウたちを殴るだけ殴って帰ったようだ。どれだけ凶暴な連中でも、川崎の魔女と顔を合わせるのは避けたいのだろう。

「おばあちゃん、破魔にお仕置きはしたの？」

「まだだよ。オオカミの前に三匹の子ブタちゃんが先だ」

健さんが、「子ブタ」と言われてビクリと体を震わせた。

破魔は、ボディガードに腹を殴られて胃の中のフライドチキンをすべて吐き出したあと、両手にプラスチック製の手錠をかけられてベンツのトランクに放り込まれた。渋柿多見子が帰って来るまで、暗闇の中で震えて待つしかない。

破魔がかけられた手錠は、三人の手錠と同じものだ。

「煮る？　それとも焼く？」若槻が、ヘビみたいにチロチロと舌なめずりをした。

なるほど、外見は似ていなくても中身は渋柿多見子にそっくりというわけね。

わたしは、若槻の足元にあるボストンバッグを見た。チャックが半分ほど開いて、札束が顔を覗《のぞ》かせていた。中身がちゃんと入っているか確認したのだろう。

「どうして、拷問する必要があるのよ。お金は全部奪うつもりなんでしょ？　だったら、この三人を許してあげたらいいじゃない」

「許す？」渋柿多見子が嫌悪感を露《あら》わに、黄色い歯を剥き出しにした。「ふざけたことを吐《ぬ》かすんじゃないよ、ケツの青いクソ女が。ここで、コイツらをちゃんと躾《しつ》けることに意味があるんだよ。わかるかい？　大金を奪われたことによってコイツらはわたしを恨むだろうよ。『ぶっ殺してやりたい』と恨むだろうよ。だから、そんな気が起きないように、今のうちに牙《きば》を引っこ抜いてやるんだ。あとから嚙《か》みつかれないようにね」

「殺す気なのね……」

「そんなもったいないことはしないよ」渋柿多見子がニタリと笑う。「まあ、私が可愛がっている途中で命を落とす奴がほとんどだけどね。最近は骨のある子が減って嘆かわしい限りだよ」

神をも畏《おそ》れぬ変態だ。サディスティックの天才とも言える。

健さんが目を見開き、ガムテープの下で豚の鳴き声そのものの呻《うめ》き声を上げる。

「何か言いたそうだね。子ブタちゃんの意見を伺おうか」

渋柿多見子が、シュウたちの斜め向かいのソファに腰を下ろす。

若槻が嬉《うれ》しそうに頷き、健さんの口のガムテープを剝《は》がした。

健さんは、痛みに一瞬顔を歪《ゆが》めたけれど、慌てて命乞いを始めた。

「お、お願いやから、殺さんとってくれ。た、頼む。わしには愛する妻と可愛い子供がおるねん」

「家族が何よりも大切なのかい」

渋柿多見子が人差し指と中指を立てると、ボディガードがすかさず細巻きのシガーをその指に挟んだ。

「あ、あ、当たり前やないですか」健さんが、さらに震えながら答えた。

「家族が大切ならば、どうして、キャバクラに通うんだい」

てもらう。

渋柿多見子がシガーをくわえ、ボディガードにキラキラと光るライターで火をつけ
ダイヤモンド？　ライターに？　なんて悪趣味なのよ。

わたしは、横目でキッチンを確認した。あそこを抜ければ非常階段に出ることができるのに、ちょうど直線上に若槻が立っている。

焦っちゃダメ。拷問が始まれば、いくらでも隙ができるはずよ。

「それは……」健さんが汗を額から滝のように流しながら答える。「勉強と人脈のためですよ。ほら、わしの仕事も飲食業ですし……不景気ですから何かと努力せんと置いていかれるんですわ」

どこが努力よ。わたしの胸の谷間を覗いては鼻の下を伸ばしてニヤついていたくせに。

「よくわかったよ」渋柿多見子が、シガーの煙を健さんの顔に吹きかけた。「そんなに家族が大切なら助けてやる」

「ほ、ほんまですか」健さんが顔を輝かせる。

嘘でしょ？　この状況から助けるなんてありえるわけ？

「お前の家族に、あれを全部やるよ。大切なんだろ」

渋柿多見子が、ボストンバッグを指した。シュウたちが持ち逃げしようとした本物

の金だ。少なくとも二億近い額が詰まっている。

「あ、あれをですか……」

健さんが仰天し、ガチガチと歯を鳴らした。シュウとコジも戸惑いながら顔を見合わせる。

「その代わり、お前が体で払うんだ」

「はい？　わ、わしの体に、そ、そんな価値があるとは思えませんけど」

「私にあの金と同等の喜びを与えるんだよ」渋柿多見子が、テーブルの端でシガーを揉《も》み消した。

二億円の喜びってこと？　一体、健さんに何をさせるつもりよ。

「あの、や、やっぱり家族は大切とちゃいますわ」健さんが、真っ青になって訂正する。「なんやかんや言うても、自分の健康が第一です」

「照れなくてもいい。立派な父親であることを恥じてどうする」

「か、勘弁してください」健さんが何とか笑顔を作ろうとするけれど、引き攣《つ》り過ぎて泣き顔にしか見えない。

「踊ってもらおうかね」

渋柿多見子が、若槻に向かってウインクした。顔全体の皺《しわ》が、まるで別の生き物みたいに不気味に蠢《うごめ》く。

「お、踊る？　わし、ダンスは大の苦手やねんけど」

「よく覚えときな。ダンスはテクニックじゃない。パッションなんだよ」

「おばあちゃんがそう言うと思ってちゃんとお湯は沸かしてあるんだ」

若槻が、得意気にウインクを返し、弾むような足取りでキッチンへと消えた。

「さすが私の孫は優秀だねえ」

わたしは、耳を澄ませた。かすかに、キッチンの方からグツグツと沸騰している音が聞こえる。

「……お湯をどないするつもりやねん」健さんが、擦《かす》れた声で訊《き》いた。

訊かなくてもわかる。渋柿多見子は熱湯を健さんの体に浴びせかける気だ。

「バラエティ番組でやる芸人の罰ゲームみたいのを想像しちゃ困るよ。私があんな薄っぺらいもので喜ぶわけがないだろ」

「か、体にかけるんとちゃうんかい」

渋柿多見子が、ゆっくりと首を振った。「飲んでもらうんだよ」

「飲む……」

そこまで言って、健さんが絶句した。

「熱々のパッションを胃の中にたっぷりと注ぎ込むのさ。すると、自然に体が動き出して、私の観たいダンスが踊れるって寸法だ」

……狂ってる。

シュウとコジはもちろん、ボディガードまで怯《おび》えた顔で渋柿多見子を眺めた。

やっぱり、この婆《ばばあ》は魔女だ。拷問の方法が私たちの想像を遥《はる》かに超えている。

「お待たせ。ショータイムの時間だよ」

若槻が、ヤカンを持って現れた。ボーイたちが休憩時間にカップラーメンを作るときに使うヤカンだ。注ぎ口から激しく蒸気が噴き出している。

渋柿多見子が爛々《らんらん》と目を見開き、高揚した声で言った。

「さあ、金森健。上を向いて大きく口を開けな。一滴でもパッションを零《こぼ》したら承知しないよ」

パッションって何よ。ただのお湯でしょ？

煮えたぎった熱湯を飲ませるなんて、正気の沙汰《さた》じゃない。食道や胃までもが火傷《やけど》してしまい、大変なことになる。

下手すりゃ、死ぬわよ……。魔女にとっては、そんなことはどうだっていいのね。

「む、無理に決まってるやろが」

健さんが手錠をされたまま立ち上がり、抵抗した。縮こまったアソコが露わになるが、誰も気にしない。一人の男が今、目の前で殺されようとしているのだ。

「無理かどうかはアンタが決めるんじゃない。決めるのは私だ。ここにいる全員の未来を私が握っているんだよ」

渋柿多見子の発言で、部屋の温度が一気に下がる。私はぞくりと身震いし、全身に浮き上がる鳥肌を必死で抑えた。

シュウとコジは、相変わらず腑《ふ》抜《ぬ》けた顔でソファに沈み込んでいる。

アンタたち、それでも男なの！　最後まで戦いなさいよ！

「わしは、ぜ、絶対に飲まへんど。飲むわけないやろ、ボケ」健さんが、上半身を真っ赤にし、怒鳴り声を上げた。

「飲んだ方がいいと思うよ」若槻が肩をすくめる。「おばあちゃんを怒らせたらこんなものでは済まないからね。背中の皮を丸々一枚剝がされた奴もいれば、寺の鐘で頭をカチ割られた奴もいる」

寺の鐘って……一体、どういう状況になればそうなるのよ。

「熱湯を飲んだ方が楽やって言うんか」

「だよね、おばあちゃん」

渋柿多見子が、無言のまま笑った。いや、笑ったかどうかさえもわからない。生ゴミを漁《あさ》るカラスみたいにパカリと口を開いただけだ。

口の中が燃えているのかと錯覚するほど赤く、まるでそこが地獄の入口のようで、しっかりと意識を保っていないと吸い込まれそうになる。

「死んでたまるかい」

健さんが、涙と鼻水でグシャグシャになった顔で叫び、逃走を図った。両方の足首にガッチリと手錠がかけられているので走るわけにはいかず、両足跳びでピョンピョンとキッチンへと向かった。

どこ行くのよ！入口は反対側じゃない！

当然、そんな逃げ方がいつまでも続くわけがなく、健さんはキッチンの手前で息切れして、ベチャリと倒れ込んだ。

最悪だ。そんなところに寝転がられたら、わたしが非常階段に出られなくなる。

案の定、ボディガードがやってきて、これ以上ジタバタしないように健さんの胸を足で押さえ込んだ。

「ぐ、ぐひ、ぐひ」

健さんが、肉屋に連れていかれる豚みたいに悲痛な声を出してもがく。

どうしよう……。これで、わたしが死ぬには舌を嚙《か》み切るしかなくなった。魔女の興奮具合からすると、ここで犯される率が高い。

絶対に、それだけは嫌だ。

こめかみが脈打ち、鼓動が跳ね上がる。

やっぱり、まだ死にたくない。舌なんて痛くて嚙み切れないし、高いところから落ちるのも怖い。

わたしは、もう一度舞台に立ちたいんだ。輝くスポットライトを浴びて、美しい台詞《せりふ》を客席に投げかけ、鳴り止まないスタンディング・オベーションを受ける。あの魂が震えるような感覚をもう一度だけでも味わいたいんだ。

それまでは死んでなるものか。

冷たくなって固まっていたわたしの血液が、グツグツと音を立てて流れ始めた。若槻が持つヤカンの熱湯にも負けないぐらい熱く全身が沸騰している。

その熱を、健さんの呻《うめ》き声が冷まそうとする。

……このピンチを脱出できる術《すべ》がある？

「先にこっちの二匹を食べちゃうのもいいねえ」

渋柿多見子が、シュウとコジを見て舌なめずりをした。

「こいつらも煮ちゃう？」

若槻が、ウキウキしながらヤカンを上げる。注ぎ口からはじけるように熱湯が零れた。

渋柿多見子が、立ち上がり、身を強張《こわば》らせているシュウとコジの肩を順に撫《な》でる。

「どちらかと言うと焼きたいねえ。二人とも引き締まったいい筋肉をしているから焼き応《ごた》えがありそうだ」

「久しぶりに人間ステーキだね」

若槻の言葉に、ボディガードがゴクリと唾《つば》を飲み込む。吐きたくなるのを我慢している顔だ。その人間ステーキとやらを渋柿多見子が作るのを目撃したことがあるのだろう。

「調理器具は揃っているの？」

「忘れるわけがないだろ、おばあちゃん」

「じゃあ、すぐに用意しておくれ。お腹が減ってしょうがないよ」

「了解」

若槻が、ヤカンを持っていない左手を兵隊の挨拶《あいさつ》みたいに額の前でかざし、再び、キッチンへと戻っていく。

まさか、食べるの？　そんなわけないよね？

でも、渋柿多見子なら本当にやりかねない。だからこそ魔女と呼ばれているのだ。

そのとき、今まで微動だにしなかったシュウが顔を上げた。

「おや？　お前も命乞いをしたいのかい」

渋柿多見子が、愛《いと》おしげにシュウの背中の筋肉を摩《さす》る。

シュウが、ゆっくりと首を横に振った。その眼は、なぜか、まったく怯えていない。

それどころか、勝利を確信したかのような強い光が宿っている。

「何だい、その眼は？　気に食わないねえ」渋柿多見子が、シュウの口のガムテープを外した。「言いたいことがあるなら言いな。遺言として聞いてやるよ」

シュウが穏やかな表情で息を軽く吐き、言った。

「俺たちの勝ちだ」

短い沈黙のあと、渋柿多見子がケタケタと甲高い声で笑い出した。

「おばあちゃん、どうしたの？」

カセット式のガスバーナーを持った若槻が、心配そうな顔でキッチンから飛び出してくる。

「それが傑作なんだよ。今、シュウが何て言ったと思う？　さっきの台詞を私の孫にも聞かせておくれよ」渋柿多見子が、笑い過ぎて涙を流している。

「何度でも聞かせてやるよ」シュウが胸を張り、力強い声で言った。「俺たちの勝ちだ」

ジリジリジリジリジリジリ――。

渋柿多見子の笑い声をビルの火災報知器が遮った。

22　居酒屋・真一

――銀行強盗の三十分前

「シュウさん……テンパり過ぎて頭がおかしくなったとかじゃないっすよね」

小島が心配そうに、修造の背中に声をかけた。

「馬鹿野郎、そんなわけねえだろうが。見てないで手伝ってくれよ」

「手伝えって言われても何すればええねん」金森健も不安げだ。

「買ってきた雑誌を、冷蔵庫に隠すんですよ」

午後二時十五分――。ハニーバニーのビルの地下一階にある居酒屋・真一《しんいち》。銀行強盗の本番まで、あと三十分だ。

修造は、ここに来るまでにコンビニで買い漁《あさ》ってきた週刊誌や漫画雑誌をせっせと業務用冷蔵庫の奥に詰め込んでいった。食材は何も残っていなかったが、かすかに、生魚の臭いがする。

この居酒屋が潰《つぶ》れてくれていて、マジで助かったぜ。しかも、まだ工事に入っていないから、おあつらえ向きの隠し場所が残っていた。

もしものときのために、逆転の布石を打っておく。若槻が裏切った場合だ。

「シュウ、ちゃんと説明せんかい」

金森健が、イラつきながらコンビニの袋から《フライデー》を取り出し、修造に手渡す。

「そんな時間はないです。今は集中してください」

「アホか。余計に不安になるやろが。銀行強盗に失敗してもええんか」

修造は溜《た》め息を呑《の》み込み、金森健と小島を見た。薄暗い店内照明の下のせいか、二人とも、死刑執行を待つ囚人みたいな顔をしている。

「一度しか説明しないからよく聞いてくれ」

二人が唇を噛みしめて、同時に頷《うなず》く。

「尾形がパトカーに乗ってビルから立ち去るまでの段取りはわかってるよな」

「破魔と茉莉亜が尾形を追いかけるのを確認してから、ハニーバニーの上の店に行って本物の金が入ったボストンバッグを奪うんっすよね」

小島がしどろもどろになりながら答える。正面からぶつかり合う喧嘩《けんか》は得意だが、相手の裏をかく騙《だま》し合いは苦手なのだ。

「そんなに都合よく、ボストンバッグを置いていってくれたらの話やけどな」金森健が、暗い顔でぼそりと呟《つぶや》く。

マズい。士気が下がっている。このテンションで銀行強盗をしても必ず失敗する。

「健さん、マイナス思考はやめてくださいよ。それはビルが警察に囲まれていると破魔たちに思わせることで解決できるって言ったじゃないですか」

「解決やと？　ただのバクチやないかい」

「バクチじゃない。リスクだ」修造は魂を込めて叫んだ。「何事もリスクなしには勝ち取ることはできねえんだ。デカい成功を手に入れるためにはデカいリスクを背負わなきゃダメなんだよ。俺たちは、いつもそのリスクから逃げてきた。リスクにビビって、自分に言い訳ばかりして、恰好《かっこう》だけつけて、楽な方に逃げてきた。もうこれ以上、逃げ回ってるくせにヘラヘラ笑って自分を誤魔化す人生は嫌なんだよ」

言いながら、勝手に涙が溢《あふ》れてきた。これまでの人生なら恥ずかしくて口に出せないような台詞なのに。

俺は一体、何に照れていたのだろうか。一生懸命に生きることに？　がむしゃらに走ることか？

男の人生は短い。照れている時間などない。さもなければ、真っ直ぐに生きて来なかったツケをいずれは支払うハメになる。

小島も歯を食いしばり、目を潤ませていた。たぶん、似たようなことを考えているのだろう。

「死ぬ覚悟はできとるんやな」金森健が、呆《あき》れた顔で訊《き》いた。

修造は、目を閉じて頷いた。

いつ死んでもいい。これからは、その気持ちを胸に抱いて生きていく。

「説明を続けてくれや」

鼻から大きく息を吸い込み、目を開ける。修造の魂の言葉が効いたのか、二人とも顔つきが変わっていた。

「もし、若槻が裏切るなら、ビルの外で俺たちが出てくるのを待ち構えているはずだ」

これは、確信を持って言える。破魔と茉莉亜が、尾形のパトカーを追いかけてビルから離れるのを見届けなければいけないからだ。若槻がいかに裏社会で幅を利かせていようとも、破魔との直接対決は避けるに違いない。

「つまり、ビルから出たらオレたちはジ・エンドってわけっすね」小島が舌打ちをし、手の平を拳《こぶし》で殴る。

「まあ、拉致《らち》られて、どっか人のおらんとこでいたぶられるんやろな」金森健が首をすくめて、顔を歪《ゆが》めた。二重顎《あご》が三重顎になる。

「俺は、ハニーバニーに連れ戻される確率が一番高いと思う」

これにも確信がある。夕方から夜にかけての時間帯はハニーバニーのビルの前は人通りが多い。一人だけならまだしも、大の男三人を拉致するのは無理がある。

「どこで監禁されても一緒やがな。渋柿多見子がやってきたら、わしらは五体満足ではおられへんやろ」

「やっぱ、拷問とかされちゃうんっすかね」

「……だろうな」

魔女は、楽しむだけ楽しんで、俺たちを始末する気だ。銀行から奪った金さえ手に入れれば、俺たちの存在は邪魔になるだけだ。

修造は、潰れたソープランド、ミスターピンクでの昨夜の出来事を思い出し、身震いをした。あのままだったら、脳味噌《のうみそ》をスプーンでほじくり返されて食われていた。体験したからわかる。渋柿多見子にハッタリはない。

それにしても、渋柿多見子が若槻と手を組む理由が謎だ。もしかすると、二人にしかわからない深い絆《きずな》でもあるのか。

「そうなったときに、わしらに逆転の可能性があるんか」

「ゼロではないと思います」

修造は自信がないのを悟られないよう、わざとらしいほど堂々と答えた。

はっきり言って、最後は運を天に任せるしかない。こんなにも運が悪い三人の男に勝利の女神が微笑むとは思えないが、信じるしか道はないのだ。

「これがそうなんか？」

金森健が、雑誌の入ったコンビニ袋を上げる。

「そうです」

「こんなもんで、川崎の魔女に勝てると思ってんのか」

「タイミングさえ合えば」

金森健と小島が、同時に眉《まゆ》をひそめる。

「何のタイミングっすか」

「ハニーバニーの上の店に火を放つ」

最後の逆転の一手だ。さっき、茉莉亜の家の冷蔵庫に食材を詰め込んでいるときに思いついた。

「ほ、放火すんのか……ムチャクチャやるのう」

「火の回るタイミングが早過ぎても遅過ぎてもダメだ。そればっかりは、俺たちの運に懸かっている」

「おいおい、魔女を相手に運頼みかいな」

「魔女だからこそ、運を味方につけなきゃ勝てないっすよ」小島が、そわそわしながら助け船を出す。

時間がない。そろそろ、銀行に向かわなければ、肝心の強盗に間に合わなくなる。

「そもそも、そう簡単に放火なんかできるんか。誰もおらん部屋で、どないして、火を回すねん。途中で消えてまうやろ」

「オイルを撒《ま》きます」

修造は急いで手を動かし、残りの雑誌を業務用冷蔵庫に隠した。小島も横に並んで手伝う。

「オイルって何やねん?」金森健が、コンビニ袋ごと小島に渡す。

「ジッポーライター用のオイルがハニーバニーにあるんです。それを上の店の床に撒いて火をつけたあと、本物の金を持ってビルから逃げます」

オイルを置いてあるのはジッポーを愛用している客のためだ。キャバ嬢の前で恰好つけてタバコを吸う(女の子に火を点《つ》けてもらうより、自分で渋く点けたい客もいる)ときに、恥をかかせてはいけない。

「ビルの外で若槻が待ち構えとったらどないすんねん。ハニーバニーに監禁されるんやろ。上の店が燃えてるとわかってんのに戻るんかいな」

金森健が、ゴクリと唾《つば》を飲み込んだ。小島も顔が強張《こわば》っている。

「火災報知器が鳴れば、いくら渋柿多見子でも拷問をやめて退散するだろ」

「鳴るのが遅ければヤバいっすね」

「早過ぎても困るんだ。ボストンバッグで、金を持っていってもらわなきゃいけないからな」

タイミングがずれれば、すべてがパーになる。そして、予想よりも火の勢いが強ければ、三人とも焼け死ぬかもしれない。

「ちょ、ちょい、待てや。奴らに金を渡すんかいな。そんなことしてもうたら、全部が水の泡になってまうやんけ」

修造は、買ってきた雑誌を隠し終え、業務用冷蔵庫の銀色の扉を閉めた。

「俺たちが勝つためですよ」

23 キャバクラ・ハニーバニー

――午後八時十九分

ジリジリジリジリジリジリ――。

耳をつんざくような火災報知器の音が、ハニーバニーに響き渡る。

「アンタたちの仕業なのかい」

渋柿多見子が、笑うのをやめた。頬が、ピクピクと痙攣《けいれん》する。

「やっと火が回ってくれたんかい。ギリギリやんけ……」

床に転がっている健さんが、ボディガードに踏みつけられながら、安堵《あんど》の溜《た》め息を漏らした。

「お前らが放火したのか」若槻が、鼻を犬みたいにひくつかせる。「どこに火をつけたんだよ」

どこからともなく、煙の臭いが漂ってきた。シュウのハッタリなんかじゃなく本当に、このビルで火災が発生している。

上の階？　わたしと破魔が隠れていた店を燃やしたの？　工事中で燃やせるものなんて大して置いてなかったはずなのに、どうやって火をつけたんだろう。

「どうする？　ここで俺たちと一緒に焼け死ぬか？」

シュウが不敵な笑みを浮かべ、激しく咳《せ》き込んでいる渋柿多見子に向かって言った。

「おばあちゃん、おばあちゃん」若槻が、心配そうに渋柿多見子の背中を摩《さす》り、シュウを睨《にら》みつけた。「てめえ、これで勝ったつもりかよ」

「川崎の魔女を焼き殺せるなら、大勝利だろ。なあ、コジ」

シュウの隣にいるコジが、ガムテープを口にしたまま頷《うなず》いた。

「火事になったらエレベーターが使えなくなるぞ」健さんが豪快に笑う。「ざまあ、見さらせ！　魔女の火炙《ひあぶ》りじゃ！」

自分たちが焼け死んでもいいって言うの？　手足はプラスチック製の手錠でガッチリと拘束されている上に、三人ともが素っ裸だ。

このままだったら、こんがりと丸焼けになっちゃうじゃん……。

部屋の隙間という隙間から煙が入ってきた。あっという間に喉が痛くなる。

遠くから、消防車のサイレンの音が聞こえてきた。これは紛れもなく本物だろう。

「おい、おばあちゃんを抱っこしろ」若槻がボディガードに命令し、自分はカセット式のガスバーナーを投げ捨ててボストンバッグのファスナーを閉じた。「非常階段から降りるぞ」

「はい」ボディガードが低い声で返事をし、折れた枯れ木を拾い上げるように、うずくまる渋柿多見子を軽々と抱え上げた。

「非常階段はどこだ」

若槻が、ボストンバッグを引きずるようにして持ちながら、床に転がる健さんの尻《しり》を蹴《け》りつける。

「キ、キッチンの奥や」

「先に行け！　絶対におばあちゃんを落とすんじゃねえぞ！」

「は、はい」

ボディガードが慎重かつ俊敏に、キッチンへと消える。

魔女がいなくなった――。

わたしは、全身の力が抜けてその場にへたり込みそうになるのを懸命に堪《こら》えた。

まだ、ピンチは続いてるじゃん。こんな場所で、フルチンの男たちと仲良く焼け死んでもいいの？

「逃げるのか」シュウが、キッチンに入ろうとした若槻の背中に言った。

若槻は足を止め、振り向かずに答えた。

「おい、女。コイツらが焼け死ぬのを見届けろ」

「えっ？　何よ、それ？」

「見届けてから非常階段を降りてこい」

「意味わかんない。どうして、そんな命令されなくちゃいけないのよ」

「コイツらは大切なおばあちゃんを傷つけやがった。おばあちゃんが、今日という日をどれだけ楽しみにしていたことか」

「だ、だから？」

ヤバい。さらに煙が濃くなってきている。喉だけではなく、肺まで痛くなってきた。

わたしも逃げたいんだけど……。

「だから、コイツらは絶対、絶対、絶対に、生かしちゃおけない。万が一でも助かっちゃいけないんだ。わかるな？」

わたしには関係ないじゃん。自分で見届けたらいいでしょ。

そう怒鳴りつけてやりたいけれど、逆ギレされるのも怖い。若槻の声のトーンからして、我を失う一歩手前のような気配がする。

「そんなに、おばあちゃんのことが好きだったの？」

「あの人だけが、僕を認めてくれたんだ。僕の可能性を信じてくれたんだ」

……泣いてるの？

違う。煙で目が充血しているだけだ。

キレ者の若槻が渋柿多見子に尻尾《しっぽ》を振るのは、金のためだろう。便利屋として裏の世界で大きな顔ができるのも、渋柿多見子の財力あっての話だ。

そして、若槻は間違いなく、遺産も狙っている。渋柿多見子があの世に行くまでは、ご機嫌を取り続けなければいけない。

「見返りは？」

「コイツらのアゴの骨を持ってきたら、三千万やるよ」若槻が、ボストンバッグを叩《たた》く。

一人の命につき、一千万ってことね。

「おい、こらっ。わしの命はそんなに安くないぞ」健さんが、咳き込みながら叫んだ。

「おばあちゃんの奴隷になるのも嫌よ」

「わかった。諦《あきら》めるよう説得してやる」

「交渉成立ね」

やった！　まさに〝棚ボタ〟じゃん！

絶体絶命の危機からの大逆転だ。諦めて非常階段から飛び降りなくてよかった。

「待て、待て。勝手に成立させんな。わしとも交渉しろや、ボケがあ」

若槻は、わめき散らす健さんを無視してキッチンに入ろうとした。

「若槻！」コジが、自分で口のガムテープを剥《は》がして怒鳴った。

コジの声を聞いた若槻が、ゆっくりと振り返る。

「先輩、さようなら。先に地獄で待っていてください」

白々しいほど悲しげな表情だ。

「おう。次に会ったときはぶん殴るから覚悟しとけ」コジが、清々《すがすが》しい顔で答える。

今から焼け死ぬっていうのに、何で青春ドラマみたいな台詞《せりふ》を言ってんのよ。コイツは正真正銘のバカだわ。

若槻がペコリと頭を下げ、ボストンバッグを重たそうに抱えて去って行く。

「アホ！　階段で足滑らせてコケて頭打って死ね！」

健さんが、負け犬の遠吠《とおぼ》えの見本みたいに吠えたあと苦しそうに咳き込む。

さあ、わたしはどうする？　若槻の命令に従って、シュウたちが焼け死ぬのを見守るか。

答えはノーだ。シュウたちが骨になるまで待っていたら、こっちまで骨になる。もしくは、煙に巻かれて呼吸困難だ。

「茉莉亜も早く逃げたほうがいいぞ」

シュウが、優しい目でわたしを見る。

どうして、そんな目をするの？　アンタを裏切ったのよ。

「逃げないわ」わたしは、自分に言い聞かせるように言った。「あんたたちのアゴの骨を持って帰らなきゃいけないんだもん」

「お前も巻き込まれるぞ」

「じゃあ、切るわ」

三千万円を手に入れるためには、アゴの骨だけがあればいいのよね。

わたしはキッチンへと走り、急いであれを取りに向かった。

あった。調理用の出刃包丁。切れ味は悪そうだけど何とかなるでしょ。まず、大人しくさせるために、三人とも刺し殺す。そのあと、アゴを切り落とし、それを持ってビルから脱出する。うまく行けば死体は火事で焼けて証拠は隠滅されるだろう。たとえ、死体が燃えずに残ったとしても関係ない。どうせ、渋柿多見子に殺されていたのだ。

三千万円あれば、ニューヨークで数年は働かずに役者活動を続けられる。贅沢《ぜいたく》しなければ、十年はアルバイトをしなくて済む。それまでに、必ずブロードウェイの舞台に立ってスターになってやる。

わたしは、出刃包丁を握り締めてフロアに戻った。

……いない。三人が消えている。

一瞬で全身の血の気が引いた。

どこに行ったのよ！　あの恰好《かっこう》で逃げたっていうの？

テーブルにあった服がない。

嘘でしょ……。どうやって、手錠を外したのよ！

非常階段に通じるキッチンにはわたしがいた。逃げるなら、エレベーターしかない。

さっき、健さんが「火事になったらエレベーターが使えない」って言ったのは自分たちが使うためだったのね。

わたしは、出刃包丁を持っていない手で、ハニーバニーの入口のドアを開けた。

エレベーターの階数表示が上へ向かっている。

火事なのに、上へ逃げるの？

屋上だ。隣接している隣のビルへ飛び移るつもりなのね。

逃がさないわよ。せっかく大逆転できたのに、シュウたちが生きているとなったら、わたしが渋柿多見子と若槻に殺されるじゃない。

煙の中、キッチンへと引き返し、奥にある非常階段のドアを開けた。秋の夜風がわたしの顔を優しく撫《な》でる。

階段を駆け上がろうとして怯《ひる》んだ。上の階から、尋常じゃないほどの煙が噴き出ている。

でも、行くしかないのよ。

わたしは、息を止めて階段を駆け上がった。

煙の壁に突入し、意識が遠くなりそうになってもひたすら上へ進む。煙の刺激で目から涙が溢《あふ》れてきた。屋上までは、あと三階分の階段を上らなくてはならない。体が痺《しび》れてきて、思うように足が動いてくれない。息を止めているはずなのに、胸の奥が痛くなってきた。

ちくしょう。わたしの夢が煙なんかに負けてたまるか。

わずかに残っている力を振り絞り、ようやく最上階にたどり着いた。簡易な柵《さく》を乗り越え、屋上へと出る。

愕然《がくぜん》とした。三人はここにもいない。隣のビルの屋上にも姿はなかった。

騙《だま》された……。エレベーターはフェイクだ。たぶん、シュウたちは、エレベーターを上に行かせたあと、一旦《いったん》、ハニーバニーのトイレに隠れて身を潜め、わたしが出て行くのを見計らって、時間差で非常階段を降りたんだ。

そりゃ、そうよね。火事のときに上へと逃げるバカなんていないよね。

川崎の街に鳴り響く消防車のサイレンで我に返った。

落ち着け。パニクるな。逆転の道はまだ残っている。

どうやって、逃げる？

エレベーターは屋上に直結しているわけではない。もう一度、柵を越えて非常階段に戻り、最上階の非常口からビルの中へと戻らなくてはならない。

だが、煙と炎がわたしを遮ることだろう。煙の勢いはますます強くなっている。

隣のビルに飛び移るしかない。わたしは、ヒールを脱いで裸足《はだし》になった。

距離は、約二メートル。目測ではわからないけれど、それぐらいにしておこう。

飛べる。絶対に飛べる。

集中力を高め、助走に入った。このジャンプでわたしは生まれ変わるんだ。

早く飛び過ぎるな。ギリギリまで引きつけろ。恐怖に打ち勝て。

あと三歩だ。三、二、一！

決して、運動神経は悪くない。高校はバレーボール部だったから、ジャンプ力には自信がある。

余裕で、隣のビルに届いたはずだった──。

ジャンプする寸前、勢いをつけるために腕を振り上げたとき、右手に持っていた出刃包丁が手からすっぽ抜けた。

反射的に、川崎の夜空を飛ぶ出刃包丁を目で追った。

踏み込みのタイミングをミスった。屋上を蹴《け》るはずの足は虚《むな》しくさ迷い、わたしのしまった。

体は、宙に投げ出された。

嘘だ。落ちるの？　これで終わりなの？　キラキラと川崎のネオンを反射する出刃包丁の刃が目の端に映る。

何よ、これ。冗談じゃないわよ。わたしだけが脱落するの?

ブロードウェイでスポットライトを浴びる予定だったのに、小便とゲロの臭いがするビルの隙間で死ぬなんて……。

地面を見た。一人の男が真下に立って、無表情でこっちを見上げている。

ゆで卵みたいな顔をした演出家。わたしが、照明器具を頭に落として殺した奴だ。

どうして、アンタがここにいるのよ。

もちろん、幻覚だ。一度も夢に出てきたことがないのに、わたしが死ぬ間際になって出てくるなんて……。

罰が当たったわ。

わたしは、目を閉じ、地面に激突するまでのコンマ何秒かを妄想とともに過ごすことにした。

光り輝くステージ。演目は『シカゴ』。ナンバーは、『オール・ザット・ジャズ』。

ベイビー
夜の街が呼んでるわよ
オール・ザット・ジャズ

魂が震えるほどの快感が全身を貫いたあと、アスファルトで頭蓋骨《ずがいこつ》が割れて、わたしの人生は幕を閉じた。

24　三杯のバニラコーク

——銀行強盗の一週間後

白い液体が黒い液体に飲み込まれるように溶けていく。

バニラとコーラ。

茉莉亜の好きだったドリンク。

「それ、美味《うま》いんか？」

向かいに座る金森健が、気持ち悪そうな顔で訊《き》いた。

「なんかスペシャルな感じがしませんか？　バニラコークって言うんですよ」

修造は、ストローでグラスの中の二つの液体を掻《か》き混ぜた。

午後二時——。修造と小島と金森健は、JR鶴見線の昭和駅で集合した。そこから五分ほど歩いた場所にある寂れた喫茶店に入り、最後の打ち合わせをしている。あの日、茉莉亜とやってきた店だ。

「昭和から時代が止まってるみたいっすね」

小島が、コーラを飲みながら店内を見回す。濃い緑色のダウンジャケットにジーンズ、ナイキのスニーカー。灰色のニット帽を目深に被《かぶ》り、茶色くて太いフレームの眼鏡をかけている。かなり接近して見ない限り、小島だとはわからない。

「かかってる曲も『待つわ』やしな」

「何っすか、それ？」

「〝あみん〟やがな。昭和の名曲やがな」

金森健が、呆《あき》れた顔で溜《た》め息をつく。ロングコートにスーツ。頭をスキンヘッドかと思うぐらい短く刈り上げ、眉毛《まゆげ》を剃《そ》り、日焼けサロンでこんがり焼いて、原形をとどめないぐらい顔を変えている。こっちは、どれだけ近くで見ようが、声を聞かない限り、金森健とは思えない。

「アミン？　インド人みたいな名前っすね」

「もうええわ。お前と音楽の話をしてもしゃあない」金森健が、ストローでコーラをズルズルと飲んで会話を終わらせた。

修造たちの他に客はいない。カウンターの端で、ヨボヨボの爺《じい》さんのマスターが、スポーツ新聞を開いたまま、居眠りをしている。

秘密の話をするには、持ってこいの場所だ。

「二人もバニラコークにしようぜ」

修造は、小島と金森健の隙をついて、二人のグラスにコーヒー用のミルクを注ぎ込んだ。

「お、おい、何するんじゃ。わしのコーラやぞ」

「とりあえず、飲んでくださいよ」

「こんな不味《まず》いもん、飲めるか」

「飲んでみなきゃ、味はわからないでしょうが」

「飲まんでもわかるわい。そもそもわしはコーヒーが飲みたかったのに、勝手にコーラを注文しやがってからに」

「どうしても、二人にバニラコークを飲んで欲しかったんですよね」

茉莉亜には、可哀想なことをした。一週間前、ハニーバニーのビルの火災で死んだのは茉莉亜だけだ。

なぜなら、その日は、あのビルの飲食店がすべて休みだったからだ。銀行強盗の本番の直前、コンビニで雑誌をまとめ買いしているときに、修造が「警察の抜き打ち捜査があるらしいから休んだほうがいい」と、各店舗の店長に電話した。あのビルには、ハニーバニー以外に、未成年を働かせているガールズバーや猥褻《わいせつ》なサービスが売りのセクキャバ、金さえあれば本番ありのイメクラにマッサージ店、そして、客を酔わせて法外な料金をぼったくる高級スナックなどが入っている。どの店も叩《たた》けば、風営法違反で営業停止になるとわかっていた。

誰も死なせたくなかった。でも、茉莉亜は自らビルの屋上から飛び降りて死んだ。もし、あのとき、エレベーターのボタンを〝上〟に押さなかったら……。

悔やんでも仕方ない。ああしなければ、こっちが殺されたかもしれないのだ。あのとき、茉莉亜は「じゃあ、切るわ」と言ってキッチンへと入っていった。おそらく、包丁か何かで三人のアゴを切り落とすつもりだったのだろう。

ハニーバニーのトイレに隠れながら服を着た修造たちは、茉莉亜がいないことを確認し、非常階段を地下一階まで駆け下りた。

「これ、意外と美味いっすね。バニラコークかあ。覚えときます」

小島が、何とも言えない表情で修造を見る。

おいおい、捨てられる子犬みたいな顔はやめろよ。

コイツとも、もう二度と会わないだろう。できることなら、どこか遠くの街で、いい女を見つけて幸せに暮らして欲しい。

「よっしゃ。そろそろ本題に入ろうか」

文句を言っていたはずの金森健が、バニラコークを飲み干しゲップをする。

三人同時に、各自が持ってきたリュックサックを出した。

「俺は五千二百万円」修造が、先陣を切って申告する。

「オレは三千七百万円っす」小島が青いリュックサックをポンと叩く。

金森健が、わざと焦《じ》らすように間を取ってから答えた。

「わしは六千四百万円や。合計で一億五千三百万円。一人、五千百万円の取り分やな」

三人の顔から、笑みは零《こぼ》れなかった。この金額が高いのか安いのかさえもわからない。

「これで、本当に人生が逆転するんっすかね」小島がぼそりと呟《つぶや》く。

「それはわからない。自分次第だろ」

修造は、嚙《か》み締めるように答えた。大金を手に入れたとはいえ、まったく現実感がなかった。嬉《うれ》しさではなく、湧き上がってくるのは虚《むな》しさだけだ。

紙一重の勝負だった。

火事の煙から逃げ、非常階段で地下一階に着いた修造たちは、居酒屋・真一の業務用冷蔵庫の銀色の扉を開けた。

そこに、一億五千三百万円があった。修造たちが、雑誌とすり替えた金だ。

最後の逆転の一手——。

たしかに、ボストンバッグは若槻に奪われた。しかし、あの中に入っていたのは、銀行から奪った金の〝三分の一〟だ。

「それにしても、シュウ。よく、最後の最後で雑誌とすり替える手を思いついたのう」

金森健が目を細めて感心する。

「三分の一の七千万円ぐらいは失いましたけどね」

破魔と茉莉亜が尾形を追いかけてビルを出たあと、修造たちはハニーバニーの上の店から本物の金が入ったボストンバッグを奪い、地下一階の居酒屋・真一へと向かった。そこで、業務用冷蔵庫に入れておいた雑誌と金を入れ替え、金の〝三分の一〟で雑誌を覆い、業務用冷蔵庫に金の〝三分の二〟を隠し、ビルを出た。

予想どおり、若槻が三人のチンピラを引き連れてビルの前で待っていた。若槻は「ご苦労様」と修造の手からボストンバッグを取り、歩行者から見えないように銃をチラつかせて、「ハニーバニーに戻りましょうか」と言った。

「でも、若槻が金を確認するわけだから、底上げの雑誌を隠すためにはある程度の金で目隠しをしなくちゃダメっすもん。仕方ないっすよ」

修造はバニラコークを喉に流し込み、しみじみと言った。

「運が良かった」

まさに、一か八かだった。若槻にボストンバッグの底まで調べられたらアウトだ。金にさほど困っていない若槻だったから助かったのかもしれない。

「銀行強盗をする寸前に、潰《つぶ》れた居酒屋で冷蔵庫に雑誌を入れ始めたときは、プレッシャーでとうとうイカれてもうたんかと思ったけどな」

「オレ、怖かったっすよ」

金森健と小島が、声を合わせて笑った。店内のBGMが、あみんの『待つわ』から渡辺美里《わたなべみさと》の『My Revolution』に替わる。

「おっ、美里やんけ。懐かしいのう。今のわしらにピッタリな曲やな」

「これ、有名な曲なんっすか」

「やかましい。お前と音楽の話はせえへんって言うたやろ」

金森健が、隣の小島の肩をお笑い芸人みたいに叩く。

修造もつられて笑みを零した。

三人の間に、奇妙な絆《きずな》が生まれているのは確かだ。火事の中、居酒屋・真一の業務用冷蔵庫から取り出した〝三分の二〟の金を三人で分けた。数えている余裕などなかったので、各自で適当にポケットやらパンツの中に突っ込んで持ち帰った。

それから、一週間空けて警察の捜査網が緩くなるのを待ち、今日、約束どおり三等分に分けるために集まった。

修造は、この一週間、都内の漫画喫茶を転々とした。他の二人がどこでどう過ごしたかは知らない。金森健は、たぶん、家族ごと大阪に逃げていたと思う。不気味なのは、渋柿多見子と若槻が沈黙を守っていることだ。当然、ボストンバッグに入っていた金が少ないことには気づいたはずなのに……。

風の噂では、煙で肺をやられた渋柿多見子は入院しているらしい。退院してから、修造たちに復讐《ふくしゅう》する気なのか。いずれにせよ、見つかれば、想像を絶する拷問が待っているだろう。

そのときは、そのときで、考える。未来に怯《おび》えていたら、ハッピーは遠ざかるばかりだ。

「でも、オレたちすげえっすよね」

小島が、笑うのをやめ、神妙な顔つきで三つのリュックサックを見つめた。

「何がすごいねん」

「だって、ちゃんと金を持って集まったんですよ」

「そやな。ネコババもせずにな」金森健が、鼻で笑う。「自分のバカ正直さには呆《あき》れてまうわ」

必ず、三等分にする。なぜかはわからないが、それが、必要なことだと思えた。そうしないと、また、吠《ほ》えるだけの負け犬に戻るような気がした。

前にこの店で茉莉亜に「シュウがコジを可愛がるには理由があるのよ」と言われたことを思い出した。今ならそれがわかる気がする。コジが元から持っていたバカ正直さを無意識に求めていたのだ。

奇跡的な確率により生き残れたことで、どこか感傷的になっている。

でも、三等分にしなければ、終われなかった。

「火傷《やけど》の治療もせなあかんから金はさらに減るしのう」

金森健が、痛々しげに顔をしかめてグラスの氷をストローで突く。

金森健だけではない。修造と小島の手首と足首にも火傷の痕《あと》がある。

「そうっすよね。ガスバーナーがなかったら、オレたちは焼け死んでましたもんね」

あのとき、若槻がカセット式のガスバーナーを投げ捨てて逃げたおかげで、今、こうしてバニラコークを飲めている。もともとジッポーでプラスチックの手錠を焼き切るつもりだったが、それだと間に合わなかった。ガスバーナーが手に入ったのは、幸運だった。

運が良かった。どうして、あのとき神様が微笑んだのか、この一週間考え続けた。

今まで運がなかったから？　違う。

渋柿多見子に罰が当たった？　これも違う。

諦《あきら》めなかったからだ。諦める奴の下《もと》からは、運が逃げる。そして、仲間を信じた。

信じる者は救われる。たぶん、そういうことなんだろう。

「破魔はどうなったんすかね」

「さあな。東京湾に沈んでるんじゃねえか」これも、風の噂だ。「金を分けようぜ」

喫茶店のマスターは寝ていたが、念のためにテーブルの下で札束のやりとりをし、一人五千百万円ずつ分けた。

「この中途半端に浮いた百万円ぐらいはパーっと使いたいのぅ」

金森健が、最後の札束をリュックサックに入れた。

「健さんは何をやっちゃいます？」コジが訊《き》いた。

「前にもこんな会話したな。酒に決まっとるやんけ」

「ドンペリいっちゃいますか？」

「安い居酒屋の芋焼酎《いもじょうちゅう》でええわ」

「マジっすか？　何杯飲めば、百万円になるんっすか」

「知らんがな。その前に肝臓潰すか。ほんじゃあ、嫁と子供を温泉にでも連れて行くわ。で、コジは何に使うねん。ギャンブル以外でやぞ」

「競馬の鉄板レースの本命に単勝で百万円ぐらいドーンと張ってみたいところっすけど、プレステの競馬ゲームで我慢します。あとは恰好《かっこう》よく貯金でもしてやりますよ」

「ビヨンセはどないしてん。ゴージャスで男に媚《こ》びなくてパワフルな女を抱くんとちゃうんか」

「忘れてました。ビヨンセに札束を投げつけなくちゃ」

「やっぱり、こいつ、ほんまもんのアホやで。なあ、シュウ」

修造はこれ見よがしに、大げさな溜《た》め息をついた。

「二人とも何の話をしてんだよ」

窓の外を見る。相変わらず、スモッグで黄色い空だけれど、抜群に晴れている。

この金で車を買って、湾岸線を走ろうか。

BGMは、もちろんサザンだ。

久しぶりに、地元の海が見たい。

25 ハニーバニーには存在しないもの

――その五分後

わたしは不思議な気持ちで川崎を去ろうとする三人の男たちの背中を眺めていた。手にした金を均等に三分の一に分けた男たち。背筋が伸び、しっかりとした足取りで歩く。

一週間前まで彼らを覆っていた負け犬のオーラは消えていた。

わたしは完膚無きまで叩《たた》きのめされて負けたはずなのに、どこか清々《すがすが》しい気分だった。

負け惜しみではなく、嘘偽りなく彼らを見守ってやりたい思いで胸が一杯になっている。

当然私は死んだわけだから、直接彼らを手助けすることはできない。

だが、祈ることならできる。

どうか、無事で逃げ切れますように。

警察に捕まるのならまだマシだ。

今、彼らの下に迫っている渋柿多見子に追いつかれたら八つ裂きにされて、水洗便所に流されるだろう。

わたしが幽霊になったのかどうかはわからない。ただ、今まで見えなかったものすべてが見えるようになった。

若槻の運転するベンツが、川崎球場の横を猛スピードで走ってこっちに向かってきている。この昭和駅近辺に到着するまであと十五分もかからないだろう。

若槻は、わたしのスマートフォンを警察の保管室から回収して、GPSの情報で銀行強盗前の数日間のわたしの足取りを調べ上げた。

わたしとシュウが、レトロな喫茶店でバニラコークを飲んだことも突き止め、喫茶店のマスターを脅していた。シュウ、コジ、健さんの写真を渡し、「コイツらのうち、一人でも姿を見せたら連絡しろ」と。

三人の男たちがバニラコークを飲んでいたとき、マスターは寝ていなかった。うたた寝をしているふりをしながらカウンターの下でメールを打ち、若槻に知らせたのだ。

渋柿多見子は、自分の屋敷で愛用のロッキングチェアに座り、レコードでマドンナの『ライク・ア・プレイヤー』を聴きながら体を揺らしている。手にスプーンを持ち、シュウたちの脳味噌《のうみそ》の味を想像しながら。

破魔は屋敷の地下室に素っ裸で監禁されていた。ただ、目の光は消えていない。虎《こ》視《し》眈々《たんたん》と脱走の機会を狙っている。次にボディガードが食事を持って来るとき、割り箸《ばし》を使って反撃する気だ。

わたしの名前は、茉莉亜。夢を叶《かな》えるために、銀行強盗をした女。今は、特等席で三人の行く末を見守っている。

もちろん、幽霊なんているわけがないだろうと、鼻で笑うのも自由だ。ただ、これだけは言える。

目に映るものが真実とは限らない。目に見えないものにこそ、答えはある。たとえば、それは愛情や友情や何かを強く信じる心のように、ハニーバニーには存在しないもの。ボストンバッグの大金をいくら積んでも買えないもの。

わたしの前を歩く三人の男たちは、それを手に入れた。失うことさえなければ、また勝てるはずだ。

自分の心と直感を信じなよ、シュウ。

本書は、二〇一二年八月に小社より刊行
された単行本を文庫化したものです。

サンブンノイチ

木下《きのした》半太《はんた》

角川文庫 18095

平成二十五年八月二十五日　初版発行

発行者―井上伸一郎

発行所―株式会社角川書店
東京都千代田区富士見二―十三―三
電話・編集　(〇三)三二三八―八五五五
〒一〇二―八〇七八

発売元―株式会社KADOKAWA
東京都千代田区富士見二―十三―三
電話・営業　(〇三)三二三八―八五二一
〒一〇二―八一七七
http://www.kadokawa.co.jp

印刷所―旭印刷　製本所―BBC

装幀者―杉浦康平

定価はカバーに明記してあります。

き 36-1　ISBN978-4-04-100959-8　C0193

角川文庫発刊に際して

角川源義

第二次世界大戦の敗北は、軍事力の敗北であった以上に、私たちの若い文化力の敗退であった。私たちの文化が戦争に対して如何に無力であり、単なるあだ花に過ぎなかったかを、私たちは身を以て体験し痛感した。西洋近代文化の摂取にとって、明治以後八十年の歳月は決して短かすぎたとは言えない。にもかかわらず、近代文化の伝統を確立し、自由な批判と柔軟な良識に富む文化層として自らを形成することに私たちは失敗して来た。そしてこれは、各層への文化の普及滲透を任務とする出版人の責任でもあった。

一九四五年以来、私たちは再び振出しに戻り、第一歩から踏み出すことを余儀なくされた。これは大きな不幸ではあるが、反面、これまでの混沌・未熟・歪曲の中にあった我が国の文化に秩序と確たる基礎を齎らすためには絶好の機会でもある。角川書店は、このような祖国の文化的危機にあたり、微力をも顧みず再建の礎石たるべき抱負と決意とをもって出発したが、ここに創立以来の念願を果すべく角川文庫を発刊する。これまで刊行されたあらゆる全集叢書文庫類の長所と短所とを検討し、古今東西の不朽の典籍を、良心的編集のもとに、廉価に、そして書架にふさわしい美本として、多くのひとびとに提供しようとする。しかし私たちは徒らに百科全書的な知識のジレッタントを作ることを目的とせず、あくまで祖国の文化に秩序と再建への道を示し、この文庫を角川書店の栄ある事業として、今後永久に継続発展せしめ、学芸と教養との殿堂として大成せんことを期したい。多くの読書子の愛情ある忠言と支持とによって、この希望と抱負とを完遂せしめられんことを願う。

一九四九年五月三日

角川文庫ベストセラー

麻雀放浪記 全四巻　阿佐田哲也

終戦直後の上野不忍池付近、博打にのめりこんでいく〝坊や哲〟。博打の魔性に憑かれ、技と駆け引きを駆使して闘い続ける男たちの飽くなき執念を描いた戦後大衆文学最大の収穫!!

ドサ健ばくち地獄 (上)(下)　阿佐田哲也

人はただ、奴のことを健と呼ぶ。どの組織にも属さない一匹狼だ。麻雀、チンチロリン、手ホンビキ……地下賭場に集まる一癖も二癖もある連中と、身を切られるより辛い金を張っての凄まじい闘いが始まった!!

図書館戦争シリーズ①
図書館戦争　有川　浩

2019年。公序良俗を乱し人権を侵害する表現を取り締まる『メディア良化法』の成立から30年。日本はメディア良化委員会と図書隊が抗争を繰り広げていた。笠原郁は、図書特殊部隊に配属されるが……。

図書館戦争シリーズ②
図書館内乱　有川　浩

両親に防衛員勤務と言い出せない笠原郁に、不意の手紙が届く。田舎から両親がやってくる!?　防衛員とバレれば図書隊を辞めさせられる!!　かくして図書隊による、必死の両親攪乱作戦が始まった!?

図書館戦争シリーズ③
図書館危機　有川　浩

思いもよらぬ形で憧れの〝王子様〟の正体を知ってしまった郁は完全にぎこちない態度。そんな中、ある人気俳優のインタビューが、図書隊そして世間を巻き込む大問題に発展してしまう!?

角川文庫ベストセラー

角川文庫ベストセラー

ドミノ　恩田　陸

一億の契約書を待つ生保会社のオフィス。下剤を盛られた子役の麻里花。推理力を競い合う大学生。別れを画策する青年実業家。昼下がりの東京駅、見知らぬ者同士がすれ違うその一瞬、運命のドミノが倒れてゆく！

ユージニア　恩田　陸

あの夏、白い百日紅の記憶。死の使いは、静かに街を滅ぼした。旧家で起きた、大量毒殺事件。未解決となったあの事件、真相はいったいどこにあったのだろうか。数々の証言で浮かび上がる、犯人の像は——。

チョコレートコスモス　恩田　陸

無名劇団に現れた一人の少女。天性の勘で役を演じる飛鳥の才能は周囲を圧倒する。いっぽう若き女優響子は、とある舞台への出演を切望していた。開催された奇妙なオーディション、二つの才能がぶつかりあう！

サウスバウンド（上）（下）　奥田英朗

小学6年生の二郎にとって、悩みの種は父の一郎だ。自称作家というが、仕事もしないでいつも家にいる。ふとしたことから父が警察にマークされていることを知り、二郎は普通じゃない家族の秘密に気づく……。

オリンピックの身代金（上）（下）　奥田英朗

昭和39年夏、オリンピック開催を目前に控えて沸きかえる東京で相次ぐ爆破事件。警察と国家の威信をかけた捜査が極秘のうちに進められる。圧倒的スケールで描く犯罪サスペンス大作！　吉川英治文学賞受賞作。

角川文庫ベストセラー

長い腕　川崎草志

東京近郊のゲーム制作会社で起こった転落死亡事故と、四国の田舎町で発生した女子中学生による猟銃射殺事件。一見無関係に思えた二つの事件には、驚くべき共通点が隠されていた……。

GO　金城一紀

僕は《在日韓国人》に国籍を変え、都内の男子高に入学した。広い世界へと飛び込む選択をしたのだが、それはなかなか厳しい選択でもあった。ある日僕は、友人の誕生パーティーで一人の女の子に出会って——。

レヴォリューションNo.3　金城一紀

オチコボレ高校に通う「僕たち」は、三年生を迎えた今年、とある作戦に頭を悩ませていた。厳重な監視のうえ、強面のヤツらまでもががっちりガードする、お嬢様女子高の文化祭への突入が、その課題だ。

フライ，ダディ，フライ　金城一紀

おっさん、空を飛んでみたくはないか？——鈴木一、47歳。平凡なサラリーマン。大切なものをとりもどす、最高の夏休み！　ザ・ゾンビーズ・シリーズ、第2弾！

SPEED　金城一紀

頭で納得できても心が納得できなかったら、とりあえず闘ってみろよ——。風変わりなオチコボレ男子高校生たちに導かれ、佳奈子の平凡な日常は大きく転回を始める——ザ・ゾンビーズ・シリーズ第三弾！

角川文庫ベストセラー

心霊探偵八雲1
赤い瞳は知っている
神永学

死者の魂を見ることができる不思議な能力を持つ大学生・斉藤八雲。ある日、学内で起こった幽霊騒動を調査することになるが……次々と起こる怪事件の謎に八雲が迫るハイスピード・スピリチュアル・ミステリ。

心霊探偵八雲2
魂をつなぐもの
神永学

恐ろしい幽霊体験をしたという友達から、相談を受けた晴香は、八雲のもとを再び訪れる。そんなとき、世間では不可解な連続少女誘拐殺人事件が発生。晴香も巻き込まれ、絶体絶命の危機に——!?

チャンネルファンタズモ
加藤実秋

元エリート報道マン・百太郎が再就職したのは、心霊専門CS放送局!? 元ヤンキーの構成作家・ミサと天才霊能黒猫・ヤマトと共に、取材先で遭遇したオカルト的事件の謎を追う!

青の炎
貴志祐介

秀一は湘南の高校に通う17歳。女手一つで家計を担う母と素直で明るい妹の三人暮らし。その平和な生活を乱す闖入者がいた。警察も法律も及ばず話し合いも成立しない相手を秀一は自ら殺害することを決意する。

硝子のハンマー
貴志祐介

日曜の昼下がり、株式上場を目前に、出社を余儀なくされた介護会社の役員たち。厳重なセキュリティ網を破り、自室で社長は撲殺された。凶器は? 殺害方法は? 推理作家協会賞に輝く本格ミステリ。

角川文庫ベストセラー

狐火の家　貴志祐介

築百年は経つ古い日本家屋で発生した殺人事件。現場は完全な密室状態。防犯コンサルタント・榎本と弁護士・純子のコンビは、この密室トリックを解くことができるか!? 計4編を収録した密室ミステリの傑作。

ファントム・ピークス　北林一光

長野県安曇野。半年前に失踪した妻の頭蓋骨が見つかる。しかしあれほど用心深かった妻がなぜ山で遭難? 数日後妻と同じような若い女性の行方不明事件が起きる。それは恐るべき、惨劇の始まりだった。

サイレント・ブラッド　北林一光

失踪した父の行方を訪ね大学生の一成は、長野県大町市にやってきた。深雪という女子大生と知り合い一緒に父の足取りを追うが、そこには意外な父の秘密が隠されていた!

悪果　黒川博行

大阪府警今里署のマル暴担当刑事・堀内は、相棒の伊達とともに賭博の現場に突入。逮捕者の取調べから明らかになった金の流れをネタに客を強請り始める。かつてなくリアルに描かれる、警察小説の最高傑作!

ホテルジューシー　坂木司

天下無敵のしっかり女子、ヒロちゃんが沖縄の超アバウトなゲストハウスにて繰り広げる奮闘と出会いと笑いと涙と、ちょっぴりドキドキの日々。南風が運ぶ大共感の日常ミステリ!!

角川文庫ベストセラー

クローズド・ノート　雫井脩介

自室のクローゼットで見つけたノート。それが開かれたとき、私の日常は大きく変わりはじめる——。『犯人に告ぐ』の俊英が贈る、切なく温かい、運命的なラブ・ストーリー！

二度はゆけぬ町の地図　西村賢太

日雇い仕事で糊口を凌ぐ17歳の北町貫多は、彼の前に現れた一人の女性のために勤労に励むが……夢想と買淫、逆恨みと後悔の青春の日々とは？『苦役列車』の著者が描く、渾身の私小説集。

人もいない春　西村賢太

親類を捨て、友人もなく、孤独を抱える北町貫多17歳。製本所でバイトを始めた貫多は、持ち前の短気と喧嘩っぱやさでまたしても独りに……『苦役列車』へと連なる破滅型私小説集。

天使の屍　貫井徳郎

14歳の息子が、突然、飛び降り自殺を遂げた。真相を追う父親の前に立ち塞がる《子供たちの論理》。14歳という年代特有の不安定な少年の心理、世代間の深い溝を鮮烈に描き出した異色ミステリ！

不夜城　馳星周

アジア屈指の歓楽街・新宿歌舞伎町の中国人黒社会を器用に生き抜く劉健一。だが、上海マフィアのボスの片腕を殺し逃亡していたかつての相棒・呉富春が町に戻り、事態は変わった——。衝撃のデビュー作!!

角川文庫ベストセラー

鎮魂歌《レクイエム》　不夜城II　馳　星周

新宿の街を震撼させたチャイナマフィア同士の抗争から2年、北京の大物が狙撃され、再び新宿中国系裏社会は不穏な空気に包まれた！『不夜城』の2年後を描いた、傑作ロマン・ノワール！

弥勒世　(上)(下)　馳　星周

沖縄返還直前、タカ派御用達の英字新聞記者・伊波尚友は、CIAと見られる二人の米国人から反戦運動家たちへのスパイ活動を迫られる。グリーンカードの発給を条件に承諾した彼は、地元ゴザへと戻るが——。

退出ゲーム　初野　晴

廃部寸前の弱小吹奏楽部で、吹奏楽の甲子園「普門館」を目指す、幼なじみ同士のチカとハルタ。だが、さまざまな謎が持ち上がり……各界の絶賛を浴びた青春ミステリの決定版、〝ハルチカ〟シリーズ第1弾！

初恋ソムリエ　初野　晴

ワインにソムリエがいるように、初恋にもソムリエがいる?! 初恋の定義、そして恋のメカニズムとは……お馴染みハルタとチカの迷推理が冴える、大人気青春ミステリ第2弾！

使命と魂のリミット　東野圭吾

あの日なくしたものを取り戻すため、私は命を賭ける——。心臓外科医を目指す夕紀は、誰にも言えないある目的を胸に秘めていた。それを果たすべき日に、手術室を前代未聞の危機が襲う。大傑作長編サスペンス。

角川文庫ベストセラー

夜明けの街で
東野圭吾

不倫する奴なんてバカだと思っていた。でもどうしようもない時もある——。建設会社に勤める渡部は、派遣社員の秋葉と不倫の恋に墜ちる。しかし、秋葉は誰にも明かせない事情を抱えていた……。

万能鑑定士Qの事件簿（全12巻）
松岡圭祐

23歳、凜田莉子の事務所の看板に刻まれるのは「万能鑑定士Q」。喜怒哀楽を伴う記憶術で広範囲な知識を有す莉子は、瞬時に万物の真価・真贋・真相を見破る！　日本を変える頭脳派新ヒロイン誕生!!

万能鑑定士Qの推理劇　I
松岡圭祐

天然少女だった凜田莉子は、その感受性を役立てるすべを知り、わずか5年で驚異の頭脳派に成長する。次々と難事件を解決する莉子に謎の招待状が……面白くて知恵がつく、人の死なないミステリの決定版。

鴨川ホルモー
万城目学

このごろ都にはやるもの、勧誘、貧乏、一目ぼれ——謎の部活動「ホルモー」に誘われるイカキョー（いかにも京大生）学生たちの恋と成長を描く超級エンタテインメント!!

ホルモー六景
万城目学

あのベストセラーが恋愛度200%アップして帰ってきた！……千年の都京都を席巻する謎の競技ホルモー、それに関わる少年少女たちの、オモシロせつない恋模様を描いた奇想青春小説！

角川文庫ベストセラー

鬼の跫音　道尾秀介

ねじれた愛、消せない過ち、哀しい嘘、暗い疑惑──。心の鬼に捕らわれた6人の「S」が迎える予想外の結末とは。一篇ごとに繰り返される奇想と驚愕。人の心の哀しさと愛おしさを描き出す、著者の真骨頂！

新世界　柳広司

第二次大戦が終わった夜、原爆が生まれた砂漠の町で一人の男が殺され、混沌は始まった。原爆の父・オッペンハイマーの遺稿の中で、世界は捻れ悲鳴を上げる。人間の原罪を問う、至高のエンタテインメント。

トーキョー・プリズン　柳広司

元軍人のフェアフィールドは、巣鴨プリズンの囚人・貴島悟の記憶を取り戻す任務を命じられる。時を同じくして、プリズン内で殺人事件が発生。フェアフィールドは貴島の協力を得て、事件の真相を追うが……。

ジョーカー・ゲーム　柳広司

〝魔王〟──結城中佐の発案で、陸軍内に極秘裏に設立されたスパイ養成学校〝D機関〟。その異能の精鋭達が、緊迫の諜報戦を繰り広げる！　吉川英治文学新人賞、日本推理作家協会賞に輝く究極のスパイミステリ。

オール　山田悠介

一流企業に就職したけれど、やりがいを見つけられずに辞めてしまった健太郎。偶然飛び込んだ「何でも屋」は、変な奴らに、変な依頼だらけだった。ある日、メールで届いた依頼は「私を見つけて」!?

角川文庫ベストセラー

クドリャフカの順番　米澤穂信

文化祭で奇妙な連続盗難事件が発生。盗まれたものは碁石、タロットカード、水鉄砲。古典部の知名度を上げようと盛り上がる仲間達に後押しされて、奉太郎はこの謎に挑むはめに。〈古典部〉シリーズ第3弾！

遠まわりする雛　米澤穂信

奉太郎は千反田えるの頼みで、祭事「生き雛」へ参加するが、連絡の手違いで祭りの開催が危ぶまれる事態に。その「手違い」が気になる千反田は奉太郎とともに真相を推理する。〈古典部〉シリーズ第4弾！

SPEC Ⅰ　脚本／西荻弓絵　ノベライズ／豊田美加

警視庁公安部公安第五課未詳事件特別対策係、通称ミショウを舞台に、奇妙な女性捜査官・当麻紗綾と左遷されてきた敏腕刑事・瀬文焚流が、凡人にはない特殊能力「SPEC」を持つ犯罪者に立ち向かう！

SPEC Ⅱ　脚本／西荻弓絵　ノベライズ／豊田美加

不可思議な事件の捜査を行う当麻と瀬文は、いつしか巨悪の闇にのみ込まれようとしていた。ニノマエの正体は？　公安部・津田の企みは？　当麻が抱える大きな秘密とは？　話題のドラマノベライズ第2弾！

SPEC Ⅲ　脚本／西荻弓絵　ノベライズ／豊田美加

ニノマエの力を思い知る当麻と、後輩のために警察を裏切り大きな賭けに出る瀬文。二人を待ち受ける驚愕の結末！　当麻と瀬文の深い絆、当麻とニノマエの悲しい縁——。話題のドラマノベライズ、最終章！